dtv

Miss Read ist Lehrerin in Fairacre, einem kleinen Dorf im Süden Englands. Die Schule auf dem Hügel hat zwar Strom, aber keine Wasserversorgung. Und doch ist sie vierzig Schülern ein Ort der Geborgenheit. Tintenfässer, Federn und Löschpapier beherrschen noch den Schulalltag. Und das ganze Dorf nimmt Anteil an Erfolg und Mißerfolg seiner Kinder – ebenso wie an allen anderen Ereignissen, die Abwechslung in das stille Leben hier bringen. Wieder beginnt ein neues Schuljahr …

Miss Read, eigentlich Mrs. Dora Saint, war von Beruf Lehrerin, begann nach dem Zweiten Weltkrieg zu schreiben, zunächst für den ›Punch‹ und andere Zeitschriften, später für die BBC. Sie lebt in einem kleinen Dorf in Berkshire. Ihre zahlreichen Bücher erfreuen sich wegen ihrer humorvollen und offenen Schilderung des englischen Landlebens größter Beliebtheit.

Miss Read
Dorfschule

Mit Illustrationen von
J. S. Goodall

Deutsch von
Isabella Nadolny

Deutscher Taschenbuch Verlag

Deutsche Erstausgabe
Mai 1997
Deutscher Taschenbuch Verlag GmbH & Co. KG,
München

Titel der englischen Originalausgabe:
›Village School‹
(Michael Joseph Ltd., London 1955)

Umschlagkonzept: Balk & Brumshagen
Umschlaggestaltung unter Verwendung einer Zeichnung
von Stephen Lavis
Gesetzt aus der Bembo 10/12˙
Gesamtherstellung: C. H. Beck'sche Buchdruckerei,
Nördlingen
Gedruckt auf säurefreiem, chlorfrei gebleichtem Papier
Printed in Germany · ISBN 3-423-20027-8

I

Am frühen Morgen

Der erste Tag im neuen Schuljahr ist jedesmal etwas ganz Besonderes: Er hat noch einen Hauch der vergangenen faulen Zeit und schon den Vorgeschmack künftigen Fleißes. Für die Lehrerin an einer Dorfschule ist das Wichtigste an diesem Tag: früh genug aufstehen!

Eben dies sagte ich mir an einem schönen Septembermorgen, zehn Minuten nachdem ich den Wecker zum Schweigen gebracht hatte. Sonnenschein strömte in mein Schlafzimmer und zauberte kleine Regenbogen auf die Spiegeleinfassung. Draußen krächzten die Krähen in den Wipfeln der Friedhofsulmen. Von ihrer hohen Warte aus konnten sie das ganze unter ihnen zusammengedrängte Dorf Fairacre überblicken, das Dorf, in dem ich seit nunmehr fünf Jahren zu Hause war.

Sie hatten mir Freude gemacht, diese fünf Jahre: die Kinder, die kleine Klasse, das Vergnügen, in einem eigenen Lehrerhaus zu residieren und am dörflichen Leben teilzunehmen. Zugegeben, anfangs hatte ich höchst behutsam Schritt vor Schritt setzen müssen, und bei der Erinnerung an so manchen Schnitzer wurde mir noch immer heiß und kalt, doch schließlich wurde ich, wie ich glaube, akzeptiert, wenn auch nicht als Hiesige, so doch wenigstens als »die Miss Read droben aus der Schule« und nicht als »diese Zugereiste, die sich dauernd in den Vordergrund drängt«.

Ich überlegte, ob wohl die Krähen, deren Lärm mit der steigenden Sonne zunahm, bis zu Tyler's Row am Ende des Dorfes sehen könnten. Dort wohnten Jimmy Waites und Joseph Coggs, zwei kleine Jungen, die heute mit der Schule anfingen. Noch ein weiteres neues Kind würde heute kommen, und dieser Gedanke trieb mich schließlich aus dem Bett und die enge Stiege hinunter. Ich füllte den Kessel am Hahn über dem Ausguß und knipste ihn an. Das neue Schuljahr hatte begonnen.

Tyler's Row besteht aus vier strohgedeckten Cottages, und die sehen sehr hübsch aus. Besucher geraten bei ihrem Anblick immer in Ekstase, seufzen und sagen, wie gern sie in so etwas wohnen würden. Ich als Realistin sehe mich jedesmal gezwungen, auch auf die Nachteile hinzuweisen, die hinter dem Geißblatt lauern.

Das Dachstroh ist in schlechtem Zustand, und obwohl bis jetzt noch kein Regen in die darunterliegenden dunklen Schlafzimmer tropft, ist es vermutlich bald soweit. Außerdem rennen Ratten am Firstbalken entlang, so munter wie nur was, und tun sich nach einer künftigen Wohnung um, und die Stare und Spatzen haben dort einen idealen Ruheplatz.

»Die sollten mal was bei uns richten«, sagte Mrs. Waites zu mir, da sie jedoch mit »die« den Hauseigentümer meinte, nämlich einen alten Soldaten, der mit seiner Schwester im Nachbardorf wohnt, eine kleine Pension bezieht und pro Cottage nur (wenn er Glück hat) drei Shilling bekommt, wundert es einen kaum, daß das Dach so ist, wie es ist.

Es gibt keine Kanalisation und keine Isolation der Wände. Die Ziegelböden schwitzen, und wenn man Kleider in der Nähe der Wände hängen läßt, überziehen sie sich in Null Komma nichts mit wunderbarem, preußischblauem Schimmel.

Spülwasser, Seifenschaum und so weiter gießt man entweder in ein tiefes Loch neben der Hecke oder verteilt sie über den ganzen Garten. Die Pflanzen gedeihen bei dieser Behandlung ausgezeichnet, besonders die Reihen von Madonnenlilien, auf die das ganze Dorf neidisch ist. Der einstige »Nachtkarren«, jetzt ein Fäkalientankwagen, kommt einmal die Woche, immer in der größten Mittagshitze, so zwischen zwölf und eins. Die Jauche wird dann durchs Wohnzimmer auf die Straße getragen, zur Erbauung der Schulkinder, die zum Mittagessen heimgehen und möglicherweise eben in der Hygienestunde alles über den Wert der Reinlichkeit gelernt haben.

Im zweiten Cottage wurde soeben Jimmy Waites gewaschen. Er stand dabei auf einem Stuhl neben dem Spülstein und ließ die Behandlung seiner Mutter gottergeben über sich ergehen. Sie hatte die eine Ecke des Waschlappens zu einem mächtigen Radieschen zusammengezwirbelt und fuhr ihm damit gnadenlos im linken Ohr herum. Heute trug er neue Cordhosen, unerhörte Hosenträger und ein wollenes Unterhemd. An der vor dem Kaminsims gespannten Leine hing ein leuchtend blaurot kariertes Hemd in amerikanischem Stil. Die Mutter wollte, daß ihr Jimmy ihr an seinem ersten Schultag Ehre machte.

Sie war eine blonde, lebhafte Frau, verheiratet mit einem Landarbeiter, der ebenso blond war wie sie. »Ich war nie ein Kind von Traurigkeit«, sagte sie einmal. »Sogar im Krieg, als ich allein war, bin ich immer lustig gewesen.« Nach allem, was ihre puritanischeren Nachbarn zu berichten wußten, stimmte das, und keiner von uns wäre so töricht gewesen, wegen Cathy, dem einzigen dunklen Kind unter ihren sechsen, das 1941 während der Abwesenheit ihres Mannes geboren war, irgendwelche Fragen zu stellen.

Während ihr Bruder geschrubbt wurde, fütterte Cathy hinten im Garten die Hühner. Sie warf faustweise ein Gemisch aus Weizen und Hafer aus, die sie vor fast einem Jahr bei der Ährenlese hatte sammeln helfen. Für die Hühner, die krakeelten und kreischten und sich um das Frühstück rauften, war das ein Leckerbissen.

Der Lärm zog eines der Kinder des Nachbarhauses zur Lücke in der Hecke, die beide Gärten trennte. Joseph war etwa fünf, zigeunerischer Abkunft und hatte die traurigen, dunklen Augen eines Äffchens. Cathy hatte versprochen, ihn mitzunehmen, wenn Jimmy das erste Mal morgens in die Schule ginge. Das war ein großes Zugeständnis von seiten Mrs. Waites', die die lumpige Nachbarfamilie für gewöhnlich ignorierte.

»Spielt nicht mit den dreckigen Gören«, warnte sie ihre Kinder, »sonst kommt die Gemeindeschwester von der Schule her und schaut sich euch ganz genau an.« Diese düstere Drohung genügte.

Heute jedoch betrachtete Cathy Joseph kritisch und sprach als erste.

»Biste fertig?«

Das Kind nickte.

»Siehst nicht so aus«, erwiderte seine Beschützerin unverblümt. »Wasch dir gefälligst die Marmelade vom Mund. Hast du ein Taschentuch?«

»Nein«, sagte Joe verblüfft.

»Hol dir lieber eins. Irgend'n Lappen tut's, aber Miss Read wird fuchtig, wenn man sein Taschentuch vergißt. Wo ist deine Mama?«

»Füttert 's Baby.«

»Sag ihr das mit dem Lappen und mach zu, ich und Jim sind gleich fertig.« Die leere Blechschüssel schwenkend, hüpfte sie ins Haus.

Der dritte Neuling wurde währenddessen hergerichtet. Linda war acht, dick und phlegmatisch und der ganze Stolz ihrer Mutter. Sie war eben dabei, ihre neuen roten Schuhe zuzuknöpfen, während die Mutter ihr einen Schokoriegel für die Frühstückspause einpackte.

Die Moffats wohnten erst seit drei Wochen in Fairacre, aber wir hatten die letzten sechs Monate zugesehen, wie ihr Bungalow gebaut wurde.

»Badezimmer und all so was«, hatte man mir erzählt, »und so 'n Durchreichdings für die Teller, damit man nicht so viel laufen muß. Wirklich wunderschön!«

Das Adlerauge des Dorfes ruhte auf den Eigentümern, wann immer sie von Caxley herüberkamen, unserer nächstgelegenen Einkaufsstadt, um sich anzusehen, wie ihr Hausbau vorwärtskam. Mrs. Moffat war dabei beobachtet worden, wie sie wegen der Vorhänge die Fenster ausmaß und Stoffmuster gegen die gestrichenen Wände hielt.

»Hält sich für wer weiß was, wissen Sie«, erzählte man mir später. »Hat kein einziges Wort mit mir gesprochen, wie wir uns auf dem Weg getroffen haben.«

»Sie war vielleicht zu schüchtern.«

»Hmm!«

»Oder vielleicht sogar schwerhörig.«

»Glaub nicht, daß die nichts hört«, lautete die bissige Antwort. O weh, schon jetzt verdächtigte man Mrs. Moffat jenes gräßlichen Verbrechens gegen die Dorfgemeinschaft, das man »Angeberei« nennt.

Eines Abends während der Ferien hatte sie mich mit ihrem Kind aufgesucht. Ich arbeitete gerade im Garten, und die beiden betrachteten mißtrauisch meine nackten Beine und schmutzigen Hände. Es war sofort klar, daß die Mutter ihr schmuckes Töchterchen verzog und großen Wert auf Äußerlichkeiten legte. Trotzdem gefiel sie mir, und ich spürte, daß das Kind intelligent war und gut arbeiten würde. Daß dessen Eleganz auch feindselige Kommentare der anderen Kinder herausfordern würde, ließ sich ebenfalls vermuten. Mrs. Moffats Distanziertheit war eigentlich ein Teil ihrer städtischen Erziehung, und wenn sie erst einmal erfaßte, daß es unbedingt notwendig war, mit jedem Lebewesen im Ort Grüße zu wechseln, ganz gleich wie eilig oder wichtig die eigenen Erledigungen waren, würde sie von den anderen Frauen schon bald akzeptiert werden.

Linda sollte in meine Klasse kommen, in die Gruppe der Jüngeren, zu denjenigen, die eben erst aus der Kleinkinderklasse aufgestiegen waren, in der sie drei Jahre unter der sanften Herrschaft von Miss Clare verbracht hatten. Joseph und Jimmy würden natürlich unmittelbar in ihre Obhut kommen.

Um zwanzig vor neun hängte ich das Geschirrtuch weg, schloß die Hintertür des Lehrerhauses und betrat den Schulhof.

Über mir schwatzten noch immer die Krähen. Tief unten konnten sie die Grüppchen von Kindern sehen, die aus allen Teilen des Dorfs zusammenströmten. Cathy hielt Jimmy fest an der Hand. Josephs schmuddelige Pfote lehnte sie ab, er zottelte hinterdrein, die dunklen Augen voller Angst.

Linda Moffat, makellos sauber in gestärktem Rosa, marschierte steif neben ihrer Mutter; vor und hinter ihr rannten, trödelten, brüllten und pfiffen ihre künftigen Mitschüler.

Durch die sonnige Luft drang ein anderer Laut und suchte den Chor der Krähen zu übertönen. Die Schulglocke begann ihr Morgengeläut.

2

Unsere Schule

Die Schule in Fairacre wurde 1880 erbaut, und da es eine kirchliche Schule ist, hat sie etwas betont Geistliches. Die Mauern sind aus hiesigem Stein, von warmer grauer Farbe, und werfen das Sommerlicht in sanftem Honigton zurück, wirken aber bei nassem Wetter stumpf und abweisend. Das Dach ist hoch und steil. Der kurze, gedrungene Glokkenturm reckt seine kleine gotische Nase gen Himmel

und wetteifert mit dem emporstrebenden Kirchturm von St. Patrick, der Pfarrkirche, die daneben steht.

Die Fenster sind hoch und schmal und laufen oben spitz zu. Damals wurden Kinder nicht dazu ermuntert, auf die Welt draußen zu schauen, statt zu arbeiten, und wenn sie steif im Klassenzimmer saßen, in Matrosenanzügen oder derben Beiderwand- oder Sergekleidern, hatten sie nur die Aussicht auf den Himmel, die Ulmen und den Kirchturm von St. Patrick. Heute haben ihre Enkel und Urenkel genau die gleiche Aussicht: eben diesen flüchtigen Blick hinauf zu all dem Schönen ringsum.

Das Gebäude besteht aus zwei Räumen, die durch eine Wand aus Holz und Glas getrennt sind. Der eine Raum ist für die Kleinen zwischen fünf und sieben unter Miss Clares wohlwollendem Auge. Der andere ist mein Klassenzimmer, in dem die älteren Kinder verbleiben, bis sie elf sind. Dann kommen sie in die höhere Schule, entweder nach Caxley, das neun Kilometer entfernt liegt, oder ins Nachbardorf Beech Green, wo sie bleiben, bis sie fünfzehn sind.

Hinter diesen beiden Räumen, entlang dem ganzen Gebäude, zieht sich ein Korridor mit Haken für die Mäntel, einem niedrigen Spülstein, an dem die Kinder sich waschen können, und einem etwas höheren zum Geschirrspülen. Neuerdings ist ein elektrischer Kessel hinzugekommen, er sieht sehr schön aus, doch wir haben zwar elektrischen Strom hier, aber die Wasserleitung führt noch nicht bis zur Schule.

Das ist natürlich ein ziemliches Problem, denn es gibt kein Wasser zum Trinken – und Kinder haben nun einmal immer fürchterlichen Durst. Es gibt kein Wasser zum Hände- und Gesichtwaschen, zum Säubern von Schnittwunden und Aufschürfungen, zum Malen, zum Teigmischen, zum Blumengießen und Vasenfüllen, und – ganz klar – kein Wasser für Toiletten.

Wir lösen dieses Problem auf zweierlei Weise. In einem großen verzinkten Tank auf Rädern wird das Regenwasser vom Dach aufgefangen, und dieses genügt, wenn wir Blätter und Zweige abgeschöpft und gelegentlich einen Frosch daraus errettet haben, für die meisten unserer Bedürfnisse. Der elektrische Kessel wird morgens aus dieser Quelle gefüllt und nach der großen Pause angeknipst, um heißes Wasser zum Geschirrspülen und zum Putzen des Korridors zu haben.

Ich schleppe täglich zwei Eimer Trinkwasser über den Schulhof aus dem Lehrerhaus herüber, das eine ausgezeichnete Quelle hat. Wärmen müssen wir es natürlich selber, daher steht während der Wintermonate stets ein ehrwürdiger schwarzer Kessel auf dem Ofen und summt dort auf freundlich-heimelige Art, bereit für Notfälle. In der übrigen Jahreszeit kommt der elektrische Kessel in meiner eigenen Küche zum Einsatz.

Das Gebäude ist solide und wird von der Kirchenbehörde instand gehalten, der es, wie gesagt, gehört. Einem Mangel jedoch scheint nicht abzuhelfen zu sein. Eine Dachluke, sinnigerweise genau über dem Pult der Schulleiterin, läßt nicht nur Licht ein, sondern auch Regen. Generationen von ortsansässigen Handwerkern sind auf dem Dach herumgekrochen, haben geflucht und an dieser Dachluke gesägt und geflickt und repariert – alles vergebens. Die Götter wollten es anders, und Jahr für Jahr läßt Pluvius seine Münzen in den hierfür bereitstehenden Eimer fallen – ein zusammengelegtes Küchentuch auf seinem Grund dämpft die Geräusche.

Das Schulhaus steht im rechten Winkel zum Wege und blickt über den Friedhof zur Kirche. Eine niedrige Natursteinmauer läuft den Weg entlang und trennt ihn vom Friedhof, dem Pausenhof der Schule und dem Garten des Lehrerhauses. Dahinter senkt sich das Land, erst sanft, dann in ansteigenden Auffaltungen bis zur Höhe der Downs, die sich Meile um Meile durch diese südlichen Grafschaften schwingen. Die Luft ist immer frisch, der Wind im Winter ein bitterer Feind, und das gewisse, für das Land der Downs typische klare Licht merkt man hier sehr deutlich.

Die Kinder sind abgehärtet und nehmen ihre Umgebung als selbstverständlich hin, und doch glaube ich, daß sie sich der schönen Aussicht ringsum durchaus bewußt sind. Die Mädchen insbesondere lieben Blumen, Vögel, Insekten, alle Kleinlebewesen, hüten eifersüchtig seltene Pflanzen gegen neugierige Blicke Außenstehender und haben wirklich gute Kenntnisse der Pflanzen und Kräuter und deren Anwendung.

Die Jungen tun derlei als »Mädelkram« ab, aber auch sie wissen die ersten Pilze, Schlehen oder Brombeeren für ihre Mütter und für mich zu finden; auch sind die meisten Vogelnester, kaum gebaut, schon bekannt. Zum Glück scheint das Eierstehlen und Nesterplündern nachzulassen, nur noch gelegentlich muß ein Missetäter an meinem Pult streng abgekanzelt werden. Die Buben leiden, glaube ich, bei solchen Anlässen mehr unter den bissigen Bemerkungen der Mädchen auf dem Spielplatz, denn es besteht kein Zweifel, daß die Mädchen mehr Mitgefühl mit allem Lebendigen haben und die jungen männlichen Tyrannen mit beleidigenden Zornesworten überschütten.

In einer Ecke des kleinen quadratischen Schulhofes lagert der unvermeidliche Haufen Koks für die beiden trägen Dauerbrenner. Solche Kokshaufen scheinen typisch für alle Landschulen. Die Kinder sehen in ihnen eine wertvolle zusätzliche Möglichkeit für Pausenspiele. Ein Lieblingsspiel besteht darin, den knirschenden Haufen hinaufzurennen und kühn wieder herunterzurutschen, oder aber sich gegenseitig mit Koks zu bewerfen oder auf den Regenwassertank zu zielen, weil es dann so schön laut knallt. Wenn die Schreibstunde anfängt, werden die Hände flüchtig vorne an der Jacke oder am Hosenboden abgewischt. All diese Vergnügungen sind selbstverständlich streng verboten, was den Reiz erhöht.

Am weitesten von der Mauer am Weg, auf der entgegengesetzten Seite des Pausenhofes steht eine Gruppe Ulmen. Ihre knorrigen Wurzeln, die den Boden des Schulhofes noch unebener machen, sind ein beliebter Ort für Spiele.

Die Hohlräume und Vertiefungen zwischen ihnen werden dann Zimmer, Speisekammern, Schränke oder Gärten, die Efeublätter von der Mauer dienen als Teller und Proviant, und die Ästchen werden zu Messern und Gabeln. Manchmal wird auch Kaufladen gespielt zwischen diesen Wurzeln, man zahlt mit Blättern und trägt Eicheln und eine Handvoll Kies als Einkauf fort. Ich mag es gern, wie sich die Stimmen der Kinder verändern, wenn sie »Ladner« oder »Kunden« werden. Als Erwachsene reden sie mit hoher, befehlshaberischer Stimme, völlig anders als in ihrem gemütlichen, gutturalen Alltagston.

Die Felder liegen ungefähr einen Meter tiefer als der Schulhof, eine struppige Haselnuß- und Weißdornhecke kennzeichnet die Grenze. Der Hang ist durchzogen von Dutzenden kleiner Hohlwege, eingeschliffen von Generationen derber Stiefel und Hosenböden.

Alles in allem ist es ein guter Spielplatz, voller Möglichkeiten für phantasiebegabte Kinder und groß genug für Kaufleute, Eltern, Cowboys und Astronauten, fröhlich miteinander wichtigen Geschäften nachzugehen.

An diesem ersten Tag des neuen Schuljahres war Miss Clare bereits da, als ich um dreiviertel neun hinüberging. Ihr Fahrrad, so alt und so steif wie seine Besitzerin, lehnte gleich hinter der Korridortür.

In der Schule herrschte der undefinierbare Geruch des ersten Unterrichtstages, eine Mischung aus Schmierseife, gescheuerten Dielen und Graphit. Der Kanonenofen glänzte wie ein schwarzes Ungeheuer, selbst das Ofenrohr, das zum Kiefernholzdach emporstieg, war geschwärzt, soweit Mrs. Pringle, die Schulputzfrau, reichen konnte. Saubere Zeitungen bedeckten die frisch geputzten Kaminplatten rings um den Ofen, der offiziell erst im Oktober angezündet werden würde, und das Schutzgitter – ebenfalls auf Hochglanz poliert – umgaben die fein säuberlich ausgebreiteten ›Neuigkeiten aus aller Welt‹.

Mein Pult hat an diesem speziellen Morgen des Schulanfangs das gewisse Kahle und Aufgeräumte, das es höchstens eine Stunde beibehält. Der Tintenständer, ein beeindrukkendes Gebilde aus Mahagoniholz und Messing, glänzte in all seiner Pracht. Als ich in Miss Clares Raum hinüberging, dachte ich, wie schnell doch sein Ablagefach sich mit der gewohnten Fracht an Kreide, Perlen, Mantelknöpfen, Büroklammern, Nadeln und Reißzwecken füllen würde.

Miss Clare nahm gerade einen Kleiderbügel aus ihrer riesigen Leinentasche. Sie geht sehr pfleglich mit ihrer Kleidung um, und es bereitet ihr Kummer zu sehen, wie schlampig die Kinder ihre Mäntel aufs Geratewohl über die Haken im Korridor werfen. Ihr Mantel wird immer systematisch über den Bügel gehängt und kommt dann an den Haken hinter der Tür des Klassenzimmers. Die Kinder sehen fasziniert zu, wenn sie die Handschuhe auszieht, denn sie pustet mehrfach hinein, ehe sie sie ordentlich zusammenfaltet. Ihr empfindlicher Filzhut hat innerhalb des Handarbeitsschranks sein eigenes Fach.

Miss Clare hat hier beinahe vierzig Jahre lang unterrichtet, mit nur einer einzigen Unterbrechung, als sie vor zwölf Jahren ihre kranke Mutter bis zu ihrem Tod pflegte. Sie hat mit dreizehn Jahren als aufsichtsführende Schülerin hier angefangen und wurde bis vor kurzem als »nicht-amtliche Hilfslehrkraft« geführt. Ihre Kenntnis der örtlichen Familiengeschichten reicht weit und ist für das Unterrichten unserer derzeitigen Schüler von unschätzbarem Wert. Ich höre gern die Älteren über sie reden: »Hat's mit der Ordnung immer sehr genau genommen«, erzählte mir der Fleischer, »und ich hab in der Vorschulklasse nur einmal eine gewischt gekriegt, weil mich Miss Clare dabei ertappt hat, wie ich mit der Mütze von einem anderen Jungen Fußball spielte.«

Miss Clare ist eine gebieterische Erscheinung, groß und schlank, mit wunderschönem weißem Haar, das von einem unsichtbaren Netz in Form gehalten wird. Selbst an den wüstesten Tagen, wenn der Wind über die Downs fegt, wandert Miss Clare tadellos gepflegt auf dem Schulhof herum. Sie ist nun über sechzig, und ihre Lehrmethoden sind kürzlich von einigen inspizierenden Beamten mit leicht mitleidigem Blick zur Kenntnis genommen worden. Diese seien, heißt es, zu »formell«, die Kinder sollten mehr Aktivität entfalten können, und das Klassenzimmer sei unnatürlich still für Kinder dieses Alters. Das mag schon sein, aber trotzdem oder vielleicht gerade deswegen ist Miss Clare eine sehr geschätzte Lehrkraft. Die Kinder sind zufrieden, sie haben Miss Clare gern, und sie schafft für sie eine Atmosphäre friedlicher Heiterkeit, in der sie gut und fröhlich arbeiten und wirklich die Grundlagen elementarer Kenntnisse erwerben können, auf denen ich so viel schneller aufbauen kann, wenn sie später in meine Klasse aufsteigen.

Sie wohnt zwei Meilen entfernt, am Rand des Nachbardorfs Beech Green. Dort hat sie gewohnt, seit sie sechs war, ein ernsthaftes kleines Mädchen mit hohen Knöpfstiefeln und Lockenkopf, in dem Cottage, das ihr Vater eigenhändig mit Stroh gedeckt hatte. Er war von Beruf Dachdecker, und viele Cottages in den Dörfern der Umgebung schmückt das zierliche Kreuz- und Zopfmuster, das er so gern herstellte. Zur Erntezeit war er sehr begehrt, um die Heuschober zu decken, und Miss Clare macht oft Strohpüppchen für die Kinder, wie ihr Vater sie auf die frisch gedeckten Feimen zu setzen pflegte.

In einer Ecke des Raumes zerrte John Burton kräftig am Glockenstrang. Bei meinem Eintritt hörte er auf.

»Fünf Minuten Pause«, sagte ich, »und dann noch ein-, zweimal ziehen, damit die anderen wissen, daß sie sich auf dem Schulhof aufstellen sollen.«

Miss Clare und ich tauschten Ferienneuigkeiten, während sie ihr Pult aufschloß und ein neues Klassenbuch herausnahm, sorgfältig in frisches Packpapier eingeschlagen. Auch meines hatte sie am Ende des vorigen Semesters für mich eingebunden und die Namen unserer Schüler in ihrer gestochen scharfen Schrägschrift darin eingetragen.

In diesem Schuljahr würden wir insgesamt vierzig Kinder unterrichten, achtzehn im Raum der Kleinen, zweiundzwanzig in meiner Klasse. Die Zahlen mögen, verglichen mit den vierzig, fünfzig Schülern einer städtischen Schule, klein erscheinen, aber der Altersunterschied zwischen den Schülern bedeutete eine beträchtliche Erschwerung.

In meiner untersten Gruppe würde ich fünf Achtjährige haben, die weder fließend lesen noch das Gelesene ganz erfassen konnten. Am anderen Ende des Klassenzimmers würde die Obergruppe sitzen, nur drei Kinder, darunter Cathy Waites, deren künftiger Bildungsweg als Elfjährige durch ein Examen bestimmt werden mußte. Ihnen würde man besonders gründlich beibringen müssen, wie man Rechenaufgaben löst, geschriebene Fragen versteht und – noch wichtiger – wie man frei und offen antwortet.

Miss Clares jüngste Gruppe sollte aus den zwei neu eingetretenen kleinen Jungen bestehen, Jimmy Waites und

Joseph Coggs, außerdem den Zwillingen Diana und Helen, die wegen Masern im vorigen Schuljahr erst später eingetreten waren und noch sehr wenig gelernt hatten. Miss Clare, die einiges über deren Familiengeschichte wußte, war der Meinung, sie würden wohl jahrelang in der untersten Gruppe bleiben.

»Was kann man schon erwarten«, sagte sie und betrachtete die Hieroglyphen auf den Schiefertafeln der beiden, »ihr Großvater war nie länger als eine Woche in einer Stellung, sein Sohn ist ihm nachgeraten. Dazu kommt noch, daß er ein Mädel mit genauso wenig Verstand geheiratet hat. Und diese beiden da sind nun das Ergebnis.«

»Wenn die Doktorin kommt, lasse ich sie noch mal extra untersuchen«, tröstete ich sie. »Ich glaube, wenn man denen die Polypen rausnehmen läßt, werden sie etwas aufgeweckter.«

Miss Clare schnaubte verächtlich und machte dadurch deutlich, was das bei den beiden größten Dummköpfen nützen sollte, die ihr jemals untergekommen waren.

Ihr Klassenziel für die Obergruppe wird zunächst darin bestehen, daß sie lesen und leserlich schreiben können, das kleine Einmaleins bis mindestens sechs kennen und die vier Grundrechenarten beherrschen: Addieren, Subtrahieren, Multiplizieren und Dividieren, wobei sie mit Zehnern und Einern, mit Shilling und Pence arbeiten. Sie sollten ausreichende Kenntnisse von Münzen, Gewichten und Maßen haben und die Uhrzeit ablesen können.

John, dessen Blick starr auf die antike Wanduhr gerichtet war, riß nun sechsmal gewaltig am Seil, denn sie zeigte fünf vor neun, dann sprang er auf das Eckpult und befestigte das Seil außer Reichweite, um niemanden in Versuchung zu führen, an einem Haken weiter oben an der Wand.

Draußen hörten wir Füßescharren und das Geschrei der aufgeregten Kinder. Gemeinsam traten Miss Clare und ich hinaus in die Sonne, unseren neuen Schülern entgegen.

3
Verlauf des Morgens

Mein Pult war belagert von Kindern, die mir alle ihre Ferienabenteuer mitteilen wollten.

»Miss, wir sind mit dem Mütterverein vorige Woche nach Southsea gefahren, und ich hab Ihnen ein Felsstück mitgebracht«, verkündete Anne.

Eric schwenkte ein langes, gummiartiges Stück Seegras wie einen Dreschflegel. »Der ist für uns, mit dem kann man das Wetter voraussagen«, erklärte er ernsthaft. »Den hängen Sie auf, draußen aufm Gang genügt – und wenn er naß ist, wird's regnen. Oder wenn's geregnet hat, ist er naß, ich hab vergessen, wie rum, Miss, aber jedenfalls, wenn er trocken ist, tut's nicht regnen.«

»Dann regnet es nicht«, verbesserte ich ihn automatisch, während ich im obersten Schubfach nach dem Essensbuch kramte.

»Ich weiß, wo's Pilze gibt, Miss. Ich bring Ihnen heut nachmittag welche zum Tee.«

»Die sind giftig, Miss«, warnte Eric. »Ehrlich, Miss. Nicht essen, Miss!«

Ich schickte sie in ihre Bänke. Nur die neuen Kinder blieben verlegen ganz vorne stehen und blickten auf ihre Schuhe oder hilfesuchend auf mich. Linda Moffats untadeliges rosa Kleid und ihre glänzenden Locken waren von den anderen Kindern prüfend begutachtet worden, doch sie erwiderte ihr erstauntes Starren ganz gelassen.

Die Kinder sitzen zu zweit in einer Bank, und Anne, eine fröhliche Neunjährige, schien mir am besten geeignet, sie mit Linda zu teilen.

»Kümmere dich ein bißchen um Linda, Anne«, sagte ich, »sie kennt doch noch niemanden.«

Ihr winziges Täschchen fest in der Hand, ließ sich Linda neben Anne nieder. Sie musterten sich verstohlen unter den Wimpern hervor, und wenn ihre Blicke sich trafen, lächelten sie.

Die vier Kleinen, eben erst aus Miss Clares Klasse aufgerückt, ließen sich in zwei Vorderbänken nieder. Sobald sie sich dort in Sicherheit wußten, verschwand ihre Schüchternheit, sie sahen sich vergnügt um und grinsten ihren Freunden zu. Sie waren in dem gewinnenden Stadium, ihre vorderen Milchzähne zu verlieren, und ihr zahnloses Lächeln unterstrich ihr zartes Alter. Ich ging ans Klavier.

»Wir haben die Gesangbücher noch nicht ausgeteilt, also singen wir jetzt etwas, was wir alle auswendig können.«

Sie rappelten sich auf, die Banksitze knallten hinter ihnen in die Höhe, und sie piepsten ›Weil ich Jesu Schäflein bin ...‹ vor Aufregung ziemlich schrill.

Unser Klavier ist aus Walnußholz und sehr betagt. Die Vorderseite schmückt ein kompliziertes, durchbrochenes Gitter, und durch die Öffnungen ist plissierte rote Seide zu sehen. Die Kinder betrachten seine ehrwürdigen Schönheiten mit bewundernder Scheu. Es hat einen melancholischen vollen Ton und zwei gelbe Tasten, die eigensinnig schweigen. Diese Tasten geben unseren morgendlichen Chorälen etwas sonderbar Synkopisches.

Gewöhnlich kommt die ganze Schule zur Andacht in meiner Klasse zusammen, doch am ersten Schultag scheint es immer am besten, wenn jeder in seiner bleibt und die Sache rasch hinter sich bringt.

Nach dem Choral beteten wir kurz. Die Augen fest zugekniffen, die feierlich gefalteten Hände unter dem Kinn, sahen die Kinder täuschend engelhaft aus. Patrick, der Kleinste, lutschte mit tief gesenktem Kopf eifrig am Daumen, und ich nahm mir vor, ihm das abzugewöhnen, sonst würden seine bleibenden Zähne schon bald eine Spange brauchen. Noch während ich ihn beobachtete, fiel ihm ein Shilling aus den gefalteten Händen und rollte geräuschvoll auf mich zu. Patrick öffnete ein Auge, ließ es kreiseln wie eine Murmel und folgte dem Weg des Shillings, und als er bemerkte, daß ich darauf hinsah, schloß es sich ruckartig.

Nach dem Morgengebet halten wir gewöhnlich Bibelstunde oder lernen ein neues Kirchenlied oder einen Psalm bis halb zehn, dann beginnt die Rechenstunde. Heute morgen aber beschäftigten wir uns mit praktischeren Dingen, und die Kinder traten nacheinander mit ihrem Essensgeld für die Woche aus den Bänken. Es betrug neun Pence pro Tag. Manche Kinder hatten auch staatliche Gutscheine mitgebracht, die in ein besonderes Buch eingetragen und für die dem Kind Essensmarken ausgehändigt wurden.

Alle Kinder bis auf vier, die zum Essen nach Hause gingen, holten ihr Essensgeld heraus, und während sie es auf meinem Pult deponierten, besah ich mir ihre Hände. Manchmal kommen sie derart schmutzig zur Schule – weil sie auf dem Schulweg im Dreck gespielt haben oder weil sie sich ganz einfach nicht waschen –, daß man ihnen die Bücher nicht in die Hand geben kann. Dann schickt man sie hinaus zum Spülstein im Gang, damit sie sich mit Regenwasser und Karbolseife waschen. Dabei bekomme ich auch gleich einen Überblick, wer Nägel kaut. Wer nach einer Woche Selbstbeherrschung einen stolzen Millimeter Nagel zeigen kann, wird mit Bonbons und hohem Lob belohnt. Auch auf Krätze, die sich als erstes zwischen den Fingern zeigt, muß man achten, obwohl sie glücklicherweise hier selten ist, aber sie verbreitet sich rasch und ist für den Betroffenen sehr unangenehm.

Während ich mich mit alledem beschäftigte, kam Miss Clare durch die Trenntür.

»Kann ich mal mit Cathy sprechen?« fragte sie. »Es geht um Josephs Essensgeld. Möchte seine Mutter, daß er hierbleibt?«

»Jawohl, Miss«, sagte Cathy einigermaßen erschrocken. »Aber sie hat mir für ihn kein Geld nicht mitgegeben.«

»Kein Geld mitgegeben«, verbesserte Miss Clare automatisch.

»Mir kein Geld mitgegeben«, wiederholte Cathy wie ein Papagei.

»Ich schreib dir einen Zettel, den bringst du Mrs. Coggs, wenn du heimgehst«, sagte Miss Clare und wandte sich mit gedämpfter Stimme an mich.

»Wird schwierig werden, von dieser Familie regelmäßig Geld zu bekommen. Die Frau ist nicht zuverlässig.« Sie schüttelte ihren weißen Kopf und ging zurück zu ihren Kleinen.

Die Kinder wurden nun schon unruhig, denn normalerweise nahmen sie, während ich zu tun hatte, ein Lesebuch heraus oder ein selbst angelegtes Notizbuch, das wir das »Fleißbuch« nannten, in das sie, um beschäftigt zu sein, Namen von Vögeln, Blumen, Automarken oder sonst etwas sie Interessierendes schrieben. Wenn sie wollten, konnten sie die Rechentabelle abschreiben oder das Wochengedicht oder die Orthographietafel, die an der Wand hing, aber im Moment waren ihre Pulte noch leer.

»Nun wollen wir doch mal sehen, wer gern hier vorne ›Links und Rechts‹ spielen möchte«, sagte ich.

Sofort herrschte Ruhe. Kerzengerade und mit vertrauenerweckenden Mienen saßen sie da.

»Patrick!« rief ich und wählte den Kleinsten der Neuen. Er errötete vor Freude.

›Links und Rechts‹ ist das einfachste und fesselndste Spiel. Man braucht dafür nur einen kleinen Gegenstand, den man in einer Hand verstecken kann, ein Stückchen

Kreide, eine Perle oder einen Halfpenny, irgendeine der Kleinigkeiten, die auf dem Tintenständer liegen. Das vor der Klasse stehende Kind gibt, die Hände auf dem Rücken, den Schatz von einer in die andere Hand, streckt die Fäuste vor und fordert jemand auf zu raten, in welcher Hand der Gegenstand ist. Hierbei kann die Lehrerin ein halbes Auge auf das Spiel, anderthalb aber auf ihre anderweitige Beschäftigung richten. Damit es friedlich in der Klasse bleibt, kann der Rat nicht schaden: »Nun such dir mal jemand ganz Ruhiges aus, niemand Zappeliges, und natürlich niemand, der sich vordrängt.« Das ist ein schwerer Schlag für die unartigen Buben, die flüstern: »Mich, mich, nimm mich, sonst werd' ich dir ...«

»Richard!« rief Patrick seinen Banknachbarn.

»Links!«

»Nö, rechts«, sagte Patrick und öffnete eine klebrige Faust.

»Aber das ist links! Miss, das war links«, wurde lauthals protestiert.

Patrick drehte sich entrüstet zu mir um.

»Aber jetzt schaust du doch in die andere Richtung«, machte ich ihn aufmerksam, und das uralte Problem, das allen Kindern zu schaffen macht, mußte wieder einmal erklärt werden.

Schließlich nahm das Spiel seinen ruhigen Fortgang. Das Essensgeld und die Gutscheine wurden eingesammelt, durchgezählt und in die verschiedenen Büchsen verstaut. Zum ersten Mal wurde nach den Namenseintragungen aufgerufen, und ein sauberer roter Haken in jedem Quadratchen zeigte, daß wir vollzählig anwesend waren.

Die Wanduhr zeigte zwanzig nach zehn, als wir mit dem Verteilen der rosa Übungshefte für Englisch, der blauen für Rechnen und der grünen für Geschichte und Erdkunde fertig waren. Lesebücher, Federn, Bleistifte, Lineale und das ganze andere Drum und Dran des täglichen Unterrichts waren im Augenblick noch ordentlich untergebracht.

Die Kinder holten sich Milch und Strohhalme und machten sich über ihren Imbiß her. Zum Glück war in diesem Jahr niemand dabei, der Milch nicht mochte, und alle zweiundzwanzig Flaschen waren rasch geleert. Danach liefen die Kinder vergnügt hinaus zum Spielen.

Ich ging hinüber in mein stilles Haus und knipste den Kessel an. Auf dem Tablett in der Küche standen bereits zwei Tassen und Untertassen, die Plätzchendose wartete auf dem Büfett. In einer Minute würde Miss Clare herüberkommen. Wir wechselten uns bei der Pausenaufsicht ab, beim Bewachen des Kokshaufens gegen Plünderer, bei der Ausschau nach heimlichen Hänseleien und beim Hinaustreiben der Stubenhocker, die selbst bei schönstem Wetter lieber in ihrer Bank sitzen blieben. Während der Kessel kochte, kehrte ich auf den Hof zurück.

Linda vertilgte ihren Schokoriegel, und Anne versuchte, gleichgültig zuzuschauen. Anne war meistens hungrig, als Kind einer Mutter, die frühmorgens in ein mehrere Kilometer entferntes Atomforschungsinstitut arbeiten fuhr und keine Zeit hatte, solche Raffinessen wie einen Pausensnack für ihre Tochter zu hinterlassen. An Geld fehlte es nicht in dieser Familie, wohl aber an Beaufsichtigung. Annes Schuhe waren solide, aber ungeputzt, ihr Essensgeld war oft vergessen worden. Ihr Hangen und Bangen dauerte nur kurz, denn Linda brach ein tüchtiges Stück von ihrem Schokoriegel ab, gab es ihr, und eine schon beginnende Freundschaft war gefestigt.

»Macht's dir was, daß du neu bist?« fragte Anne schmatzend.

»Jetzt nicht mehr«, erwiderte Linda, »wie erst mal das Geglotze aufgehört hat, war mir's egal, und wenn mich einer haut, hat meine Mama gesagt, soll ich's ihr sagen.« Sie musterte selbstzufrieden die lärmenden Kinder ringsum. »Ich glaub nicht, daß sie's probieren, und außerdem –«, ergänzte sie in drohendem Flüsterton, »kann ich fürchterlich beißen.« Anne zeigte sich gebührend beeindruckt.

Cathy ermutigte, während sie zwischendurch vom Apfel abbiß, Joseph Coggs und ihren jüngeren Bruder, auf die Bubentoilette hinter dem verrosteten grünen Eisenschirm zu gehen. Am anderen Ende waren, ebenso abgeschirmt, zwei weitere Toiletten, mehr vom Eimertyp, mit sauber gescheuerten hölzernen Sitzen für die Mädchen.

Mr. Willet ist unser Hausmeister und hat den wenig beneidenswerten Job, die Eimer dreimal die Woche auszuleeren; er leert sie in tiefe, im Brachland gegrabene Löcher, einige hundert Meter weiter weg, hinter seinem Cottage. Mrs. Pringle, die Putzfrau der Schule, scheuert Böden und Sitze, und alles wird so makellos saubergehalten, wie es bei so primitiven Sanitäranlagen möglich ist.

Das Dröhnen des zufallenden Schultors übertönte das Lärmen der Kinder, und über den Pausenhof kam, mit im Sonnenschein glänzendem schwarzem Anzug, der Vikar. Miss Clare holte rasch noch eine Tasse nebst Untertasse vom Büfett und ging ihm entgegen.

Hochwürden Gerald Partridge ist erst seit vier Jahren Vikar von Fairacre und der benachbarten Gemeinde Beech Green und wird daher von den meisten seiner Pfarrkinder als Fremdling angesehen. Seine energische Ehefrau ist ebenso forsch und praktisch, wie er sanft und geistesabwesend ist. Er ist Vorsitzender der Schulbehörde von Fairacre und kommt jeden Freitag vormittag, um eine Bibelstunde mit den älteren Schülern abzuhalten.

An diesem Morgen hatte er eine Liste von Chorälen bei sich, die er mich bat, den Kindern im Lauf des Schuljahres beizubringen, und ich versprach, ich würde sie durchsehen.

Er seufzte über meine zurückhaltende Reaktion, denn er wußte so gut wie ich, daß ich nicht alle Choräle als für Kinder passend erachte. Seine Schwäche für die metaphysischen Dichter verführte ihn dazu, völlig unverständliche Choräle auszuwählen und, noch schlimmer, Miltons als Choral gesetzte Gedichte, in denen Zeilen vorkommen wie: »Befleckte Eitelkeit wird balde kränkeln und dahinsiechen, aussätz'ge Sünde von ird'scher Form herabschmelzen«, was ja schön sein mag, aber weit über das Verständnis hiesiger Schulkinder hinausgeht. Wenn ich dann protestiere, lächelt der Vikar und schüttelt sein weises Haupt.

»Schon gut, meine Liebe, schon gut. Ganz wie Sie meinen. Wir wollen diesen Choral aufheben, bis die Kinder älter sind.« Dann schlendert er davon, spricht mit den Kindern, und ich stehe da und komme mir vor wie ein Tyrann und Besserwisser.

Er trank seinen Tee, ließ dann den Wagen an und rollte ganz langsam und vorsichtig auf den Weg hinunter zu seinem Pfarrhaus.

4
Verlauf des Nachmittags

Mit das Schwerste, was man den Kindern beibringen muß, ist, sich in ganzen Sätzen auszudrücken. Hört man ihnen zu, merkt man, warum. In ihrer ganzen Unterhaltung kommt kaum ein kompletter Satz vor.

»Kommste mit einkaufen?« sagt eines.

»Kann nicht. Mami krank.«

»Was fehlt?«

»Weiß nicht.«

»War Doktor da?«

»Haben angerufen. Kommt erst.« In der Art. Mit dieser Stakkatomethode läßt sich sicher ein gewisser fortschreitender Gedankenaustausch bestreiten, aber wenn man einen Aufsatz schreiben soll, funktioniert sie nicht.

Die Kinder in unserer Gegend sind insgesamt nicht sehr lesefreudig. Ein Lehrer aus der Nachbarschaft, Mr. Annett, formuliert das prägnant:

»Die meisten Eltern stehen auf dem Standpunkt: ›Warum zum Teufel verschwendest du deine Zeit auf ein schundiges Buch, wenn die Karotten geputzt werden müssen.‹ Oder die Bohnen zu pflücken sind, oder das Holz zu spalten oder der Schnee zu schaufeln ist, oder sonst eine dringende Außenarbeit anliegt, von der ein Landkind öfter betroffen ist als ein Stadtkind. So werden sie denn ins Freie geschickt, manchmal mit einer Ohrfeige als Nachhilfe, und manchen scheint das Lesen geradezu ein Unrecht.«

Bei dieser Einstellung und dem sehr verständlichen Wunsch der Landkinder, bei landwirtschaftlichen Arbeiten zu helfen, sind sie es nicht gewöhnt, einen Gedanken in normaler Sprache ausgedrückt zu lesen oder zu hören. Viele von ihnen buchstabieren nach dem Gehör, denn weil sie nicht lesen, sind sie nicht damit vertraut, wie ein Wort aussieht. Bei der phonetischen Wiedergabe aber machen sie heldenhafte Anstrengungen. So wurde ich beispielsweise belehrt: »Ein Esel frißt gern Düssln.«

Nach der Pause machten wir uns gemeinsam daran, einen Bericht über Ferienerlebnisse an die große Tafel zu schreiben.

»John, erzähl uns mal, was du getan hast.«

»Sind ans Meer, Miss.«

»Womit?«

»Bus.«

»Allein?«

»Nein. Viele Kinder. Wir sind mit'm Mütterverein mit, Miss.«

»Gut. Jetzt mach mal daraus Sätze, die ich an die Tafel schreiben kann.«

Allgemeines entsetztes Verstummen. Suggestivfragen zu beantworten mochte ja noch angehen, sie aber nur in primitivstes Englisch zu fassen war etwas ganz anderes.

»Nun komm schon. Du kannst doch so anfangen: ›In den Ferien fuhr ich ans Meer.‹«

John wiederholte das, einigermaßen erleichtert und in der Hoffnung, ich würde, wenn man mich ließ, den ganzen Aufsatz für ihn verfassen. Der erste Satz wurde an die Tafel geschrieben.

»Und was schreiben wir als nächstes?«

»Ich fuhr in einem Bus«, sagte Anne.

Ich schrieb es hin.

»Und jetzt?«

»Ich fuhr mit anderen.«

»Ich fuhr an einem Sonnabend.«

»Ich fuhr mit meiner Schwester.«

Ich wies darauf hin, das wären zwar an und für sich gute

Sätze, es würde aber doch ein bißchen eintönig, wenn alles mit »ich fuhr« anfing. Während wir noch um unterschiedliche Formulierungen dieser Sätze rangen, hörten wir Schritte und ein Rasseln. Sylvia stürzte zur Tür und öffnete Mrs. Crossley, oder wie die Kinder sie nennen, der »Essensfrau«.

Sie balancierte drei Blechbehälter unsicher vor ihrer Strickjacke, hilfsbereite Hände befreiten sie von ihnen.

»Heute nur zwei Kanister«, sagte sie, und die Kinder erstarrten in der Hoffnung, das Glück zu haben, sie vor dem Schultor aus dem Essenswagen holen zu dürfen. Für diese vielbeneidete Aufgabe wurden Anne und Linda ausgewählt, und während sie fort waren, unterschrieb ich die tägliche Quittung für Mrs. Crossley, wonach ich die bestellte Anzahl Essen erhalten hatte. Dann gab ich ihr den Zettel, auf dem stand, wie viele Essen ich schätzungsweise am nächsten Tag brauchen würde.

Mrs. Crossley fährt den Essenswagen, der gegen zehn Uhr vormittags im Depot beladen wird und Mahlzeiten an etwa zwölf Schulen im Umkreis verteilt. Jede Schule hat einen Wärmofen, der kurz vor Eintreffen der Essen angestellt wird und auf dem die Blechbehälter und die Teller warm gehalten werden. Die Kanister sind wärmeisoliert und sehr schwer. Schmorfleisch, heiße Kartoffeln und Gemüse, Puddings und Saucen werden darin transportiert, und meist ist das Essen wirklich sehr gut. Im Sommer gibt es häufig Salat dazu, und die Kinder essen fast alles mit gutem Appetit – außer Fisch. Auch gebraten ist er nicht beliebt, und er wurde kürzlich vom Speisezettel gestrichen, weil so viel verkam.

Cathy wurde in die Kleinkinderklasse hinübergeschickt, um nachzusehen, ob die Tische bereitstanden. Miss Clares Klasse war in der letzten Vormittagsstunde zum Turnen im Freien, dadurch war Raum für den Aufbau dreier auf Böcke gestellter Tische. Miss Clare hatte den Ofen bereits angeheizt, und Cathy deckte für dreißig Personen. Wer zum Essen heimging, wurde losgeschickt, die anderen wuschen sich die Hände, dann nahmen wir alle Platz. Es war zehn nach zwölf, und wir freuten uns alle auf etwas Gutes aus den Kanistern.

Miss Clare und ich verteilten Scheiben kaltes Fleisch, Kartoffelbrei und Salat. Sylvia, Cathy und Anne trugen die Teller herum. Miss Clare saß am Kopfende des einen Tisches, ich am anderen, und als wir den ersten Gang beendet hatten, deckten die zwei großen Jungen, John und Ernest, ab. Als Nachtisch gab es Flammeri mit Pflaumen. Jimmy Waites war noch etwas eingeschüchtert von seiner neuen Umgebung und aß sehr wenig, aber Joseph Coggs, der, wie ich argwöhnte, äußerst selten ein so gut gekochtes Essen bekam, langte tüchtig zu und ließ sich mit den Großen noch ein drittes Mal vom Nachtisch geben.

Als wir schmutziges Geschirr und Besteck für Mrs. Pringle bereitgestellt und die karierten Wachstuchtischtücher von den Tischen genommen hatten, liefen die Kinder hinaus zum Spielen, und Miss Clare und ich gingen hinüber ins Lehrerhaus, um uns zu waschen und alles für den Nachmittagsunterricht herzurichten.

Als ich zu Mrs. Pringle in den Gang trat, war sie umwallt von Dampfwolken.

»Hatten Sie einen schönen Urlaub?« fragte ich sie.

»Was das schon für 'n Urlaub war, wenn man hier alles putzen muß«, lautete die Antwort.

»Jedenfalls sieht hier alles sehr schön aus.«

»Für wie lange wohl?« fragte Mrs. Pringle bissig. Sie gehört zu den begnadeten Märtyrern dieser Welt, die ihren Groll zu pflegen verstehen und jede Kränkung genießen wie einen Leckerbissen. Warum sie weiterhin den Posten der Putzfrau beibehält, weiß ich nicht, es sei denn, daß gerade die ihm eigene rasch wieder zunichte gemachte Arbeit für ihr verschrobenes Gemüt ihren Reiz hat. Kinder sind für sie Verschwörer gegen Sauberkeit und Ordnung, und daß sie unwillentlich, ja – noch schlimmer – womöglich berechtigterweise Unordnung anrichten, will ihr nicht in den Kopf.

Ihre ganze Liebe gilt den beiden langsam brennenden Öfen. Diese häßlichen Ungeheuer poliert sie, bis sie glänzen wie Jett, und es bereitet ihr echten Kummer, wenn sie angezündet werden und dann Asche um sich verstreuen. Die Koksbrenner sind ihr eine Qual. Denn die machen noch mehr Schmutz, und während der Wintermonate sind die Beziehungen zwischen uns üblicherweise gespannt.

Wenn beim ersten Kälteeinbruch die Öfen geheizt werden müssen, gibt es beinahe einen Kampf. Ich lehne es ab, die Kinder in einem kalten Klassenzimmer sitzen zu lassen, in dem sie nicht arbeiten können und jedem herumschwirrenden Bazillus ausgesetzt sind, wenn die Öfen dastehen und ein Berg Koks jeder Notlage gewachsen ist.

Mrs. Pringle hat eine raffinierte Methode, wenn ich ihr energische Anweisungen gebe, zu heizen. Ein, zwei Tage lang hält sie mich hin mit Ausreden wie »Streichhölzer sind ausgegangen« oder »Mr. Willet hat versprochen, Anfeuerholz raufzubringen, ist aber noch nicht dazu gekommen«. Stellt sie aber fest, daß ich das Feuer dann selbst anzünde, gibt sie nach und heizt von nun an, wenn auch höchst unwillig. Das heißt jedoch nicht, daß die Sache damit erledigt ist. Weit gefehlt. Wenn sie bei Gelegenheit hereinkommt, fächelt sie sich ostentativ mit einer vor Kälte violetten Hand Luft zu und meint: »Puh, ich versteh nicht, wie Sie diese Hitze aushalten. Mir würde schwach.« Manchmal trägt sie den Angriff auch auf breiterer Front vor und führt die Steuerzahler ins Treffen.

»Der Koks nimmt ganz schön ab. Würde mich nicht wundern, wenn wir einen Brief vom Amt kriegten, so schnell wie wir damit fertig werden. Ist doch klar, daß die es mit den Steuerzahlern halten müssen.«

Das »Amt« ist natürlich die örtliche Schulbehörde, und Mrs. Pringles einzige Verbindung dorthin ist der Scheck, den sie am Monatsende für ihre Dienstleistungen erhält. Infolgedessen ist für Mrs. Pringle das »Amt« etwas Ähnliches wie der Schöpfer: unsichtbar und allmächtig.

An diesem Nachmittag trat ich den Rückzug in mein Klassenzimmer an, verfolgt von Mrs. Pringle, die bis zu den Ellbogen tropfte.

»Das ist noch nicht alles«, sagte sie feindselig, »es fehlt ein Löffel. Haben Sie wieder Teig gemischt?«

»Nein«, sagte ich knapp. »Zählen Sie sie lieber noch einmal durch.« Es ist dies eine uralte Fehde, sie reicht zurück bis vor fünf Jahren, als ich den unverzeihlichen Fehler beging, mir einen Schullöffel zu borgen, weil ich meinen gewohnten hölzernen verlegt hatte. Mrs. Pringle hat mir nie gestattet, diesen bedauerlichen Fehltritt zu vergessen.

Um Viertel nach eins kehrten die Kinder zurück in ihre Bänke, atemlos und vergnügt, und wir machten uns wieder an den gemeinsamen Aufsatz. Nach einer Weile begann die Schläfrigkeit des Nachmittags sie niederzudrücken, und als ich annahm, jetzt hätten sie die Beispiele anständiger Sprache, die sie hatten produzieren müssen, lange genug studiert, ging ich ans Klavier, und wir sangen ein paar der Lieder, die sie im vorigen Jahr gelernt hatten.

Anschließend wurden große Papierbogen und Schachteln

mit Wachsstiften ausgegeben mit der Aufforderung, zu illustrieren, was sie an dem Tag am Meer getan hätten oder sonst an einem Tag der letzten paar Wochen, der ihnen besonders gefallen hatte.

Sie machten sich fleißig an die Arbeit, blaue Stifte kratzten heftig unten am Papier, um das Meer darzustellen, und gelbe Sonnen wie Gänseblümchen erblühten auf allen Seiten. Im Klassenzimmer herrschten Ruhe und Zufriedenheit, die Nachmittagssonne drang durch die gotischen Fenster, und die Wanduhr tat ihre abgemessenen Schritte in Richtung Heimgehzeit um halb vier.

Da die meisten Kinder zum Essen in der Schule bleiben und die, die heimgehen, so nahe wohnen, scheint es gescheiter, mittags nur eine kurze Pause zu machen, den Nachmittagsunterricht früh anfangen zu lassen und auch früh zu beenden. Dadurch sind sie im Sommer noch lange Zeit in der Sonne und kommen im Winter sicher nach Hause, ehe es dunkel wird.

Wir sammelten unsere Zeichnungen und Stifte ein und brachten das Klassenzimmer in Ordnung. Der erste Schultag ist immer lang, und die Kinder wirkten müde.

Die ganz Kleinen, die schon heimgelassen worden waren, hörte man draußen laufen und rufen.

Wir standen alle auf und sangen ein Danklied, wünschten einander einen guten Nachmittag und drängten hinaus in den Korridor. Jimmy und Joseph standen bereits dort und warteten ängstlich auf Cathy.

»Hat es euch in der Schule gefallen?« fragte ich sie. Jimmy nickte.

»Und wie ist es mit dir, Joseph?«

»Das Essen hat mir gefallen«, erwiderte er diplomatisch. Ich beließ es dabei.

Miss Clare schob ihr Fahrrad über den Pausenhof. Mir fiel mit einemmal auf, daß sie alt und müde aussah.

Sie stieg vorsichtig auf und fuhr langsam den Weg hinunter, aufrecht und fest, aber als ich so dastand und ihr nachsah, schien es mir, daß es sie größere Anstrengung kostete als sonst, und dabei war doch dies erst der erste Schultag.

Wie lange noch, dachte ich, wie lange wird sie noch weitermachen können?

Ich trank meinen Tee im warmen Sonnenschein im Garten hinter meiner Lehrerwohnung. Der Schulmeister, der hier vor mir gewohnt hatte, war ein großer Gärtner gewesen und hatte schwarze und rote Johannisbeerbüsche, Himbeeren und Stachelbeeren gepflanzt. Diese waren gegen die Vögel mit Drahtnetzen gesichert, und an den Abenden oder freien Tagen kochte ich aus den Beeren Gelees und Marmeladen.

Ich hatte zwei Kräuterbeete angelegt, eins an jeder Seite vom Garten, beide eingefaßt mit Nelken, die in dem kalkigen Boden gut gediehen. Mit Gemüse gab ich mich nicht ab, nicht nur wegen des Platzmangels, sondern auch weil freundliche Nachbarn mir davon Woche für Woche mehr schenkten, als ich bewältigen konnte. Breite Bohnen, Schalotten, Erbsen, Karotten, weiße Rüben, Rosenkohl, Kraut, alles wurde mir reichlich bis auf die Schwelle geliefert. Manchmal waren die Spender fast zu großzügig, vermutlich vergaßen sie, wie wenig eine alleinstehende Frau ißt. Ich habe schon einmal in einer Woche fünf riesige Kürbisse vor meiner Tür gefunden.

Es ist schwierig, so etwas an jemand weiterzureichen, der es vielleicht brauchen kann, ohne den Geber zu kränken. In einem Dorf sogar doppelt schwierig, weil fast alle miteinander verwandt oder enge Nachbarn sind oder zu genau wissen, was sich im Nachbarcottage abspielt. Manchmal war ich gezwungen, im Schutz der Nacht heimlich Löcher auszuheben und sie mit Armen voller Salat oder Mammutrüben zu füllen, die mein Appetit nicht mehr bezwungen hatte.

Am Abend kochte ich Marmelade aus einem Korb Frühpflaumen, die mir John Pringle gebracht hatte, Mrs. Pringles einziger Sohn, ein naher Nachbar.

Es war angenehm in der Küche, während ich rührte. Das Fenster über der Spüle geht auf den Garten hinaus. Eine mächtige Metallpumpe mit langem Schwengel befindet sich neben der Spüle, und aus eben dieser fülle ich die Eimer mit Trinkwasser für die Schule. Wenn erst eine Wasserleitung durch das Dorf führt, was in ein paar Jahren der Fall sein dürfte, dann bekäme ich – hatte der Verwalter versprochen – eine neue Spüle.

In einer Ecke steht ein großer, ummauerter Waschkessel, in dem meine Vorgänger das Wasser für ihre Bäder wärmten, wobei sie jedesmal Feuer machen mußten, aber ich habe einen elektrischen Kessel, der mir viel Zeit und Ärger spart. Die Badewanne ist eine lange Zinkwanne, die hinter der Hintertür auf der Veranda hängt und die, wenn man baden will, auf den Küchenboden gestellt und aus einem Hahn am Boden des Waschkessels gefüllt wird. Aus der Pumpe wird dann eimerweise kaltes Wasser dazugegeben. Mit einem über dem geheizten Waschkessel vorgewärmten Badetuch und beschlagenen Küchenwänden ist es ganz gemütlich.

Das übrige Parterre des Hauses besteht aus einem großen Eßzimmer mit einem gemauerten Kamin, einer kleinen Diele und einem ebenso kleinen Wohnzimmer. Ich benutze es selten, denn es geht nach Norden. Ich lebe hauptsächlich im Eßzimmer, wo es wärmer, der offene Kamin größer und alles von der Küche aus leichter zu erreichen ist.

Im oberen Stock sind zwei Schlafzimmer, ziemlich geräumige, eines über der Küche und dem Wohnzimmer und das andere, in dem ich schlafe, direkt über dem Eßzimmer. Sämtliche Wände sind taubengrau, die Holzteile weiß gestrichen. Es ist ein solide gebautes Haus aus roten Ziegeln mit roten Dachpfannen und sieht zwischen seinen Bäumen sehr reizvoll aus. Ich mag es wirklich sehr, und mir ist klar, daß ich weit mehr Glück habe als so manche andere Dorfschullehrerin.

5
Erste Eindrücke

In ihren benachbarten Cottages in der Tyler's Row waren die zwei Schulanfänger von Fairacre zwar schon in ihrem Bett, schliefen aber noch nicht.

Jimmy Waites lag auf seiner klumpigen Wollmatratze in der großen Messingbettstatt, die einmal seiner Großmutter gehört hatte. Sie war ihr ganzer Stolz gewesen. Sie hatte als Braut darin geschlafen und war auch darin gestorben. Die Messingknäufe in jeder Ecke und die kleineren an Kopf- und Fußende waren so oft poliert worden, daß sie sich gelockert hatten. Die Großmutter hatte Jimmy erzählt, daß sie als junge Frau neue blaue Schleifen an die Bettpfosten gebunden hätte und die Seiten damals mit weißen, bis auf den Boden reichenden Volants verhüllt gewesen seien, deren Säume mit dem Brenneisen gekräuselt waren. Mit einer Patchwork-Steppdecke darauf mußte das Bett ein herrlicher Anblick gewesen sein.

Diese Feinheiten waren jedoch längst dahin. Die Reste der Patchworkdecke dienten noch als Bügeldecke, die Schleifen und Volants aber waren verschwunden. Nichtsdestoweniger war Jimmy sehr stolz auf das Messingbett. In einem der lockeren Knäufe bewahrte er seine Schätze auf: ein sehr altes Stück Kaugummi, eine Glasmurmel und eine Anzahl Lederscheibchen, die er heimlich von der Wollmatratze abgeschnitten hatte – mit ein Grund, warum sie jetzt so klumpig war.

Dieses Bett auf dem »oberen Podest« teilte seine Schwester Cathy mit ihm. Die Treppe vom Wohnzimmer herauf endete direkt in diesem Zimmer, in dem es meistens zog. Ein kleines Fenster gab so viel Licht wie möglich, doch ein alter, dicht am Haus wachsender Birnbaum breitete seine Äste zu nahe aus, um viel Beleuchtung zuzulassen. Im Sommer sickerte das Licht durch grünes Laub, was dem Raum das Sonderbare einer Unterwasserlandschaft gab, wenn die Schatten an den Wänden waberten. Im Winter pochten und scharrten die kahlen Äste ans Glas wie suchende Knochenfinger, und Jimmy vergrub vor Entsetzen seinen Kopf unter der Decke.

Seine zwei älteren Schwestern schliefen im Erdgeschoß, weil sie als erste aufstehen mußten und schon um sieben Uhr früh drunten an der Straße auf den Autobus nach Caxley warteten.

Seine Eltern schliefen im einzigen anderen vom Treppenabsatz ausgehenden Schlafzimmer, das über dem Wohnraum lag. Bis vor kurzem hatte Jimmy bei ihnen in einem Kinderbett in der Ecke geschlafen, doch dem war er jetzt entwachsen und zu der Messingbettstatt aufgestiegen. Wenn eine seiner Schwestern heiratete, was in diesem Sommer geschehen sollte, würde die Übrigbleibende vermutlich mit Cathy im Großmutterbett schlafen und er statt dessen unten aufs Sofa verbannt werden. Der Gedanke, allein in einem Zimmer zu schlafen, gefiel ihm gar nicht, und nachts verdrängte er die Angst davor, entschlossen, die derzeitigen Annehmlichkeiten noch zu genießen.

Wie er so dalag und im Zustand zwischen Schlafen und Wachen am Daumen lutschte, drangen Bilder, Geräusche und Gerüche seines ersten Schultages mit erneuter Kraft auf ihn ein. Er sah die ordentlichen Reihen der Pulte, bei einigen, auch seinem, war auf dem Deckel ein Viereck eingeschnitzt. Es hatte ihm Spaß gemacht, mit seinem dicken Zeigefinger die 25 cm langen Rillen entlangzufahren.

Er erinnerte sich an Miss Clares leise Stimme, ihre riesige Tasche und das Parfümfläschchen, das sie daraus hervorgeholt hatte. Der Verschluß war bis an die Tür gerollt, und er war nachgesprungen, um ihn für sie aufzuheben. Zur Belohnung hatte sie ihm einen Tropfen kalten Duft in die Handfläche getupft, doch der hatte sich bald verloren in der Plastilinkugel, die er geknetet und zu Knöpfen und Murmeln und als Allerschönstes zu einer langen, geschmeidigen Schlange gerollt hatte. Er wußte noch, wie sie sich in seiner Hand angefühlt hatte, tot, sich aber grauenvoll schlängelnd, als er sie hin- und herschwenkte. Nicht so vergnüglich war das Festhalten des Kreidestummels, als er versuchte, die Buchstaben von der Tafel nachzumalen. Seine Finger hatten sich so verkrampft, daß sie weh taten.

Er erinnerte sich an das Klirren der Milchflaschen, als die Kinder sie in den Metallbehälter in der Ecke zurückstellten. Seine Milch hatte er nur genossen, weil er sie durch einen Strohhalm hatte trinken dürfen, und das war ihm neu. Es war befriedigend zu sehen, wie die Milch in der Flasche weniger und weniger wurde, und zu spüren, wie die kalte Flüssigkeit in den Magen hinunterrieselte.

Er seufzte und schob sich tiefer in die klumpige Matratze. Ja, die Schule gefiel ihm. Er würde morgen wieder Milch durch einen Strohhalm trinken und mit Plastilinschlangen spielen und vielleicht hinübergehen in den anderen Raum und Cathy wiedersehen. Cathy ... er war froh, daß Cathy auch da war. Schule war schön und gut, aber nichts war so wie zu Hause, wo alles altvertraut war. Noch immer am Daumen lutschend, schlief Jimmy ein.

Im Nachbarhaus lag Joseph Coggs auf einem klapprigen Feldbett und horchte, was sich seine Eltern unten erzählten. Ihre Stimmen drangen deutlich die Treppe herauf in den Schlafraum auf dem Treppenabsatz, und er wußte, daß sein Vater böse war.

»Neun Pence pro Tag! So ein Quatsch. Fast vier Bob pro

Woche nur für Joes Dinner? Kommt gar nicht in Frage. Dem gibst du ’n Stück Brot und Käse mit, wie mir auch, mein Mädchen.«

Auch Arthur Coggs fuhr mit dem Frühbus nach Caxley. Er war als ungelernter Arbeiter bei einer Baufirma angestellt und verbrachte seine Tage damit, Zement zu mischen, Eimer zu schleppen und Schubkarren zu schieben. Um zwölf Uhr setzte er sich mit seinen Kumpels hin, aß Brot und Käse und manchmal eine rohe Zwiebel, die seine Frau ihm eingepackt hatte. Joseph kannte diese Essenpäckchen vom Sehen – dicke, mit Margarine bestrichene Brotschnitten und einem unappetitlichen Klumpen vertrocknetem Käse, und er bekam ganz schlechte Laune bei der Vorstellung, solchen Proviant in die Schule mitnehmen und, noch schlimmer, in Sicht- und Riechweite des köstlichen Essens zu sich nehmen zu müssen, das er heute genossen hatte.

Neben seinem Bett, so nah, daß er die graue Militärdekke darauf berühren konnte, stand eine eiserne Bettstelle, in der seine beiden jüngeren Schwestern lagen. Sie schliefen fest, ihre Wuschelköpfe dicht nebeneinander auf dem gestreiften Drillich des schmutzigen Kissens, das keinen so ausgefallenen Unsinn wie einen Kissenbezug aufwies. Ihre kleinen rosigen Münder standen halb offen, und sie schnarchten sanft.

Im Nebenzimmer, dem Schlafzimmer der Eltern, konnte er das Baby wimmern hören. Er liebte dieses Jüngste zärtlich und litt vor Mitleid unsäglich, wenn es schrie. Seine roten Fäustchen und der plärrende Mund rührten ihn tief, er hätte alles getan, um seine Bedürfnisse zu befriedigen. Er wünschte, seine Mutter ließe zu, daß er es öfter auf den Arm nähme, aber sie lehnte seine Hilfsangebote unwirsch ab und schubste ihn aus dem Weg.

»Denk dran«, hörte er seinen Vater rufen, »und tu, was

ich dir sage. Was er gehabt hat, kann er zahlen, aber von jetzt ab kriegt er dasselbe wie ich.«

Das waren betrübliche Worte für Joseph, der sie oben hörte, denn obwohl auch er wie der Junge im Nachbarhaus die Erlebnisse des heutigen Tages überdacht hatte und obwohl das Plastilin, die Milchflaschen, die Schulbänke und die Kinder seinem Kindergemüt bleibenden Eindruck gemacht hatten, war es doch das Essen, so warm und reichlich, die Pflaumen und vor allem die überschwappenden Teller goldenen Vanillepuddings, die dem kleinen Joseph Coggs am meisten bedeutet hatten.

Zwei dicke Tränen rannen über sein Gesicht, als er sich resigniert auf seinem knarrenden Bett zur Seite drehte und sich anschickte einzuschlafen.

Mr. und Mrs. Moffat arbeiteten gemeinsam an einem Teppich, einer von jeder Seite. Es war ein kompliziertes Muster: Rosen in einem Korb vor schwarzem Hintergrund.

Er war dazu bestimmt, vor dem glänzenden, gekachelten Kamin des kleinen Wohnzimmers zu liegen, das Mrs. Moffats neueste Freude war. Als sie noch über ihrem Laden in Caxley wohnten, hatte sie oft und lange darüber nachgedacht, wie sie ihr Wohnzimmer einrichten würde, wenn sie erst über einen solchen Luxus verfügte, und hatte sich aus Frauenzeitschriften, die sie liebte, so manche Bilder und Pläne für derartige Räume wie auch echte Fotos von den Appartements der Filmstars ausgeschnitten. Ihr wahrer Herzenswunsch wäre ein Tigerfell als Kaminvorleger gewesen, doch war ihr klar, daß ihr gegenwärtiges Wohnzimmer, das nur vier mal drei Meter maß, für eine solche Extravaganz viel zu klein war, daher legte sie diesen Traum zu den übrigen.

Als ihre Knüpfhaken so durch den Stramin ein- und ausfuhren, erkundigte sich Mr. Moffat nach den ersten Eindrücken seiner Tochter in der Schule.

»Sie hat nicht viel erzählt«, berichtete Mrs. Moffat, »und hat ihr Kleid schön saubergehalten. Sie sitzt neben einer Anne Soundso. Ihre Mutter arbeitet oben in der Atomgeschichte.«

»Ich kenne ihren Vater. Netter Kerl, arbeitet bei Farmer Heath. Hab ihn im Pub kennengelernt.«

»Na, immerhin. Ich will nicht, daß sich Linda irgendwas holt. Ihre Locken kosten sowieso schon viel Zeit, da braucht nicht noch was dazuzukommen.«

»Von der Familie holt sie sich bestimmt nichts, was nicht sein soll«, erwiderte Mr. Moffat knapp. »Schadet ihr gar nichts, wenn sie mal ein bißchen rauher angefaßt wird. Du verweichlichst sie.«

Mrs. Moffat errötete. Ihr war klar, daß diese Bemerkung einen wahren Kern hatte, sie nahm es aber übel, daß man ihr ehrgeiziges Ringen für die einzige Tochter so wenig anerkannte und als weibliche Eitelkeit abtat. Es war weit mehr, aber das auszudrücken war ihr nicht gegeben.

Sie verfiel in gekränktes Schweigen. Ohne ihre Anstrengungen würden sie alle noch über dem miesen kleinen Laden wohnen, dachte sie insgeheim. Sie wollte, daß Linda eine größere Chance bekäme, als sie selbst gehabt hatte. Sie wollte, daß ihr Kind all das bekam, was sie sich selbst in ihrer Jugend so leidenschaftlich gewünscht hatte: ein Ballkleid mit weitem Rock und rüschenbesetztem Oberteil; eine zum jeweiligen Kleid passende Handtasche; sie wollte, daß Linda einem Tennisclub beitrat, vielleicht sogar reiten ging in untadeligen Jodhpurs und steifem Hut. Was Mrs. Moffat in ihrer wilden Mutterliebe übersah, war die Tatsache, daß Linda möglicherweise ganz zufrieden wäre ohne das gesellschaftliche Drum und Dran, auf das ihre Mutter so großen Wert legte.

Mr. Moffat spürte, daß er seine Frau wieder einmal verstimmt hatte. Schweigend stachen sie die Wolle durch den

Stramin, und Mr. Moffat dachte nicht zum ersten Mal, was Frauen doch für Wirrköpfe waren.

Linda, in ihrem neuen hellblauen Bett im kleinen hinteren Schlafzimmer, dachte an ihre neue Freundin Anne. Zu schade, daß sie so unordentlich war, das würde ihre Mutter stören, wenn sie sie am Sonnabend zum Spielen einlud, aber sie würde es trotzdem tun. Diese neue Schule gefiel ihr. Die Kinder hatten ihr Kleid und ihre roten Schuhe bewundert, und sie begriff, daß sie hier weit eher die Königin spielen konnte als in der kleinen Privatschule in Caxley, in die sie bisher gegangen war. Dort waren zu viele andere Mütter vom Kaliber Mrs. Moffats gewesen, die alle darin wetteiferten, ihre Kinder fein anzuziehen und zu ermahnen, sich vornehm auszudrücken. Es war, Linda bemerkte es erst jetzt, eigentlich immer anstrengend gewesen. In dieser Dorfschule, das wußte sie, würde sie sich, trotz aller Warnungen ihrer Mutter, in Gesellschaft der anderen Kinder gehenlassen dürfen.

Was Linda die größten Sorgen machte, als sie an den ersten Schultag zurückdachte, waren die Toiletten. Sie war entsetzt über die primitiven Sanitäranlagen. Caxley hatte Kanalisation gehabt, und ihr jetziges eigenes Badezimmer im Bungalow war mit einem WC ausgestattet. Sie war noch nie auf ein Eimerklo gegangen, und die Erinnerung an die wenigen Minuten, die sie heute vormittag dort verbracht hatte, die Nase fest in die Hände gepreßt, die nach Lavendelseife rochen, ließ sie schaudern. Sie nahm sich vor, morgen gegen die Anfechtungen des Tages Toilettenwasser auf ihr Taschentuch zu träufeln, und noch während sie überlegte, welches ihrer beiden winzigen Fläschchen sie benutzen würde, Lavendel oder Nelken, schlief sie plötzlich ein.

Während Miss Clare und ich eines Morgens in der Lehrerwohnung unseren Tee tranken, klingelte das Telefon. Es war die schrille Stimme von Mr. Annett, die mein Ohr mit einem Sturzbach von Worten überfiel. Er ist der Schulleiter von Beech Green, ein hitziger, ungeduldiger Mann, Witwer, der mit einer alten schottischen Haushälterin im dortigen Schulhaus lebt. Er war erst sechs Monate verheiratet, als seine junge Frau bei einem Luftangriff auf Bristol, in dessen Umgebung seine Londoner Schule damals evakuiert worden war, ums Leben kam. Sehr bald danach hatte er all ihren Besitz verkauft und die Leitung der kleinen Schule in Beech Green übernommen. Er verbringt sein Leben damit, einen langen, aussichtslosen Kampf gegen die geistige Trägheit der Landkinder und das gemächliche Tempo ihrer Fortschritte zu führen. Außerdem ist er Chorleiter von St. Patrick.

»Hören Sie mal«, brabbelte er, »es geht um das Erntedankfest. Mrs. Pratt kann heute abend nicht die Orgel spielen – eins ihrer Kinder liegt mit Windpocken –, und da hab ich mir gedacht, ob Sie einspringen könnten? Wir wollen den Choral ›Sehet dort das Korn im Tale‹ einüben. Kennen Sie ihn? Sicher, wir haben ihn seit Kriegsende bei jedem Erntedankfest gesungen, und die können ihn immer noch nicht!«

Man hörte ein Geschuffel am anderen Ende der Leitung. »Nun geh schon aus dem Weg, dummes Ding!« rief Mr. Annett wütend. »Sie nicht, natürlich, Miss Read, die Katze! Also dann, können Sie? Um halb acht! Danke, ich seh Sie dann.« Das Telefon wurde mit Geschepper eingehängt, und ich konnte mir vorstellen, wie Mr. Annett energiegeladen zum nächsten Job hastete.

Ich trank meinen Tee aus und überdachte die mir am Abend bevorstehende Aufgabe. Eines war ganz sicher – amüsant würde es werden.

6
Chorprobe

Die schwere Kirchentür ging ächzend auf, und ein kalter Geruch schlug mir entgegen, eine Mischung aus muffigen Gesangbüchern und Messingputzmitteln, als ich den spiegelnden Mittelgang auf Zehenspitzen entlangging – zur Chorprobe.

Mr. Annett war bereits da, flitzte von einer Seite des Altarraums zur anderen, verteilte Abschriften des Chorals, in jeder Hinsicht wie ein verstörtes Goldhähnchen. Seine Finger flatterten zum Mund und zurück zu seinen Papieren, während er sie ungeduldig sortierte.

»Guten Abend, guten Abend! Wie nett von Ihnen. Schon jemand zu sehen? Keinen Zeitsinn, diese Leute. Schon fast halb. Man könnte verrückt werden.« Seine Worte kamen ruckartig, weil er dabei atemlos herumschoß. Eine Broschüre flatterte auf den häßlichen, rautengemusterten Teppich, der den Boden des Altarraums bedeckte.

Noch während er sich hastig danach bückte, hörten wir das Geräusch ländlicher Stimmen an der Tür, und eine kleine Menschengruppe trat ein. Mr. Willet und seine Frau, zwei, drei meiner älteren Schüler, sichtlich verlegen, mich in so ungewohnter Umgebung zu sehen, und Mrs. Pringle, die die Nachhut bildete. Mrs. Pringles dröhnender *Contralto* neigt infolge seiner besonders tragenden Eigenschaft dazu, den restlichen Chor zu übertönen. Da ihr Notenlesen alles andere als genau ist und sie jede Art von Korrektur übelnimmt, ist Mrs. Pringle eher eine Last als ein Aktivposten im Chor von St. Patrick; aber ihre aggressive Frömmigkeit, die sich in tiefen Kniebeugen ausdrückt, ihrer höchst militärischen Wendung nach Osten und den zum Kanzeldach erhobenen Blicken, ist ein gutes Vorbild für zappelige Chorknaben, und Mr. Annett erträgt ihre Manieriertheiten mit lobenswerter Seelenstärke.

Ich ging in die Sakristei, um nachzusehen, ob Eric, mein Balgtreter, auf seinem Posten war. In der Sakristei war es warm und gemütlich. Der Tisch war mit einer roten Sergedecke mit roten Troddeln bedeckt. Darauf stand ein wuchtiges Tintenfaß mit einem Zoll hoch Tinte darin, die zu einer honigartigen Konsistenz eingetrocknet war. Lässig am Tisch lehnte Eric, sah unangenehm schmuddelig aus und blies gelassen Bubble-gum-Blasen aus dem Mund.

»Erbarm dich, Eric«, protestierte ich. »Doch bitte nicht hier drin.«

Er wurde rot, würgte und schluckte zu meiner Bestürzung mit hervortretenden Augen.

»Schon weg«, verkündete er erleichtert.

»Ich wollte damit nicht sagen, daß du ihn verschlucken sollst, Eric –«, begann ich, während schreckliche Visionen von akuten Bauchschmerzen, Krankentransport, verzweifelten Eltern und fürchterlichen Vorwürfen mich bedrängten.

»Das macht ei'm nix«, beruhigte Eric. »Ich eß die oft – man kriegt nur manchmal Schluckauf davon, das ist alles.«

Erschüttert kehrte ich zurück an die Orgel und legte mir die Noten zurecht. Vier, fünf weitere Chormitglieder waren eingetroffen, und Mr. Annett war voller Ungeduld, anzufangen. Fetzen von Gesprächen trieben zu mir herüber.

»Aber eine *Guinea,* wohlgemerkt, bloß fürs Umbringen von so 'nem alten Schwein.«

»Ah, aber dafür hat man das ganze Fleisch und Speck und alles, ich weiß ja, ihr habt es das ganze Jahr füttern müssen, und eine Guinea kommt mir auch reichlich vor, zugegeben, aber immerhin –«

»Alsodann«, unterbrach Mr. Annetts Stakkatostimme, »wollen wir mal anfangen?«

»Die junge Mrs. Pickett läßt sagen, sie kommt bald nach, wenn das Baby Ruhe gibt, es kränkelt ein bißchen ...«

Diese Neuigkeit löste erneut Kommentare aus, und Mr. Annett wippte ungeduldig auf den Zehen.

»Das arme Würmchen. Wahrscheinlich die Zähne.«

»Sie hat die Gemeindeschwester kommen lassen.«

»Komisch, ich hab sie doch erst heut früh droben im Laden gesehen.«

Plötzlich riß Mr. Annett die Geduld. Er ratterte mit dem Taktstock auf dem Pult, und seine Augen funkelten.

»Bitte! Bitte! Wir werden eben ohne Mrs. Pickett anfangen müssen. Fertig, Miss Read? Eins und – « Und los ging es.

Hinter mir stiegen und fielen die Stimmen, wobei Mrs. Pringles konzentriertes Gebrüll mit Mrs. Willets nasalem Sopran wetteiferte. Mrs. Willet klammert sich so nachhaltig an ihre Töne, daß sie gewöhnlich einen halben Takt hinter den anderen herhinkt. Ihre Stimme hat das Durchdringende, Herzzerreißende, das man oft bei Sängerinnen findet, die am Samstagabend vor den Gasthäusern »oh, bleibe bei mir« zum besten geben. Auch neigt sie dazu, die Schlußkonsonanten zu stark zu betonen, die Vokale quälend in die Länge zu ziehen, und das alles so teuflisch schrill, daß alle das Nervenzittern bekommen.

An diesem Abend war Mrs. Willets Zeitverschleppung schlimmer als sonst. Mr. Annett klopfte ab.

»Dies ist ein fröhliches, lebhaftes Musikstück«, flehte er. »Die Täler, sagt man uns, lachen und singen. Leicht, bitte, tänzelnd, fröhlich! Miss Read, würden Sie es noch einmal spielen.«

Ich gehorchte so tänzelnd und hurtig, wie ich nur konnte, und sah dabei Mr. Annetts schwarzen nickenden Kopf im Spiegel über der Orgel. Seine Haarbüschel rechts und links des Scheitels wippten einen halben Takt *nach* seinem restlichen Kopf.

»Noch einmal!« kommandierte er, und gehorsam kamen die gemessenen, schleppenden Töne. Mr. Annetts Taktstock schlug einen flotten, aber ganz anderen Rhythmus. Plötzlich warf er die Hände in die Höhe und tat einen leisen Schrei. Der Chor verlangsamte, geriet ins Stocken und verstummte. Mrs. Pringles Mund schloß sich mit dem Ausdruck größter Mißbilligung, und selbst Mrs. Willets gleichmütige Haltung bekam etwas leicht Beunruhigendes.

»Im Takt! Im Takt!« schrie Mr. Annett und hieb mit dem Taktstock aufs Pult. »Hören Sie noch mal zu.« Er gestikulierte drohend zu meinem Spiegel hin, und ich spielte die Stelle noch einmal. »Hören Sie? Es geht so: Sie tanzen–bong und bong, singen–bong und bong. So einfach geht das. Jetzt zu–gleich!«

Mit gesträubtem Haar und gefährlich funkelnden Augen führte Mr. Annett sie nochmals an. Sie kämpften sich tapfer weiter. Mr. Annett drängte vorwärts wie ein eifriger junger Hund an der Leine, und die langsamen Stimmen rollten hinter ihm her.

Nur an der Kanzel brannten die Lichter, die übrige Kirche war eine Höhle der Schatten und bildete den uralten Hintergrund für diese Stunde ländlicher Komödie.

An der Kanzelwand stand eine Marmorbüste von Sir Charles Dagbury, dem einstigen Gutsherrn dieser Gemeinde, und starrte aus blicklosen Augen auf die Szene. Zu beiden Seiten seines stolzen, hochmütigen Gesichts fielen symmetrisch zwei Lockenkaskaden, und seine Nüstern waren gebläht wie im Widerwillen gegen die unter ihm musizierenden Sterblichen.

Ein heftiges Abklopfen von Mr. Annetts Taktstock ließ uns aufhorchen.

»David«, sagte er zum kleinsten Chorknaben, »bitte stell dich auf ein Kniekissen, Kind, ich kann kaum deinen Kopf sehen.«

»Aber ich steh doch schon drauf, Sir«, protestierte David gekränkt.

»Entschuldigung, Entschuldigung. Ich bin noch nie in meinem Leben einem derart schlecht konstruierten Chorgestühl begegnet«, verkündete Mr. Annett mit der Ignoranz des Stadtbewohners den Gefahren gegenüber, die dergleichen riskante Bemerkungen bergen. »Viel zu hoch und außerdem noch scheußlich.«

Man hörte ein scharfes Zischen: Mrs. Pringles empörten Atemzug.

»Mein alter Großvater«, begann sie mit donnernder Stimme, »war zuletzt zwar ein nervenaufreibender alter Herr –

hätte in ein Heim gehört bei der Art, wie er mit seiner armen Frau umsprang –, aber er war auch ein hervorragender Tischler, wie man ihn sich nur wünschen kann, und dieses Chorgestühl –«, sie beugte sich drohend vor und klatschte mit ihrer kräftigen Hand auf einen der Chorstühle, »gerade dies zählt zu seinen besten Arbeiten. Hab ich recht?« erkundigte sie sich bei ihren verlegenen Nachbarn.

Es entstand unbeholfenes Geschuffel und Gemurmel. Mr. Annett hatte den Anstand, zu erröten und beschämt auszusehen.

»Ich muß mich wirklich entschuldigen, Mrs. Pringle«, sagte er gewandt, »ich wollte den Handwerker, der dies geschaffen hat, nicht beleidigen. Erstklassige Arbeit, sieht man deutlich. Es war der Entwurf, den ich kritisierte.«

»Mein Großvater«, donnerte Mrs. Pringle mit fürchterlichem Nachdruck, »hat es auch selbst entworfen.«

»Ich kann mich nur nochmals entschuldigen«, sagte Mr. Annett, »und hoffe, daß Sie meine bedauerlichen Äußerungen verzeihen.« Er hustete nervös. »Um nun fortzufahren: Nächsten Sonntag nehmen wir uns ›O Herr, wie schön sind deine Wohnungen‹ vor, und ich dachte, wir sollten es zunächst mal nur mit dem zweiten Vers versuchen. Alle einverstanden?«

Es gab zustimmendes Gemurmel bei allen außer Mr. Willet, der in Kirchenangelegenheiten eine etwas kalvinistische Einstellung hatte.

»Ich mag, wenn die Choräle grad runtergesungen werden«, sagte er und pustete in seinen tabakfleckigen Schnurrbart, »die Kinkerlitzchen lenken vom Text ab, find ich.«

»Tut mir leid, daß Sie so denken«, sagte Mr. Annett. »Was meinen die anderen?« Er sah sich in der Runde um, den Taktstock ins Haar gesteckt.

Niemand antwortete, weil man es weder mit Mr. Annett noch mit Mr. Willet verderben wollte. In dieser Stille hörte man Eric in der Sakristei knarrend hin- und hermarschieren und plötzlich einen ohrenbetäubenden Schluckauf.

»Dann wollen wir jetzt weitermachen«, sagte Mr. Annett, den diese Explosion wieder aktiv werden ließ. »Also nur Oberstimme, Vers zwei. Die Psalmen haben wir schon geübt, und – ach ja – ehe ich es vergesse – am Schluß des Gottesdienstes singen wir das siebenfache Amen.«

Mr. Willet schnaubte und murmelte heftig unter seinem Schnurrbart.

»Na, und was jetzt?« fragte Mr. Annett gereizt. »Was ist gegen das siebenfache Amen einzuwenden?«

»Papistisch«, sagte Mr. Willet und blies seinen Schnauzbart auf. »Ich bin ein einfacher Mann, Mr. Annett, ein einfacher Mann, der in der Gottesfurcht aufgezogen ist. Den Herrn zu preisen mit einem Stück achtbarer Musik ist in Ordnung, aber siebenfache Amens heißt es doch zu weit treiben, meiner Meinung nach. Und meine Frau hier«, sagte er und drang auf die zurückweichende Mrs. Willet ein, »ist ganz meiner Ansicht, nicht wahr?« setzte er hinzu und schob sein Gesicht kriegerisch auf sie zu.

»Ja, Liebster«, erwiderte Mrs. Willet schwach.

»Es ist ein Jammer –«, begann Mr. Annett.

»Und wenn wir schon dabei sind«, fuhr Mr. Willet laut fort und schob diese Unterbrechung beiseite, »was ist überhaupt aus den Gesangbüchern geworden, denen mit dem Atomic-Sulphur?«

Mr. Annett schien völlig verwirrt, was nicht verwunderlich war.

»Sie kennen sie doch, grün eingebunden waren sie, und über den Noten stand gleich Atomic-Sulphur. Die bin ich gewöhnt. Damals in der Schule, vor Jahren, als Unterricht noch Unterricht war, kann man wohl sagen, da hat man uns allen Atomic-Sulphur beigebracht. Alle Leute in meinem Alter kommen damit am besten zurecht.«

»Ich glaube, die sind in einer Truhe in der Sakristei«, sagte Mr. Annett und riß sich zusammen. »Und natürlich können Sie Gesangbücher benutzen, in denen *tonic solfa* steht, wenn Ihnen die lieber sind. Sie waren schon recht abgegriffen, deswegen hat der Vikar sie weggelegt.«

Mr. Willet, der seine Meinung losgeworden war, ließ sich jetzt gern beschwichtigen und grunzte dementsprechend.

Mr. Annett begann die Noten wieder in die Kästen zu schaufeln. »Danke, meine Damen und Herren. Nächste Woche um die gleiche Zeit? Guten Abend allerseits. Ja, ich glaube, der Choral wird dann wunderbar klappen. Gute Nacht, gute Nacht.«

Sie verloren sich in den Schatten der Kirche, gingen vorüber an leeren Bänken, dem Taufstein, den Gedenktafeln und Grabstätten ihrer Vorväter. Stille flutete wieder heran. Ich verschloß die Orgel und ging in die Sakristei hinaus.

Eric, von seiner Anstrengung noch schwitzend, kämpfte mit dem aufsässigen Schluckauf, schien aber sonst bei ausgezeichneter Gesundheit. Mr. Annett gab ihm gerade einen Shilling für seine Dienste.

»Und wenn du noch mal diesen gräßlichen Kaugummi kaufst«, sagte ich zu ihm, »iß ihn zu Hause. Wenn ich in der Schule einen sehe, wandert er in den Papierkorb, mein Junge.«

Vergnügt grinsend klapperte er über die Sakristeistufen, und wir folgten ihm hinaus in die milde Abendluft.

Die Chormitglieder schwatzten noch immer am Kirchentor, durch eine Mauerecke gegen uns abgeschirmt. Ihre Stimmen drangen deutlich über den Friedhof.

»Ich sag immer alles frei raus«, äußerte sich Mr. Willet soeben mit fester Stimme. »›Sage die Wahrheit und fürchte den Teufel nicht.‹ Da ist was Wahres dran. Dieser junge Annett würd' uns am liebsten mit Weihrauch beklecksen, wie die Alten Briten, wenn man ihn ließe.«

»Mit Weihrauch und so hat er nichts zu tun. Das ist dem Vikar seine Sache, und der ist in Ordnung«, sagte eine weibliche Stimme. Mrs. Pringle hatte mal wieder das letzte Wort.

»Dem hab ich's aber richtig gegeben wegen meinem Opa. Was macht's schon, daß er manchmal eine Nervensäge war? Er war mein Fleisch und Blut, stimmt's? Hab direkt gekocht, wie der so runtergemacht wurde –« Die dröhnende Stimme erstarb, die Schritte auf dem Kiesweg wurden schwach und schwächer.

7
Miss Clare wird krank

Das Schuljahr war nun schon ein paar Wochen alt. Jimmy, Joseph und Linda hatten sich gut eingewöhnt und spielten ebenso lautstark wie die anderen im Pausenhof Schule, Raumschiff und Kaufladen.

Mrs. Coggs hatte im Gasthaus unten am Weg eine Stellung angenommen. Sie verbrachte dort jeden Morgen zwei Stunden, in denen sie Gläser wusch, die Bar und die Gaststube scheuerte, während das Baby im Garten in seinem Kinderwagen schlief und sie ein Auge darauf haben konnte.

Dieses Arrangement hatte erfreuliche Folgen für Joseph. Drei, vier Wochen lang hatte er runzelige Brotscheiben zum Lunch in die Schule mitgebracht, manchmal ergänzt durch einen Apfel oder ein paar Pflaumen. Diese kärgliche Mahlzeit hatte er betrübt verzehrt, die dunklen Augen auf die Schulspeisung gerichtet, die seine glücklicheren Schulkameraden vertilgten.

Jetzt aber, mit eigenem Geld in der Tasche, konnte sich Mrs. Coggs gegen die Anordnung ihres Mannes: »Keine Schulspeisung für unseren Joe« auflehnen, und zur allgemeinen Befriedigung kehrte Joseph an den Eßtisch zurück, ein breites Grinsen im Gesicht und mehr denn je mit einem Appetit auf drei Portionen.

Das Wetter war den ganzen September hindurch milde und golden gewesen. Die Ernte fiel prächtig aus, die Schober waren bereits mit Stroh gedeckt und die Hausfrauen angestrengt dabei, den Überfluß an Äpfeln, Zwetschgen und Damaszenerpflaumen einzuwecken und zu Marmelade zu machen.

Eines Morgens jedoch erwachte ich in eine veränderte Welt. Eine Rabatte roter Dahlien, die gestern nachmittag noch tapfer Wache gehalten hatten, hingen braun und feuchtkalt die Köpfe, und das Gras war grau von Reif.

Die fernen Downs waren hinter weißem Dunst verschwunden, und unter den Ulmen verdichtete sich das gelbe Laub rasch zu herbstlichen Teppichen.

Nach dem Frühstück ging ich hinüber zur Schule, um Mrs. Pringle entgegenzutreten. Sie polierte die Bänke mit einem blaukarierten Staubtuch – ihre Miene war abweisend.

»Mrs. Pringle«, begann ich mutig, »wenn es morgen auch so ist, müssen Sie die Öfen heizen.«

»Die Öfen«, sagte Mrs. Pringle und riß erstaunt die Augen auf. »Aber Miss, die brauchen wir frühestens in 'ner Woche. Das sind nur Wärmenebel. Sie werden sehen: Es klart sich noch zu einem richtigen schönen Tag auf.«

»Das bezweifle ich«, sagte ich knapp. »Holen Sie sich Anfeuerholz und Koks schon heute abend herein für den Fall, daß dieses Wetter anhält. Ich höre heute abend den Wetterbericht und sag Ihnen morgen früh definitiv Bescheid.«

Ich kehrte ins Lehrerhaus zurück mit dem Gefühl, das Vorgeplänkel sei gut verlaufen. Mrs. Pringle blieb zurück, vor sich hin brummend, und staubte die Fensterbänke ab.

Im Lauf des Vormittags kämpfte sich eine wässerige Sonne durch, und ihre Strahlen fielen auf die gesenkten Köpfe der Kinder, die sich mit ihren Rechenaufgaben abplagten. Es war sehr still im Klassenzimmer. Auf der Seite der Kleinen jenseits der Trennwand hörte man ein leises Summen und das gleichmäßige Ticken der alten Wanduhr.

Plötzlich wurden wir alle fürchterlich erschreckt: Es hämmerte jemand laut an die Tür. Es war Mr. Roberts, der Farmer, und einer seiner Leute, Tom Bates. Jeder trug eine fette Garbe Kornähren. Hinter mir schwatzten die Kinder aufgeregt durcheinander.

»Der Vikar hat gemeint, das brauchen Sie für die Kirche am Erntedanksonntag«, brüllte Mr. Roberts fröhlich. Er ist einer unserer energischeren Schulmanager, außerdem unser nächster Nachbar, so daß er uns oft besuchen kommt. Er stapfte ins Zimmer, gefolgt von Tom Bates, und legte das Korn neben das lange Pult an der einen Seitenwand auf den Boden. Die Dielenbretter erzitterten unter dem Tritt seiner schweren Stiefel und dem Plumpsen der Ähren.

Die Kinder freuen sich immer, wenn Mr. Roberts in die Klasse kommt. Er ist ein gewaltiger Mann mit Händen wie Schinken und Beinen so dick wie Baumstämme. Einmal, als er uns besuchte, trat er rückwärts gegen die Staffelei und brachte die Tafel, eine Vase mit Weidenkätzchen und einen kleinen Jungen, der sich in der Nähe herumgetrieben hatte, zum Kentern. Die Kinder hoffen immer, daß dieses prachtvolle Durcheinander wieder passieren könnte, und bekommen leuchtende Augen, wenn Mr. Roberts auftaucht.

»Wenn Sie noch mehr brauchen«, sagte Mr. Roberts und trat gefährlich nahe an die Kiste mit den Milchflaschen heran, »brauchen Sie's mir nur zu sagen. Wo das herkommt, gibt's noch viel.« Geschickt umrundete er das Tafelgestell und verschwand mit Tom im Korridor.

Ein Tumult brach aus. Teilungsaufgaben, Additionen, Pfund und Unzen gerieten in Vergessenheit. Die Kinder hatten nur noch Augen für den Reichtum auf dem Fußboden.

»Dürfen wir das nachmittags machen, Miss?«

»Sie haben doch gesagt, wir Jungen dürfen diesmal die Sträuße machen.«

»Die Mädels haben es voriges Mal gemacht.«

»Der Vikar hat gesagt, wir Schulkinder dürfen das Altargitter schmücken.«

»Nein, ist gar nicht wahr. Das Altargitter machen immer die Pfadfinderinnen.«

Ich schaltete mich ein. »Vor heute nachmittag geschieht gar nichts. Macht weiter mit Rechnen.«

Traurig beugten sie sich wieder über ihre Aufgaben. Federhalter kratzten in Tintenfässern, unter den Pulten wurde wiederholt an den Fingern abgezählt, Lippen bewegten sich wie im Gebet, und die Arbeit ging weiter.

Es war in der Gemeinde von jeher Sitte, daß die Kinder von Fairacre gewisse Teile der Kirche zum Erntedankfest schmücken. Die Seiten der Bankreihen werden schon immer von uns besorgt, und in diesem Jahr war uns darüber hinaus das Altargitter überlassen worden. Voriges Jahr hatten wir die Stufen zum Taufstein schmücken dürfen, und gestreifte Kürbisse hatten sich mit riesigen Kochäpfeln den Raum streitig gemacht. Die Ähren werden zu kleinen Sträußen gebunden und an den Enden der Kirchenbänke befestigt, der Rest bleibt den übrigen Kirchenschmückenden.

Mrs. Pringle schnaubte vor Abscheu, als sie nach dem Mittagessen auf dem Weg zu ihrem dampfenden Boiler durch den Raum kam.

»Na, das sieht ja vielleicht hier aus, nicht zu glauben! Und das auf meinem sauberen Boden! Ich seh schon, zwei Tage lang ist hier der reine Schweinestall! Ich werd' keine Energie drauf verschwenden, bis das ganze Zeug draußen ist.«

Sie stieß die Ähren mit ihren schwarzen Schnürstiefeln verächtlich beiseite, um zu zeigen, wie widerlich ihr die ganze Sache war.

Die Kinder hockten im Stroh wie brütende Hennen, und ihre Finger banden eifrig das Korn zu sauberen Sträußchen. Schwatzend schuffelten sie am Boden herum.

Die Kleinen im Nebenraum waren ebenso beschäftigt. In der Schule herrschte immer Hochstimmung, wenn man sich auf das Erntedankfest vorbereitete. Morgen würden sie ihre eigenen Gaben von daheim mitbringen, sauber gewaschene Karotten, braune Zwiebeln, Kohlköpfe wie Fußbälle und andere Früchte, die sie ihren Eltern abgeschmeichelt hatten. Diese und weitere Kornsträuße würden wir zur Kirche tragen – das Ereignis, auf das sie sich jetzt ungeduldig freuten.

Während wir so beschäftigt waren, öffnete sich die Tür der Trennwand einen Spalt, und ein dunkles Auge erschien. Ich wartete ab, was geschehen würde.

Allmählich erweiterte sich der Spalt, und Joseph Coggs, den Finger im Mund, starrte mich schweigend an. Ich starrte zurück und fragte mich amüsiert, ob er wohl hereinkommen oder sich davonmachen würde. Er tat keines von beiden, blieb regungslos stehen und winkte mich dann dringend zu sich.

»Hörn Sie«, rief er mit seiner rauhen Stimme. »Die Miss Clare, die is' einfach umgefallen.«

Panik überfiel mich, und ich eilte in den Raum der Kleinen. Als ich die Tür der Trennwand schloß, ging das Geschnatter meiner Klasse hinter mir unbekümmert weiter.

In Miss Clares Raum war es sehr still. Die Kinder standen mit offenem Mund um den Stuhl ihrer Lehrerin, die quer über den Tisch zusammengesackt dalag, das weiße Haar im Wasser, eine umgeworfene Blumenvase daneben. Miss Clares Lippen waren blau, und sie stöhnte in beängstigendem Rhythmus.

»Nehmt eure Sachen«, sagte ich hastig, »und geht hinüber zu den Großen.« Sie zogen langsam ab, und ich beugte mich über Miss Clare. In diesem Moment tat sie einen kleinen Seufzer und hob den Kopf. Durch die Tür drangen Kinderstimmen.

»Schaut bloß, all diese Babys, die in uns're Klasse kommen.«

»Was ist denn eigentlich los?«

»Haut bloß ab in eure Klasse, ja!«

»Ihr werdet jetzt alle gemeinsam arbeiten«, befahl ich energisch von der Tür her. »Und ganz leise. Miss Clare geht es nicht gut. Für die, die am besten arbeiten, gibt es was Süßes.« Ich fand diese schamlose Bestechung angesichts der Situation berechtigt.

Ich zog die Tür fest ins Schloß. Miss Clare sah mich mit einem matten Lächeln an.

»Wasser«, flüsterte sie.

Der Fußboden im Korridor war noch feucht von Mrs. Pringles Wischen, und die Fenster waren vom Dampf beschlagen. Ich riß ein sauberes Tuch vom Deckel des Trinkwassereimers und füllte einen Becher.

Langsam kehrte die Farbe in Miss Clares Wangen zurück, als sie in kleinen Schlückchen trank. Ich saß auf dem Pult und beobachtete sie sorgenvoll.

»Können Sie einen Moment allein bleiben, ich geh nur eben hinüber und fülle Ihnen eine Wärmflasche.«

»Das ist nicht nötig«, widersprach Miss Clare und errötete bei dem Gedanken, mitten am Tage ihren Posten zu verlassen. »Ich komm jetzt schon zurecht. Es ist nicht das erste Mal, daß das passiert, aber zum Glück ist es noch nie in der Schule geschehen.«

»Bleiben Sie nur ein paar Minuten sitzen, ich komme gleich wieder«, sagte ich und ging hinüber zu den Kindern. Vor feiger Angst schlotterten mir die Knie. Es war erleichternd, wieder in die normale summende Atmosphäre und den vertrauten Strohgeruch zurückzukehren.

»Macht ruhig weiter«, sagte ich, als ich mit wankenden Schritten bei ihnen durchging, »ich komme bald wieder.«

Ich stellte den Kessel an und rief Miss Clares Arzt an. Wie durch ein Wunder war er zu Hause und versprach, sofort zu kommen. Er traf ein, als ich gerade die Decke auf dem Sofa um sie herum feststopfte. Ich goß den beiden Tee ein und ging zurück in die Schule.

Es ist sonderbar, aber in einer Krise geht mit Kindern immer eine Wandlung zum Besseren vor sich. Sie könnten die Änderungen ihrer Pläne, die Beschneidung ihrer Freiheit übelnehmen, statt dessen werden sie leise und ergreifend engelhaft. Vielleicht vermindert das plötzliche Nachlassen erwachsener Aufsicht einen Druck, und sie fühlen sich entspannt und zufrieden. Erklären kann ich es nicht, doch ist es mir viele Male begegnet. Hatte eines der Kinder einen Unfall und ich glaubte, in meiner Abwesenheit würde unter den übrigen Chaos und Aufruhr ausbrechen, hatte ich mich immer ganz umsonst gesorgt, denn ich fand sie bei meiner Rückkehr als so sanfte Lämmer, wie eine Lehrkraft sie es sich nur wünschen kann.

Es war auch heute nachmittag nicht anders, und ich ließ dankbar die Bonbondose herumgehen.

Cathy sammelte die Strohgebinde ein, es waren Dutzende, einige davon glatt und schön, andere struppige Besen. Der Fußboden sah aus wie in einem Hühnerstall – bestreut mit Stroh und dazwischen einige helle Körner, die Jimmy Waites mit seinen dicken Fingern aufsammelte.

»Für meinen Zwerghahn«, erklärte er. »Und wenn er ein Ei legt, bring ich's Ihnen, Miss.« Cathy warf mir einen lächelnden Seitenblick zu, wie Frauen ihn in Gegenwart eines unschuldigen Kindes tauschen.

Während sie das Dankgebet sangen, überlegte ich mir die beste Botschaft, mit der ich die Kleinen wegen ihrer verfrühten Heimkehr beauftragen sollte. Es war unvermeidlich, daß die Nachricht von Miss Clares Erkrankung sich schnell herumsprechen würde, ich wollte aber keine Kette von Besuchern während der nächsten Stunde. Die meisten würden sich zweifellos gerne nützlich machen, doch es gab ein, zwei, die ein makaberes Interesse für gräßliche Details an meine Tür führen würde, und die, fand ich, könnte ich noch eine ganze Weile nicht ertragen.

»Sagt euren Müttern«, verkündete ich, »daß ihr früher heimkommt, weil Miss Clare heute nachmittag nicht ganz wohl ist. Ich nehme an, sie wird morgen wieder da sein.«

Diese Notlüge, hoffte ich, würde die gierigsten Klatschmäuler abhalten.

Ein boshafter kleiner Wind hatte sich aufgemacht, und als die Kinder sich zerstreuten, sprenkelte er die Fenster mit fliegenden Ulmenblättern. Ein Wirbel jagte das tote Laub raschelnd rings um den Fußabstreifer. Plötzlich stoben die Blätter zischelnd über die Schwelle. Der Winter erzwang sich den Weg hinein.

»Morgen müssen die Öfen brennen, Mrs. Pringle«, sagte ich laut.

Dr. Martin trocknete sich, wie ich leicht verärgert bei meinem Eintritt in die Küche feststellte, die Hände an meinem sauberen Geschirrtuch und pfiff lautlos vor sich hin.

»Wie geht es ihr?«

»Sie kommt wieder in Ordnung, aber ich möchte, daß sie die Nacht über hierbleibt, wenn Sie sie unterbringen können.«

»Selbstverständlich.«

»Ich schau auf dem Heimweg mal bei ihrer Schwester vorbei. Es wäre vielleicht gut, wenn sie ein, zwei Wochen bei ihr wohnen würde, obwohl ich bezweifle, daß sie das will. Zu schade, daß die beiden nicht besser miteinander auskommen.«

Dr. Martin ist in den Siebzigern und kennt die Familiengeschichten des Dorfs genauestens. Zweimal die Woche, mittwochs und sonnabends, kommt er nach Fairacre und hält im Wohnzimmer von Mr. Roberts' Bauernhaus

Sprechstunde ab. Der riesige weiße Schrank, der nach Medizin und Salben riecht, beherrscht diesen Raum, der ihm zur Verfügung steht.

»Hat sie Sie schon früher einmal rufen müssen?« fragte ich. »Sie hat mir nie etwas von diesen Anfällen erzählt.«

»Die hat sie schon seit zwei Jahren immer wieder mal, das törichte Mädchen«, sagte Dr. Martin, faltete das Geschirrtuch zu einem ganz kleinen feuchten Viereck, das so niemals trocken würde, und legte es sorgsam aufs Fensterbrett. Über den Küchentisch hinweg sah er mich an.

»Sie wird aufhören müssen, verstehen Sie. Hätte es schon voriges Jahr tun sollen, aber sie ist so eigensinnig, wie ihr Vater war. Tun Sie Ihr Bestes, damit sie es einsieht. Ich komm morgen früh wieder.«

Er streckte noch mal den Kopf in die Tür zum Wohnzimmer. »Alsdann, Dolly, bleib schön hier und ruh dich aus. Du schaffst das schon.«

Draußen bei der Hintertür blieb er plötzlich stehen, und ich dachte, er habe mir ein paar letzte Anweisungen zu geben, aber er blickte nur intensiv auf die Kletterrose, die im Wind nickte.

»Die ist aber hübsch«, sagte er entschlossen und pflückte sie vorsichtig. Nachdem er sie sich ins Knopfloch gesteckt hatte, trabte er munter zu seinem Wagen hinüber, und mir fiel amüsiert ein, was ich die Dorfbewohner über ihn hatte sagen hören. »Der olle Dr. Martin! Zweierlei kann er nicht widerstehen, 'ner Rose und 'nem Glas hausgemachtem Wein. Das sind nun mal seine Schwächen.«

Dr. Martin schien ein Streichholz in den Kamin gehalten zu haben, denn das erste, was ich in meinem stillen Wohnzimmer bemerkte, war ein munteres Feuer. Miss Clare lag mit geschlossenen Augen auf dem Sofa, und ich glaubte, sie schliefe.

»Ich hab's gehört«, sagte sie, ohne die Augen zu öffnen. Mir fiel um die Welt nichts ein, was ich hätte sagen können, etwas, das eine alte müde Frau trösten konnte, die sich dem Ende einer mehr als vierzigjährigen Dienstzeit gegenübersah, etwas, das nicht entweder überheblich oder gönnerhaft klang. Sekundenlang haßte ich meine strotzende Gesundheit, die eine Schranke zwischen uns aufzurichten schien. Sie hatte wohl aus meinem Schweigen geschlossen, daß ich sie nicht gehört hatte, denn sie setzte sich auf und wiederholte: »Ich hab gehört, was Dr. Martin gesagt hat. Er hat recht, wissen Sie. Zu Weihnachten gehe ich.«

Jetzt hätte ich sprechen sollen, aber ich fürchtete, sie würde am Zittern meiner Stimme merken, wie nahe es mir ging. Sie sah mich besorgt an.

»Meinen Sie vielleicht, ich sollte lieber sofort aufhören? Denken Sie das? Wünschten Sie, ich wäre schon früher gegangen? Sie müssen gemerkt haben, daß ich meine Arbeit nicht mehr so schaffte, wie ich sollte.«

Das löste mir die Zunge. Ich setzte ihr auseinander, wie grundlos ihre Bedenken seien.

»Machen Sie heute abend keine Pläne«, drängte ich. »Wir wollen abwarten, was der Doktor morgen sagt, dann reden wir darüber.«

Zwar willigte sie mit erstaunlicher Ergebenheit ein, ihre privaten Pläne aufzuschieben, doch ihre Gedanken kehrten zu den Schulangelegenheiten zurück.

»Meine Liebe, meinen Sie nicht, wir sollten die Dienststelle anrufen? Sie schließt um fünf, wissen Sie. Und wenn Sie eine Ersatzlehrkraft brauchen –«

»Morgen schaffe ich es leicht allein«, versicherte ich ihr. »Wir gehen in die Kirche hinüber, um dort alles fertigzumachen, und wenn ich Dr. Martin gesprochen habe, kann ich immer noch die Dienststelle anrufen. Machen Sie sich nur keine Sorgen.« Ich erhob mich vom Sofaende und ging die Treppe hinauf, um das Gästezimmer für sie zu richten. Sie saß ganz still, mit gesenktem Kopf. Auf ihren Wangen waren Tränen, sie glitzerten im Licht des Kaminfeuers.

»Das Erntedankfest habe ich immer so gern gehabt«, sagte sie mit leiser, unsicherer Stimme.

8

Erntedankfest

Als ich am nächsten Morgen kurz nach acht zur Schule hinüberging, begrüßte mich Mrs. Pringle mit einer gewissen Resignation. Sie hinkte ostentativ – ein schlimmes Vorzeichen – denn es bedeutete, daß sie »Zusätzliches« fürchtete und daher ihr Bein mal wieder, wie sie es ausdrückte, »Geschichten machte«. Diese Schwäche von Mrs. Pringles Bein zwingt uns dazu, mit Sonderanforderungen an sie sehr behutsam umzugehen – etwa beim Einheizen der Öfen, was sie eben jetzt befürchtete.

»Zu den Öfen bin ich nicht gekommen«, keuchte Mrs. Pringle schmerzerfüllt. Sie zuckte zusammen, als sie das Tintenfaß auf dem Pult an eine andere Stelle schob. Es war ersichtlich, daß ihr Bein heute ganz besonders böse »Geschichten machte«.

»Bemühen Sie sich nicht!« sagte ich. »Ich werde heute sämtliche Kinder hier drüben bei mir haben, außerdem werden wir eine ganze Weile in der Kirche verbringen.« Woraufhin sich ihre Miene glättete und der Zustand ihres Beines sich sichtlich besserte, denn sie trabte flott zum Fenster, um es zu öffnen.

»Traurig, das mit Miss Clare«, sagte Mrs. Pringle und verzog ihr Gesicht zu einer Reihe abwärts gerichteter Halbmonde. »Ein Schlaganfall, wenn Mr. Willet es richtig verstanden hat.«

»Nein, kein Schlaganfall«, sagte ich gereizt.

»Bei so Anfällen kann man fast nie was machen«, fuhr Mrs. Pringle zufrieden fort. Sie verschränkte die Arme und setzte sich zu einem gemütlichen Schwätzchen. »Der Junge von meiner Schwester, der jeden Moment einberufen werden kann, der hat so was seit seiner Geburt. Hat gleich nach dem Keuchhusten angefangen. Meine Schwester hat es furchtbar schwer gehabt mit ihm bei dem Keuchhusten. Alles haben sie versucht. Das Zeug von Dr. Martin hat nie geholfen – hat nur den Lack vom Regal zerfressen dort, wo die Flasche gestanden hat, das war alles. Und Mrs. Willets alte Mutter – eine ganz gescheite alte Person, trotzdem daß ihr zum Schluß furchtbar die Haare ausgegangen sind –, die hat zu gebratenen Mäusen geraten, damit der Husten aufhört, wenn möglich als Ganzes gegessen.«

»Nicht doch«, rief ich und hatte das Gefühl, daß eine gebratene Maus in meinem Fall nicht nur den Husten, sondern auch noch die ganze Atmung zum Stillstand bringen würde.

»Ach, davon haben Sie nie gehört? Ein gutes, altmodisches Mittel, das heißt Perce hat es nie viel genützt. Gleich nach dem Keuchhusten sind dann die Anfälle gekommen. Kommt davon, wenn man die Zunge verschluckt, das macht's so unangenehm.«

»Sicher«, sagte ich, »ganz sicher« und ergriff feige die Flucht, ehe mir weitere Greuel aufgedrängt wurden.

Es gab mehrere Blumensträuße für Miss Clare, als die Kinder grüppchenweise in die Schule kamen, und die brachte ich ihr, als sie im Bett gerade frühstückte. Es schien ihr besser zu gehen, und sie erwartete gefaßt Dr. Martins Visite.

Die Arbeit mit den Strohgebinden ging flott voran, Staub verdichtete die goldenen Balken des Sonnenlichts, und jedesmal wenn die Tür aufging, drehte sich ein kleiner Wirbel Spreu flüsternd am Boden. Auf dem langen Seitenpult häuften sich Äpfel, Eierkürbisse, Riesenpastinaken und ein schöner, goldgelber Kürbis, den Linda Moffats Großvater für sie aus seinem Garten in Caxley gebracht hatte. Er wurde bewundert wie eine exotische Blüte aus fernen Ländern.

Mitten in dem Tumult kam Besuch. Eine lange, magere Frauengestalt in braunem Mantel und braunem Hut stand in der Tür und blickte mit dem Ausdruck tiefsten Widerwillens auf die am Boden kauernden Kinder.

Ich begrüßte sie hastig, stellte fest, daß ihr Teint ebenso gelbbraun war wie ihre Kleidung, und nicht zum ersten Mal wunderte mich, warum gerade blasse Menschen sich von der Farbe beige so magnetisch angezogen fühlen. Selbst ihre Zähne waren von gedämpftem Gelb, und wäre ich fähig gewesen, ihre Aura zu erblicken, sie hätte sicherlich ebenso im Bereich des Beige gelegen.

»Ich bin Miss Pitt, die neue Handarbeitsaufsicht«, sagte sie und zeigte noch etwas mehr Zähne. »Es scheint, ich komme nicht besonders gelegen.«

Ich erklärte, daß wir dabei wären, in die Kirche hinüberzugehen, daß es aber keine Mühe machte, ihr unsere Arbeiten zu zeigen.

Ich schob mich durch knöcheltiefes Stroh zum Handarbeitsschrank und kam mit den Beuteln der Mädchen zurück.

»Die Größeren machen Schürzen mit gekreuzten Trägern, dadurch lernen wir auch Knopflöcher«, erläuterte ich und breitete ein paar Musterbeispiele vor ihr aus, »und die Kleinen machen Lätzchen oder Taschentücher.«

Ich überließ sie der Betrachtung und schlichtete einen stillen, aber heftigen Zweikampf, der in einer Ecke ausgebrochen war, weil einige übergroße Maiskolben den Besitzer gewechselt hatten.

»Du liebe Zeit«, sagte Miss Pitt und musterte eine Schürze, »du liebe Zeit. Ich fürchte, so was ist total überholt.«

»Überholt?« wiederholte ich verblüfft. »Aber Kinder können Schürzen doch immer brauchen.«

Miss Pitt strich sich mit einer Hand über die Stirn wie jemand, der Narren nur schwer erträgt.

»Wir erwarten nicht«, begann sie matt, als spräche sie mit einem stark zurückgebliebenen Kind, »wir erwarten von so kleinen Kindern nicht, daß sie feine Arbeiten machen. Total viktorianisch, so was!« fuhr sie fort und warf Annes Schürze gefährlich nah an ein Tintenfaß. »Dieses ganze Säumen, überwendlich Nähen und Knopflochstichemachen, das tut man doch heute gar nicht mehr. Dicke, farbige Wolle, Sticknadeln, nicht zu fein, und groben Drell oder noch besser Jute, um darauf zu arbeiten. Aber keine Taschentücher!« Sie lachte affektiert und schrill. »Straminmatten oder einfache Täschchen, das sind die Dinge, an denen sie sich versuchen sollten. Strengt die Augen nicht so an, verstehen Sie.«

»Aber keines von ihnen trägt eine Brille«, widersprach ich, »und sie waren immer vollkommen zufrieden, die Sachen für sich oder ihre Angehörigen zu machen. Und sie sollten doch gewiß die einfachen Stiche lernen!«

»Nein, ich kritisiere nicht« – ich hätte gern gewußt, was sie denn anderes tat, hielt mich aber zurück –, »es ist alles eine Frage der Auffassung. Haben Sie Jute in der Schule?«

»Nur ganz wenig für die Kleinsten«, erwiderte ich energisch, »und da ich unser ganzes Geld für den Baumwollstoff ausgegeben habe, wird das mit den Schürzen und alledem wohl weitergehen müssen, fürchte ich.«

»Schade, schade«, sagte Miss Pitt betrübt. Sie seufzte tapfer. »Na schön, ich komme im nächsten Quartal irgendwann wieder und versuche Ihnen weiterzuhelfen. Wir wollen so gern etwas Farbe und Leben in diese doch recht trübselige Umgebung bringen, nicht wahr?«

Ich hätte andeuten können, daß eine farbigere Garderobe uns diesem Ziel möglicherweise näher brächte, doch das verbot mir die simple Höflichkeit.

»In diesem Job begegnet man so fleißigen Menschen« –

sie lächelte mir gnädig zu, als befänden wir uns in einem Elendsviertel, »solch wirklich verehrungswürdigen Mitgeschöpfen. Es ist ein großer Vorzug, sie beraten zu dürfen, finde ich immer.«

Sie sah sich nochmals im Raum um, wobei sie den Blick rasch von den verfemten Schürzen abwandte. »Auf Wiedersehen, Miss Annett«, sagte sie und blickte dabei in eine Liste. »Das hier ist doch die Schule von Beech Green, nicht wahr?«

»Dies ist die Schule von Fairacre«, verbesserte ich. »Der Direktor der Schule von Beech Green ist Mister Annett.«

»Dann ist er der nächste auf meiner Liste«, entgegnete Miss Pitt, deren Selbstsicherheit kein bißchen gelitten hatte. Sie trat hinaus in die Sonne.

»Von hier gleich nach rechts«, sagte ich. »Auf der Straße nach Caxley ungefähr zwei bis drei Meilen.« Ich sah ihr nach, wie sie den Wagen wendete und abfuhr. Nur zu gern hätte ich gewußt, was Mr. Annett zu diesem fahlen Ungeheuer sagen würde.

Nach all der Geschäftigkeit im Klassenzimmer kam einem die Kirche sehr friedlich vor. Die Kinder trugen ihre Schätze auf Zehenspitzen herein und gingen daran, die Kornsträuße mit Bast an den Bankenden zu befestigen. Die vier größten, John, Sylvia, Cathy und Anne, die für das Altargitter zuständig waren, taten sich sehr wichtig und türmten rote Beten, Kürbisse und Äpfel zu prächtigen Pyramiden, traten hin und wieder mit schiefgelegtem Kopf zurück und bewunderten deren Wirkung.

Sir Charles Dagbury blickte verächtlich wie immer auf sie herab, die da sein kaltes Heim schmückten, während im Hauptschiff weitere blicklose Augen von den Wänden auf die Kleinen herabsahen.

Mit einemmal kamen einem die Probleme und kleinen

Ärgernisse der vergangenen vierundzwanzig Stunden weniger bedrückend vor. Man kann, überlegte ich, persönliche Umwälzungen kaum übertrieben ernst nehmen, wenn man in einem Gebäude steht, das die Freuden, Hoffnungen, Kümmernisse und geistigen Umwälzungen der Sterblichen jahrhundertelang mit angesehen hat.

Diese Mauern hatten gesehen, wie die Gemeindemitglieder von Fairacre ihre tiefsten Geheimnisse offenbarten schon zu einer Zeit, in der die knienden Männer noch Wams und kurze Hosen trugen. Einige der Bildnisse waren bereits hier gewesen, als Cromwells Männer hereingestürmt kamen, wie die verstümmelten großartigen Marmorgrabmäler bewiesen. Papas in Perücken, Mamas in Krinolinen hatten in diesen Bänken gesessen, Reihen akkurat gestaffelter Kinder neben sich, und ihnen waren zu ihrer Zeit Kinder und Enkel gefolgt, von denen einige jetzt schwatzend den Mittelgang auf und ab trippelten.

Die Anwesenheit dieser altehrwürdigen, schweigenden Zeugen reduzierte kleine persönliche Sorgen natürlich auf ihre unbedeutenden Proportionen. Schließlich waren sie so kurzlebig wie die Schmetterlinge, die draußen über den Herbstblumen auf den Gräbern flatterten. Sie schmerzten vielleicht im Moment – aber sie würden nicht dauern.

Dr. Martin hatte Miss Clare mindestens drei Wochen Ruhe verordnet.

»Aber sie ist so begierig darauf, ihre Angelegenheiten in der Schule in Ordnung zu bringen, daß ich keinen Grund sehe, warum sie nicht die beiden letzten Wochen des Quartals Dienst tun kann, wenn sie solche Fortschritte macht, wie ich annehme«, ergänzte er. »Es wird nach all diesen Jahren ein großer Schmerz für sie sein – vielleicht erleichtert ihr diese Unterbrechung den Abschied ein bißchen.«

Ihre Schwester kam sie nach dem Tee abholen. Miss Clare hatte eingewilligt, eine Woche bei ihr zu bleiben, obwohl ihr unabhängiger Geist ganz offensichtlich dagegen rebellierte, sich den Dienstleistungen einer jüngeren Schwester zu unterwerfen.

Ich hatte nun das Problem, für die nächsten paar Wochen einen Ersatz für Miss Clare zu finden, und rief das örtliche Schulamt in Caxley an, um zu erfragen, ob eine stellvertretende Lehrkraft verfügbar sei.

Ersatzlehrkräfte sind in ländlichen Bezirken eine Seltenheit, aber ich hatte Glück.

»Sind Sie je Mrs. Finch-Edwards begegnet?« fragte Mr. Taylor, der offizielle Bezirksorganisator, am anderen Ende der Leitung.

»Nein. Wohnt sie hier in der Nähe?«

»Sie wohnen in Springbourne.« Das ist ein Weiler, etwa drei Kilometer von Fairacre entfernt. »Sind erst seit paar Monaten da. Sie hat Erfahrung mit Kindern in London. Ich seh mal zu, ob sie Montag bei Ihnen sein kann.«

»Das wäre ja wunderbar«, sagte ich dankbar und hängte ein.

Mrs. Finch-Edwards erwies sich als eine stattliche, ausgelassene junge Frau mit einer Vorliebe für grelle Farben, mit lauter Stimme und einer Hochfrisur. Neben ihrer herzhaft zupackenden Art kam ich mir ganz schüchtern und bleichsüchtig vor. Während der wenigen Wochen ihres Aufenthaltes in der Fairacre-Schule erzitterte die Trennwand unter den Schwingungen ihrer munteren Stimme und den zahllosen Kinderversen und Liedchen, die die Kleinen eifrig lernten und zu denen anscheinend stets ohrenbetäubendes Händeklatschen gehörte. Sie liebten sie alle abgöttisch, denn sie hatte jene Art von Energie, die der kindlichen glich, und ihre umfangreiche, farbenfrohe Garderobe faszinierte sie.

Die Mädchen in meiner Klasse waren voller Bewunderung für Mrs. Finch-Edwards.

»Sie ist echt hübsch«, sagte Anne zu Linda, als sie miteinander über dem Kamingitter rings um den Ofen hingen. »Wenn sie auch ein bißchen dick ist.«

»Aber Altrosa sollte sie nicht tragen«, sagte Linda kritisch und strich über ihren neuen grauen Rock. »Das ist zu alt für sie. Für Altrosa muß man ganz blond oder sehr dunkelhaarig sein, sagt meine Mama.«

Wir arbeiteten gut miteinander, obwohl mir Miss Clares heiter-gelassene Anwesenheit schmerzlich fehlte. Mrs. Finch-Edwards konnte sich nicht verkneifen, auf die Mängel der Fairacre-Schule hinzuweisen, die sich mit den palastähnlichen Instituten, die sie gekannt hatte, nicht vergleichen ließ. Diese waren offenbar mit Luxus ausgestattet gewesen: Einzelbetten für die Mittagsruhe, Rutschbahnen, Puppenhäuser, Sandkästen, Planschbecken und – Gipfel der Zivilisation – mehrere Trinkwasserbrunnen. Sie war entsetzt über die Krug-Becher-Trinkwassereimer im Flur vor ihrem Klassenzimmer.

»Das hätte ich mir nicht träumen lassen«, sagte sie zu mir. »Wenn ich da an die Hazel-Avenue-Vorschule denke oder an den Kindergarten in Upper Eggleton, in denen jedes Kind sein Handtuch hatte mit eigenem Motiv, verstehen Sie, ein Zinnsoldat zum Beispiel oder ein Apfel, und was für Vorräte sie davon hatten – na, da sieht man's wieder mal, nicht? Wie Sie das hier Jahr für Jahr schaffen, also, ich weiß es wirklich nicht! Es muß entsetzlich frustrierend für Sie sein. Man sieht es Ihnen schließlich auch an«, fügte sie hinzu, warf rasch einen Blick auf ihr Spiegelbild im dämmerigen Hintergrund des »Angelus« hinter meinem Pult und steckte behutsam eine dicke Locke fest.

»Ich habe schon mal gedacht, ich würde gern einen leitenden Posten auf dem Land übernehmen, aber das war, ehe ich meinem lieben Mann begegnete, natürlich. Jetzt würde er das nicht mehr zulassen.«

Sie sprach von ihrem »lieben Mann« immer so, als sei er ein gewaltiger Höhlenmensch und sie ein anschmiegsames Pflänzchen, das in allem von ihm abhing. Dieses »Zittern vor seinem Stirnrunzeln« war noch absurder, wenn man den »lieben Mann« einmal gesehen hatte, der in seinen taubengrauen Socken keine 1,67 Meter maß, so gut wie kein Kinn hatte und lispelte. Die prächtige Gestalt seiner Frau überschattete sein bescheidenes Äußeres völlig, und es lag auf der Hand, daß sie bei allem und jedem forsch die Führung übernahm. Ich ertrug ihre Anmerkungen über die Armseligkeit unserer Schule und das genauso armselige Äußere ihrer Leiterin mit aller mir zur Verfügung stehenden Demut.

»Wir geben gewöhnlich zu Weihnachten ein Konzert«, ließ ich sie wissen, »und ich dachte mir, wir bringen auch heuer eines zustande. Könnten Sie mit den Kleinen ein paar Singspielchen oder vielleicht ein kurzes Stück einstudieren? Miss Clare würde, wenn sie wieder da ist, die Weihnachtslieder übernehmen, und meine Klasse führt ›Aschenputtel‹ auf. Was meinen Sie?«

Mrs. Finch-Edwards war hellauf begeistert und floß über von Vorschlägen für Kostüme, die sie mit etwas Hilfe selber schneidern wollte. Dabei kam mir, weil ich gerade beobachtete, wie Linda Moffat sich wie ein Kreisel drehte, um mit den zwei Metern Flanell in ihrem neuen Rock anzugeben, eine Idee.

»Ich werde mich an Lindas Mutter wenden. Die kann gut Kleider nähen und hat eine Nähmaschine. Sie könnte Ihnen helfen.« Ich war froh, daß mir ein Anlaß eingefallen war, um Mrs. Moffat wieder aufzusuchen. Ich hatte den Verdacht, daß sie im Dorf immer noch nicht so recht heimisch und trotz der Pracht ihres Bungalows ein recht einsamer Mensch war.

»Kommen Sie mit«, drängte ich Mrs. Finch-Edwards. »Gehen wir doch nächste Woche mal abends hin und sehen, was passiert.«

Ich konnte nicht ahnen, daß dieser Abend der Beginn einer engen Freundschaft zwischen den beiden Frauen bedeutete, die für den Rest ihres Lebens andauern sollte.

9
Weihnachtsvorbereitungen

Nun war es wirklich Winter geworden. Die Milchkasserollen, die in den warmen Monaten des Jahres unter meiner Küchenspüle schlummerten, standen jetzt in der Schule auf den heißen Öfen, eine in meiner Klasse, die andere bei den Kleinen.

Wollschals, dicke Mäntel und Gummistiefel schmückten den Vorraum. Ständig wurden Handschuhe verloren; Kinder verschwanden an nebligen Nachmittagen in den falschen Gummistiefeln, und andere mußten heimhumpeln in denen, die übrig waren, oder sich zum Verdruß ihrer Mütter in ungenügenden Turnschuhen durch die Pfützen lavieren. Das Klassenzimmer widerhallte von Husten, Schniefen und markerschütternden Niesern, und es wurden Zehen an Beinen gerieben, um das Jucken der Frostbeulen zu mindern.

Der Vikar trug bei seinen wöchentlichen Besuchen sein Wintercape – es ist grün vor Alter, aber dramatisch im Schnitt – und ein Paar sehr alte Leopardenfellhandschuhe, an denen er sehr hing. Sie waren ihm »vor sehr langer Zeit«, von einer alten Dame vermacht worden, die ihm nicht weniger als sieben Altartücher gestickt hatte. Wenn er von dieser dahingeschiedenen Freundin sprach, wurden seine Augen so feucht, seine Stimme so milde, daß man unmöglich anders konnte, als ihn einer romantischen Beziehung zu verdächtigen. Nur dies konnte der Grund sein, warum er sich Jahr für Jahr an ein Paar alter Handschuhe klammerte, die sehr übel rochen, mottenzerfressen und insgesamt ekelhaft geworden waren. Überhaupt gaben während der Wintermonate der Umhang, die Handschuhe und ein verwegen schräg aufgesetzes Birett dem Vikar von St. Patrick ein leicht bizarres, aber durchaus flottes Aussehen.

Er war zu Miss Clare gegangen, die mittlerweile wieder bei uns war, um ihr zu sagen, wie leid es ihm täte, ihre Kündigung zum Quartalsende entgegennehmen zu müssen.

»Ich werde eine Anzeige in ›Teachers' World‹ schalten, möglicherweise auch in der Bildungsbeilage der ›Times‹«, sagte er auf dem Rückweg. »Ich bezweifle, daß jemand schon im Januar anfangen kann, aber vielleicht ist Mrs. Finch-Edwards bereit, zu kommen, bis wir jemand Geeignetes haben.« Er hielt inne und streichelte nervös seine Handschuhe. Ich bemerkte voller Abscheu, daß lose Fellsträhnen sich auf dem Band ›Der Wind in den Weiden‹ niederließen, der für die englische Literaturstunde bereitlag. »Wie kommen Sie mit ihr zurecht?«

»Sehr gut«, sagte ich betont, und er verabschiedete sich sichtlich erleichtert. Ich pustete mein Pult sauber und bat gebieterisch um etwas mehr Ruhe in der Klasse.

Während dieser letzten Wochen des Quartals füllten uns die Vorbereitungen für das Konzert vollständig aus. Mrs. Finch-Edwards kam einen Nachmittag pro Woche und probte mit den Kleinen die Stücke und Reigenspiele, die sie für sie ausgesucht hatte. Sie und Mrs. Moffat verbrachten fast jeden Nachmittag mit Zuschneiden und Nähen der Kostüme, unterhielten sich über das Summen der Nähmaschine hinweg mit erhobener Stimme auf das fröhlichste und wurden dabei Freundinnen.

»Was ich am allerliebsten täte«, gestand Mrs. Moffat eines Tages der neuen Freundin, die das Gespenst der Einsamkeit vertrieben hatte, »wäre, ein Modegeschäft eröffnen.«

»Ich auch«, erwiderte Mrs. Finch-Edwards. Die beiden sahen einander an, und verwegene Pläne entstanden bei ihnen. Einen Augenblick lang umschwebten die Gedanken beider diesen gemeinsamen Wunsch.

»Wenn die Familie nicht wäre und das Haus und alles«, schloß Mrs. Moffat und wandte ihre Augen ganz traurig wieder ihrer Naht zu.

»Und wenn mein lieber Mann nicht wäre«, echote Mrs. Finch-Edwards und starrte bedrückt auf einen einzusetzenden Zwickel. Beide nähten schweigend weiter.

John Burton, Sylvia Long und Cathy Waites, alle drei zehn Jahre alt, saßen eines bitterkalten Morgens da und unterzogen sich dem ersten Teil der Prüfung, die ihren künftigen Bildungsweg bestimmen sollte. Der Rest der Klasse befand sich in Miss Clares Zimmer, und das Feierliche der Situation und die Notwendigkeit vollkommener Ruhe, damit die drei Teilnehmer ihr Bestes tun konnten, war der ganzen Schule eindringlich klargemacht worden.

Es war sehr friedlich, als die drei ihre Probleme in Angriff nahmen. Es handelte sich um einen Intelligenztest mit dem Zweck, die Fähigkeit der Kinder für die ihnen nächsten Februar gestellten Aufgaben zu prüfen, um die auszugrenzen, denen man überhaupt keine weiteren Leistungen zumuten konnte.

Unter der Tür blies ein eisiges Lüftchen herein und bewegte die Naturkunde-Schautafeln an der Wand. Die Uhr tickte gewichtig, Schlackestückchen klirrten ins Aschenblech, und ein Rascheln im Bastschrank klang verdächtig nach einer Maus.

Cathy ging mit angestrengtem Stirnrunzeln die Prüfungsarbeit durch, John und Sylvia aber seufzten, kauten am Federhalter und stöhnten gelegentlich. Um halb zwölf waren sie fertig, gaben ihre Blätter ab, lächelten sich erleichtert zu und verschwanden draußen auf dem Spielplatz. Johns Blatt war, wie ich befürchtet hatte, betrüblich lückenhaft, Sylvias kaum besser, nur Cathys sah etwas hoffnungsvoller aus.

Das einzige dunkle Kind in der Familie der Waites besaß entschieden mehr Intelligenz als seine flachshaarigen Geschwister.

Der Tag des Konzerts kam heran, und der Nachmittag diente dazu, die Schule für die etwa hundert Eltern und Bekannten herzurichten, die man gegen sieben Uhr als Zuhörer erwartete.

Die Trennwand wurde knarrend und quietschend zurückgeschoben, und Mr. Willet, John Pringle, Mrs. Pringle, Miss Clare und ich errichteten am Ende des Raumes der Kleinen die Bühne und stapelten die Bänke im Freien auf dem Pausenhof, wobei wir beteten, daß es bis zum nächsten Morgen schön bleiben würde.

Die Kinder waren früh heimgeschickt worden, theoretisch, um sich auszuruhen, aber ein ganzes Kinderknäuel drängte sich mit offenem Mund auf dem Pausenhof, um den Vorbereitungen zuzuschauen, obwohl wir sie zunehmend energisch aufforderten, heimzugehen und dort zu bleiben.

Mrs. Pringle hatte, mit erfreulicher Rücksichtnahme auf gesellschaftliche Rangordnungen, die erste Stuhlreihe für die Schulvorstände und deren Freunde hergerichtet. Armstühle aus meinem und ihrem Wohnhaus, einige hoch, einige niedrig, standen in Tuchfühlung mit einem bei Mr. Roberts von gegenüber geliehenen Sofa. Diesen Polsterkomfort würden sich folgende Persönlichkeiten teilen: der

Vikar (er war Vorsitzender der Schulbehörde), seine Frau, Mr. und Mrs. Roberts, Colonel Wesley, sehr wacklig und taub, aber einer der eifrigsten Sponsoren, und die reiche Miss Parr, der einzige weibliche Manager.

»Stellen Sie lieber noch zwei, drei bequemere Stühle hin für den Fall, daß Mrs. Moffat und Mrs. Finch-Edwards Zeit finden, sich dazuzusetzen«, sagte ich zu Mrs. Pringle.

»Die Reihe ist für die Herrschaften«, wies Mrs. Pringle mich zurecht, »für die übrigen sind massenhaft gewöhnliche Stühle da.«

Im Hintergrund des Saales, also auf meiner Klassenzimmerseite, standen Reihen primitiver Bänke, auf denen, wie ich wußte, die Jungen stehen und nach der fernen Bühne lugen würden. Wir hatten noch kein Konzert ohne einige ohrenbetäubende Zusammenbrüche hinter uns gebracht, verletzt worden aber war bis jetzt niemand. Wir konnten nur hoffen, daß das Glück uns treu blieb.

Die Kinder zogen sich draußen auf dem Gang um, überwacht von Mrs. Moffat und Mrs. Finch-Edwards mit ihren um Stecknadeln geschürzten Mündern. Die Luft vibrierte vor Spannung.

Miss Clare, die sich energisch weigerte, in der Reihe für Herrschaften zu sitzen, hatte ihren eigenen Stuhl an der Seite der »Bühne« und übernahm die Rollen der Souffleuse und der Klavierspielerin.

Mr. Annett war herübergekommen, um zu helfen, und ich hörte ihn an der Außentür die Shillinge einsammeln, die dem Fonds der Schule aufhelfen sollten. Die Reihen füllten sich nach und nach, und die Luft wurde dick von Pfeifenrauch.

Eine aufgeregte Reihe Elfen kletterte die quietschenden Stufen zur Plattform hinter dem geschlossenen Vorhang hinauf, und durch einen Spalt sprach ich mit dem Vikar. Der erhob sich mühsam aus den Tiefen von Mr. Roberts' Sofa, noch immer seine Leopardenfellhandschuhe krampfhaft umklammernd, und hieß alle Anwesenden herzlich willkommen.

Die Elfen taten einen tiefen Atemzug, und der Vorhang hob sich in sprunghaften Rucken. Das Konzert hatte begonnen.

Es war ein höchst erfolgreicher Abend. Keiner wurde verletzt, als drei Bänke umfielen, obwohl ein bei dieser Gelegenheit sehr laut geäußertes Wort Joseph Coggs dazu brachte, mich mit Augen so groß wie Teetassen anzuschauen.

»Hörn Sie den Mann«, flüsterte er mir zu. »Der hat gefluchtet.«

Mr. Annett berichtete mir, daß er fast fünf Pfund zusammenbekommen habe und daß alle ihm höchst Schmeichelhaftes über die Kostüme gesagt hätten. Mrs. Moffat und Mrs. Finch-Edwards platzten vor Stolz, als sie dies im Korridor hörten, wo sie erschöpft Kostüme in Körbe und Schachteln packten. Der Vikar brachte Miss Clare nach Hause, und ich erinnerte ihn an die Weihnachtsfeier am letzten Schultag nächste Woche.

Der Nachthimmel war voller Sterne, und die Leute verschwanden allmählich in der Dunkelheit.

»Und was ist mit den Pulten, Miss?« fragte Mr. Willet neben mir. »Die könnten naß werden.«

»Vergessen Sie sie«, sagte ich und drehte den Schlüssel im Schloß der Schultür. Es war ein sehr langer Tag gewesen.

Am Sonnabend nahm ich den Bus nach Caxley, um für einen Teil des Konzertgeldes Geschenke für die Kinder einzukaufen. Ich kämpfte mich durch Woolworth und kaufte Püppchen, Bälle, Buntstifte, aufziehbare Mäuse und Christbaumschmuck und verwendete die ganze nächste Stunde darauf, in der übrigen Stadt nach etwas anspruchsvollerem Spielzeug zu suchen. Auf dem Marktplatz traf ich Mr. Annett.

»Kann ich Sie mitnehmen?« fragte er. »Ich fahre gleich.«

Ich studierte meine Einkaufsliste. Es schien nichts mehr dringend zu sein, und ich stieg dankbar in den Wagen.

»Ach wissen Sie, dieses Weihnachten!« sagte Mr. Annett nachdenklich und warf einen Blick auf meine Füße, die ich höchst ungraziös auf den Außenkanten ausruhen ließ. Wir schlängelten uns durch die überfüllte High Street, in der übernervöse Einkaufende ihre Kinder anschrien: »Nun bleib schon da, mein Gott, dieser Verkehr. Bleib da!«

»Man sollte«, sagte ich, als wir den Weg erreicht hatten, der nach Beech Green und Fairacre führt, »alles schon im Sommer kaufen und in einen Schrank sperren. Und dann alle Lebensmittel eine Woche vor Weihnachten in einem Laden bestellen, sich zurücklehnen und zusehen, wie die anderen sich verrückt machen. Das habe ich schon seit Jahren vor.«

»Kommen Sie mit und trinken einen Tee mit mir«, sagte Mr. Annett und bog in den Schulhof ein, ehe ich antworten konnte. Sein Lehrerhaus ist größer als meines und hat sogar ein Badezimmer, doch die Handtücher des armen Mr. Annett waren, wie ich feststellte, grau, der Fußboden hätte gewischt werden müssen, der Staub mehrerer Tage lag auf den Treppengeländern, und es war deutlich zu sehen, daß sich seine Haushälterin nicht überarbeitete.

Sein Wohnzimmer jedoch war zwar staubig, aber hell und sonnendurchflutet, mit einer riesigen Musiktruhe in einer Ecke und zwei langen Fächern voller Grammophonplatten darüber, in der anderen Ecke stand sein Cello, und mir fiel ein, daß er ein begeistertes Mitglied des Caxleyer Orchesters war.

Mrs. Nairn, eine kleine schmächtige Schottin, brachte den Tee und lächelte mich huldvoll an.

»Ihr Bruder hat angerufen, wie Sie weg waren«, sagte sie zu Mr. Annett, »und ich soll Ihnen ausrichten, er kommt nächsten Freitag nachmittag und bringt zwei Flaschen Whisky und einen fertiggebratenen Vogel mit.«

Diese Nachricht entzückte Mr. Annett.

»Gut, gut«, sagte er und warf zielsicher vier Stück Zucker in meine Tasse. »Das ist ja wunderbar. Er bleibt über Weihnachten ungefähr eine Woche, hat gerade ein Buch in Amerika veröffentlicht, wissen Sie, und hofft, daß es sich gut verkauft.«

Da mir bekannt war, daß sein Bruder Mathematikprofessor an einer der nördlichen Universitäten war und gelegentlich Bücher veröffentlichte mit Titeln wie ›Die quadrolaterale Theorie und ihre Beziehung zum quantitativen zweigliedrigen Kosinus‹, fühlte ich mich einer geselligen Plauderei über dieses eben erschienene Werk nicht gewachsen und beschränkte mich auf höfliches Nicken anläßlich der guten Nachricht.

Erst gegen sieben Uhr abends kam ich nach Hause und verbrachte den Rest des Tages damit, Geschenke einzupakken: die für Jungen in blaues, die für Mädchen in rosa Seidenpapier. Ich dankte Gott, daß es in der Schule von Fairacre nur vierzig Kinder gab.

Es war am letzten Nachmittag, und die Weihnachtsfeier war in vollem Gang. Limonadegläser waren geleert, Papierhüte saßen schräg, und die Gesichter der Kinder waren vor Freude gerötet. Sie saßen an Behelfstischen, nämlich ihren üblichen zu je vieren zusammengeschobenen und mit weihnachtlichen Tischtüchern verkleideten Pulten. Ihre Blicke waren auf den Christbaum in der Ecke gerichtet, der mit silbernen Kugeln und Lametta glitzerte und funkelte.

Miss Clare hatte darauf bestanden, ihn allein zu schmükken, und den ganzen Abend im halbdunklen Raum verbracht, allein mit dem Baum und ihren Gedanken. Die rosa und blauen Päckchen baumelten verlockend daran, und als der Vikar mit der Papierschere vortrat, wurden Beifallsrufe laut.

An den Wänden ringsum saßen Eltern und Freunde, die gekommen waren, um mitzufeiern und dabei zu sein, wenn Miss Clare an diesem letzten Abend ihrer Dienstzeit eine Uhr und ein Scheck überreicht wurden.

Die Kinder hatten alle ein, zwei Pennies für einen riesigen Blumenstrauß mitgebracht, der jetzt draußen wohlverwahrt unter dem Ausguß auf dem Gang wartete. Das kleinste der kleinen Mädchen, die Schwester von John Burton, war bereits fürchterlich aufgeregt bei dem Gedanken, ihn am Ende der Veranstaltung überreichen zu müssen.

Der Fußboden war übersät mit Papier, geknickten Strohhalmen und Krümeln, und ich sah, wie Mrs. Pringles Mund sich wie bei einer Schildkröte abwärts krümmte, als sie das Chaos betrachtete. Zum Glück klatschte der Vikar ruheheischend in die Hände, ehe sie Gelegenheit hatte, eine stimmungtötende Bemerkung zu machen.

Der Raum war sehr still, als er das Wort ergriff, schlicht und bewegend von allem sprach, was Miss Clare im Leben aller an diesem Nachmittag Anwesenden bedeutet hatte. Es sei unmöglich, sich für die Jahre selbstloser Hingabe erkenntlich zu zeigen, aber wir wollten doch, daß sie ein Zeichen unserer Zuneigung entgegennahm. Hier sah er sich hilflos nach dem Päckchen und dem Umschlag um, die Mrs. Pringle für ihn fand und ihm so hastig in die Hand stieß, als seien es heiße Kartoffeln.

Miss Clare öffnete sie mit zitternden Fingern, während ein leises, erregtes Flüstern durch den Raum lief. Draußen im Gang hörte man das Klappern eines Farbeimers, und die kleine Eileen Burton tauchte triumphierend mit dem Strauß auf und überreichte ihn mit einem lobenswerten Knicks inmitten eines Beifallssturms.

Miss Clare dankte gefaßt, und ich habe sie nie mehr bewundert als bei dieser Gelegenheit. Sie war eine sehr zurückhaltende Frau, und ich glaube, sie merkte heute zum ersten Mal, wie herzlich zugetan wir ihr alle waren. Sie dankte uns schlicht und ruhig, und nur der Glanz in ihren Augen, als sie die fröhlichen Kinder ansah, sprach von den Tränen, die einer weniger mutigen Frau so leicht hätten kommen können.

10

Winterkrankheiten

Nur zu schnell waren die Feiertage vergangen. An jenem Morgen, an dem unsere Ferien begonnen hatten, schrieb ich gerade Weihnachtskarten, als jemand an die Haustür donnerte.

Auf der Schwelle standen Linda und Anne. Linda trug sehr vorsichtig ein Päckchen, und als ich die beiden hereinbat, legte sie es zwischen die erst zur Hälfte geschriebenen Karten auf den Tisch.

»Das ist von uns beiden«, verkündete sie stolz.

Es erwies sich als eine Flasche Parfüm mit dem Namen »Dunkle Verlockung«. Auf dem Etikett tänzelte eine Dame reiferen Alters, ungenügend mit etwas bekleidet, das aussah wie ein halber Meter Käse-Mull. Eine Palme und etliche Sterne setzten dem Titel noch ein Glanzlicht auf. Die Kinder strahlten mich an, als ich den Verschluß aufschraubte.

»Einfach wundervoll«, sagte ich, als ich den Hustenanfall überwunden hatte. »Das ist ganz, ganz lieb von euch.«

Ich nötigte ihnen Plätzchen und Limonade auf, und sie saßen auf dem äußersten Rand ihrer Stühle, sittsam und tief befriedigt, während ich die Karten fertigschrieb. In dem stillen Zimmer war bei jedem Schluck Limonade ein Gurgeln zu hören, und Linda und Anne tauschten vergnügte Blicke und erröteten.

Wir trennten uns mit den besten gegenseitigen Weihnachtswünschen, und die beiden hüpften auf und davon und nahmen meine Karten mit zur Post.

Am Heiligen Abend kam weiterer Besuch. Die *Carolsingers* kamen am klaren, frostigen Abend, trugen drei Sturmlaternen an langen Stangen und schoben ein kleines Harmonium, das Mrs. Pratt spielte. Mr. Annett dirigierte sie energisch, und im Licht einer der Lampen sah ich, daß Bruder Ted sich hatte überreden lassen, seine Flöte mitzubringen. Die frischen, ländlichen Stimmen kamen in der kalten Nachtluft voll zur Geltung, und selbst Mr. Annett schien heute mit den Leistungen seines Chors zufrieden.

»Großartig«, sagte er lebhaft, als ›Hört die Engel singen‹ langsam verklang, und strahlte sie alle mit so viel Wohlwollen an, daß ich mich fragte, ob Bruder Teds zwei Flaschen vor ihrem Aufbruch angezapft worden waren, oder ob tatsächlich die Weihnachtsstimmung ihn so milde machte, daß er sogar Mrs. Pringle in sein breites Lächeln mit einschloß.

Das neue Quartal begann mit reduzierter Klassenstärke, denn im Dorf waren die Masern ausgebrochen. Im Raum der Kleinen hatte Mrs. Finch-Edwards nur zwölf Kinder von achtzehn zu unterrichten, und ich hatte nur zwanzig von zweiundzwanzig.

Er herrschte bittere Kälte mit einem Ostwind, der das Gras an den Boden drückte und die Kletterpflanzen an der Schulmauer einschrumpeln ließ. Das Dachfenster war, wie üblich, während der Ferien repariert worden. Wir hatten zwar keinen Regen, um seine Widerstandsfähigkeit gegen Wetterunbilden zu testen, aber eines war sicher: Es ließ einen noch teuflischeren Zugwind durch als je zuvor, und ich bekam davon einen steifen Hals.

Die Kinder wollten nicht hinaus auf den Hof, und so wie das Wetter war, glaubte ich auch nicht, daß ihnen frische Luft guttäte, aber das Festsitzen in der Schule machte sie zänkisch und übellaunig. Keiner hatte viel Geduld, und Mrs. Pringle war störender als gewöhnlich mit ihren ständigen Klageliedern.

Wir sehnten uns alle nach Frühling, Sonnenschein und Blumen, und der bloße Gedanke, daß erst Januar war, machte alle Hoffnung zunichte.

Eines Morgens, es war während der Rechenstunde, als ich angefangen hatte, der mittleren Gruppe beizubringen, mit zwei Zahlen zu multiplizieren, rückte John Burton mit einer verblüffenden Bemerkung heraus: »Ich bin fertig. Ich kann nicht mehr.«

Er warf die Feder auf das Pult, lehnte sich zurück und schloß die Augen. Er hatte, zur obersten Gruppe gehörig, still an einer Rechnung von der Tafel gearbeitet, und sein Ausbruch ließ alle innehalten und ihn anstarren.

»Wenn du von denen keine mehr machen kannst, John«, sagte ich, »versuch's doch mit ein paar aus Übung sechs.«

»Ich sag doch, daß ich nicht mehr kann, oder?« rief John und funkelte mich wütend an. Das sah seiner sonstigen Fügsamkeit so gar nicht ähnlich, daß ich mich ärgerte.

»Was für ein Unsinn –«, begann ich, als er zu meinem Erstaunen in Tränen ausbrach und den Kopf in den Armen auf sein Pult legte.

Die Kinder waren sehr erschrocken, daß John, ihr Erster, derjenige, der die Schulglocken läuten durfte, der größte Junge hier, sich eine solche kindische Schwäche erlaubte. Ihre Augen und Münder sahen alle aus wie große O's.

Ich trat zu ihm und hob seinen Kopf. Die Tränen und der Blutandrang zum Gesicht machten es schwer zu entscheiden, ob er Fieber hatte oder nicht, aber seine Stirn war brennend heiß.

»Hast du die Masern schon gehabt?«

»Nein, Miss.«

»Ist deine Mutter zu Hause?«

»Nein, Miss. Sie arbeitet diese Woche in Caxley.«

»Ist sonst jemand daheim?«

»Erst um vier.«

Ich ging hinüber zu Mrs. Finch-Edwards.

»Ich lasse die Tür offen und bring ihn nach Hause. Haben Sie doch bitte ein Auge auf die anderen. Was ist mit Eileen?«

Johns kleine Schwester wirkte völlig normal. Sie hatte die Masern auch noch nicht gehabt, im Prinzip aber war sie jetzt in Quarantäne, denn ihr Bruder hatte sie augenscheinlich. Wir einigten uns auf einen Kompromiß, indem wir ihr Pult für den Rest des Tages weiter nach vorne schoben, weg von den anderen.

Als John auf dem Sofa unter einer Decke lag und ihm ein Thermometer aus dem Mund ragte, sah er aus, als täte er sich sehr leid.

»Hast du nicht gesagt, daß deine Mutter in Suttons Fischgeschäft bedient?«

John nickte, erfolgreich geknebelt durch das Thermometer. Ich suchte die Telefonnummer heraus, während wir warteten, und dachte nicht zum ersten Mal, wie traurig es doch ist, wenn Mütter kleiner Kinder einen Ganztagsjob annehmen müssen, und wie unmöglich, sie ersetzen zu wollen.

Das Thermometer zeigte 38,5, als ich es ihm aus dem Mund nahm. Ich wickelte ihn noch fester in seine Decke, legte beim Feuer nach und ging hinaus in die Diele, um seine Mutter anzurufen.

»Mrs. Burton wollnse?« fragte eine Stimme, die ich für die des Fischhändlers hielt. »Die bedient grade.«

»Ich warte«, sagte ich, »aber es ist dringend. Ihr Kleiner ist krank geworden, und sie wird sofort heimkommen müssen.«

»Das paßt ganz schlecht«, sagte der Fischhändler streng, »aber ich sag's ihr.«

Mrs. Burton war vernünftig und praktisch. Sie würde den nächsten Bus nehmen, ob es Mr. S. nun paßte oder nicht.

Ich kehrte zurück zu John, um ihm die gute Nachricht zu überbringen, aber er war eingeschlafen, atmete schwer, und seine Stirn war schweißnaß. Daher schlich ich mich hinaus und wieder hinüber zur Schule.

In einer solchen Situation wird einem so richtig klar, wie absolut notwendig es ist, daß jede Schule, wie klein sie auch sei, zwei Lehrkräfte hat, von denen eine eventuell übernehmen kann. Ohne Mrs. Finch-Edwards, die die Kinder beaufsichtigte, hätte alles mögliche passieren können. Ich dachte an verschiedene mir bekannte Lehrerinnen, die zwanzig oder mehr Kinder unter sich hatten und keinen Erwachsenen in Rufweite, die sich vielleicht in eben diesem Augenblick wegen eines solchen Notstandes, verschärft durch ihr Alleinsein, schwere Sorgen machen mochten.

Gerade während dieser schlimmen, von Krankheit heimgesuchten Zeit tauchte eines Morgens Mr. Willet mit einer dick mit Leinenfetzen umwickelten Hand auf.

»Das war Ihnen vielleicht eine Nacht, Miss, da war vielleicht was los! Richtig was los«, sagte er auf meine besorgten Fragen. »Dieser Arthur Coggs, Miss, eine Affenschande ist der für Fairacre.«

Angefangen hatte es offenbar in Caxley während der Mittagszeit. Es war Markttag, und ein Mitglied einer fanatischen und obskuren Sekte hatte seine Rednertribüne zwischen einem stimmgewaltigen Fischhändler und einem rotgesichtigen Herrn aufgestellt, der einen Wunderkleber anpries.

Als es zwölf schlug, so erzählte mir Mr. Willet, »da war dieser heidnische Knilch schon so heiser wie 'ne Krähe, und da hat er seine Traktätchen und das ganze Zeug zu der Baustelle gebracht, wo Arthur Coggs und seine Kumpel grad aufgehört hatten und auf umgedrehten Schubkarren oder so was saßen und futterten«.

Anscheinend war die Schilderung, die der »heidnische Knilch« vom Leben nach dem Tode lieferte, derart grauenerregend, daß Arthur Coggs tief beunruhigt war. Frühere Erinnerungen an seinen strengen alten Vater, der ähnlichen Glaubenssätzen gehuldigt hatte, überkamen ihn, und er beschloß augenblicklich, das Trinken, Fluchen und Verprügeln von Weib und Kindern aufzugeben und für ganz Fairacre ein Vorbild an Rechtschaffenheit zu werden.

Im Laufe des Nachmittags, während er gemächlich Ziegel stapelte, kam er zu der Erkenntnis, daß das neue Leben praktischerweise erst morgen beginnen sollte. Heute abend würde er eine Abschiedsrunde für seine Kumpel im »Beetle & Wedge« schmeißen und ihnen seinen Entschluß mitteilen. Wer weiß, möglicherweise konnte er sogar einige von den verirrten schwarzen Schafen dafür gewinnen, mit ihm in den Schoß der Kirche zurückzukehren?

Natürlich wurde er an diesem Abend von den hartgesottenen Sündern in der Kneipe erbarmungslos gehänselt. Alle waren gehobener Stimmung, die Sprache saftig und farbig, und das Bier floß reichlicher als sonst, da es ja »für den armen alten Arthur das letzte Mal« war. Als die Kneipe schloß, war Arthur sichtlich betrunken und entflammt von seiner Mission, verlorene Seelen zurückzuführen.

»Da rettest du wohl am besten den ollen Willet«, schlug einer der ausgelassenen Zecher vor, als man sich Willets gepflegter Behausung näherte.

Mr. und Mrs. Willet hatten gerade, wie Mr. Willet es ausdrückte, »wunderschön geschlafen«, als der Spektakel anfing. Guter Taten begierig, bearbeitete Arthur den farbverkrusteten Türklopfer mit aller Gewalt des Gerechten. Seine Kameraden waren hin und her gerissen zwischen Vergnügen und Scham. Manche stachelten ihn noch an, die Nüchterneren versuchten nach Kräften, ihn von der Tür abzuhalten.

»Was zum Kuckuck«, sagte Mr. Willet und erhob sich aus dem knarrenden Bett. Er beugte sich aus dem Fenster.

»Mach, daß du heimkommst! Die Leute aus dem Schlaf wecken, hau bloß ab!«

»Komm runter!« gab Arthur zurück. »Ich muß dir was Wichtiges sagen!«

Mr. Willet zog seine Socken an und sprach sich dabei in einer Weise aus, wie Mrs. Willet sie in den achtundzwanzig Jahren ihrer Ehe und regelmäßigen Kirchgangs nie von ihm gehört hatte. Sie folgte ihm ängstlich hinunter bis auf die letzten Stufen des Treppenhauses und ließ die Tür am unteren Ende einen Spalt offen, um zu sehen, daß ihrem Ehemann nichts passierte.

»Also was ist?« fragte Mr. Willet unwirsch und entriegelte die Vordertür. Die Katze, die erst vor kurzem hinausgelassen worden war, flitzte mit einem Schreckensschrei herein, gefolgt von Arthur Coggs.

Seine Begleiter verschmolzen rasch mit der Dunkelheit und verschwanden. Sie hatten den Eindruck, als ob Mr. Willet, der in seinem flatternden Flanellhemd dastand, das ihm sechs Tage der Woche Tag und Nacht diente, und den in der Nachtluft gesträubten stämmigen Stachelbeerbeinen, sehr gut allein mit dem Besucher fertig würde.

Arthur trat dicht an Mr. Willet heran und musterte prüfend dessen wenig einladende Miene.

»Willet«, sagte er mit etwas zwischen einem Schluchzer und einem Schluckauf, »ich muß dich was fragen.«

»Na, nun mach schon«, sagte Mr. Willet scharf. Der Luftzug von der Tür her war mörderisch. Arthur Coggs sah sich verstohlen um und kam noch einen Schritt näher.

»Willet, bist du erlöst?« erkundigte er sich ernsthaft.

Bei dieser Kränkung eines der getreuesten Kirchgänger, die Fairacre aufzuweisen hatte, riß Mr. Willet der Geduldsfaden.

»Erlöst?« echote er. »Ich bin verdammt besser erlöst als du blöder Trottel!« Damit versuchte er Arthur durch die Tür hinauszuschubsen. Doch Arthur, entflammt von neun Halblitern Bier und religiösem Eifer, stieß ihn beiseite, schloß die Tür mit einem Tritt nach hinten und kam tiefer ins Zimmer. Er stützte sich gewichtig auf den Tisch und blickte über diesen hinweg den erbosten Mr. Willet an.

»Aber bist du erleuchtet?« fuhr er unbeirrt fort. »Zittert dein Gebein beim Gedanken an das, was da kommen wird?«

Wie die Dinge lagen, zitterte Mr. Willets Gebein ohnehin schon vor Kälte und Wut. Er öffnete den Mund, um zu sprechen, wurde aber niedergebrüllt.

»Gürte dich mit deiner Rüstung, Willet«, donnerte Arthur, und sein Bieratem drang stoßweise über den Tisch. Er schwenkte wild die Arme und riß dabei einen sehr alten Fliegenfänger herunter, der sich klebrig auf der roten Tischdecke niederließ.

»Gürte dich mit deinem Schwert! Gürte dich mit deinem Helm, Willet.« Sein Auge blieb auf zwei ausgestopften Eulen haften, die das Büfett beim Kamin krönten. Sorgsam hob er den schweren Glasdeckel von ihnen ab und stülpte ihn sich mit einem Freudenschrei über den Kopf. Die ausgestopften Eulen schwankten auf ihrem dürren Zweig, und Mrs. Willet stieß einen leisen Jammerlaut aus und kam die letzten drei Stufen herunter.

Wie ein riesiger Goldfisch fuhr Arthur zu ihr herum, und seine Augen funkelten durch den Glassturz.

»Bist du erlöst?« brüllte er argwöhnisch auch sie an, wobei das Glas beschlug.

»Ja, danke«, murmelte Mrs. Willet schwach und verkroch sich hinter ihrem Mann.

»Dann setz deinen Helm auf«, riet ihr Arthur und klopfte dabei ans Glas neben seinem rechten Ohr. »Und gürte deine Lenden – «

»Also, jetzt reicht's!« rief Mr. Willet empört. Er packte die Kuppel über Arthurs Schultern und versuchte sie mit Gewalt zu entfernen. Sie war jedoch so schwer und sein Besucher so viel größer als er, daß es nicht gelang.

»Setz dich hin, ja?« schrie Mr. Willet, versetzte dem Glas einen heftigen Schlag, gleichzeitig führte er einen höchst unüblichen Hieb in den Bauch von Mr. Coggs. Arthur sackte zusammen und setzte sich außer Atem auf das Roßhaarsofa.

Sprachlos vor Zorn zog Mr. Willet die Schutzhaube ab und reichte sie seiner Frau, die auf Zehenspitzen durch das Zimmer ging und sie liebevoll wieder über die Eulen deckte.

»Wenn ich nicht im Nachthemd wär«, sagte Mr. Willet grimmig, »würd' ich deinen blöden Kopf unter die Pumpe halten! Jetzt hau ab, nach Hause zu deiner armen Frau.«

Arthurs Kampfgeist war plötzlich verdampft, und bei der Erwähnung seiner Frau verzog sich sein nasser Mund zu einem weinerlichen Lächeln.

»Meine arme Frau«, wiederholte er und dachte eine volle Minute lang darüber nach. »Meine einzige Frau«, sagte er und blickte leicht erstaunt auf. Er erhob sich wankend und packte Mr. Willet hinten am Hemdkragen.

»Weißt du was?« dröhnte er und schob sein Gesicht ganz nah an das seines Gastgebers. »Sie ist nicht erlöst, das arme Ding. Meine einzige Frau, und nicht erlöst!«

Mr. Willet riß sich los und öffnete ruckartig die Haustür.

»Dann mach, verdammt noch mal, daß du heimkommst, und bekehr sie. Kommt einfach hier rein und stänkert rum! Hau ab, Arthur Coggs!«

Mit unnachahmlicher Würde richtete sich Arthur auf und überschritt die Schwelle.

»Ich hoffe doch«, sagte er kalt und schwankte auf der

Stufe, »daß ich weiß, wann ich ungelegen komm. Arthur Coggs drängt sich nicht auf, wo er unerwünscht ist.«

Und mit einem ohrenbetäubenden Schluckauf verschwand er hinaus in die Nacht.

Diese schreckliche Szene hatte unmittelbare Auswirkungen auf unser Schulleben, denn Joseph Coggs fehlte am nächsten Morgen und verunzierte dadurch die Anwesenheitsliste der Woche im Raum der Kleinen. »Mein Papa hat zu viel erwischt«, erklärte er mir nachmittags, »deswegen war'n wir alle lang auf.«

Noch schlimmer war, daß Mr. Willet »so erschüttert war von der schlimmen Nacht«, daß er sich, wie ich bereits andeutete, beim Öffnen einer Dose gebackene Bohnen zum Frühstück bös in den Daumen schnitt und seine Schulpflichten für den Rest der Woche mit dick verbundener Hand erledigen mußte.

Arthur Coggs aber war so entmutigt vom Fehlschlag seiner Missionsarbeit, daß er wieder in seine normale Lebensweise verfiel – sehr zur Erleichterung des ganzen Dorfes.

II

Die neue Lehrerin

Es gab nur drei Bewerberinnen für den an der Schule von Fairacre ausgeschriebenen Posten, obwohl die Anzeige mehrere Wochen lang sowohl in ›Teachers' World‹ wie auch in der Bildungsbeilage der ›Times‹ erschienen war.

Der Vikar hatte eine Sitzung des Schulvorstandes einberufen, um an einem Donnerstag nachmittag Ende Januar die drei Bewerberinnen zu prüfen. Sie sollte um halb drei im Eßzimmer des Vikars stattfinden, und ich wurde dazu eingeladen. Ich wußte diese Aufmerksamkeit zu schätzen, denn es werden nicht immer Schulleiter und -leiterinnen zugezogen, wenn es um die Anstellung neuer Lehrkräfte geht, und arrangierte mit Mrs. Finch-Edwards eine gemeinsame Zeichenstunde für alle Schüler. Als zusätzlichen Anreiz für gutes Benehmen stellte ich eine Schachtel Silbersternchen bereit, die auf die besten Zeichnungen geklebt werden sollten, und sah an den begeisterten Mienen, als ich den Kindern diese Freude in Aussicht stellte, daß Mrs. Finch-Edwards vermutlich einen friedlichen Nachmittag haben würde, während ich im Pfarrhaus war.

Ich ging über den Friedhof zu der Versammlung. Mr. Partridges Pfarrhaus steht in einem riesigen Garten, der an den Friedhof grenzt. Mr. Willet, der nicht nur unser Hausmeister, sondern außerdem Küster von St. Patrick ist, war gerade dabei, die Gräber in Ordnung zu bringen. Er befestigte hier einen lockeren Umfassungsstein, brach dort eine welke Rose ab oder stellte eine umgefallene Vase wieder auf.

»Gibt bald Schnee, Miss«, begrüßte er mich. »Sehn Sie nur die Wolken!« Er deutete auf den Wetterhahn, der vor dem Hintergrund schwerer, unheildrohender Wolken über St. Patrick golden funkelte. »Wind hat auch nachgelassen.«

Er faßte neben mir Tritt, und wir wanderten hinüber zum Pförtchen, das durch Gebüsch in den Pfarrgarten führte.

»Die Gräber sehen alle sehr schön und ordentlich aus«, sagte ich, um Konversation zu machen. Mr. Willet schien erfreut. Er blieb an einem besonders häßlichen Gedenkkreuz aus poliertem rosa Granit stehen. Es erinnerte mich an Schweinesülze. »Mein Onkel Alf«, sagte er und tätschelte es liebevoll. »Ist sehr wetterfest.«

Das Pfarrhaus ist ein großes Haus in georgianischem Stil aus warmem, rotem Backstein, es steht inmitten abfallender Rasenflächen und blickt auf zwei prächtige Lebensbäume. Es hat eine quadratische, säulengeschmückte Veranda und ein schönes Oberlicht über der Haustür. Ich freute mich zu sehen, daß der eiserne Klingelzug, den ich bei meinem ersten Besuch gezogen hatte und der mich dadurch erschreckt hatte, daß er mir in der Hand blieb, durch einen Klingelknopf am Türpfosten ersetzt worden war.

Der Eßtisch war am Kopfende mit den Papieren der Bewerberinnen bedeckt, und die Stühle standen in einem formellen Halbkreis. Der Vikar als der Vorsitzende hieß uns willkommen und nahm dann seinen Platz am Kopfende ein. Miss Parr war bereits da, eine alte Dame von fast achtzig, die am anderen Ende von Fairacre in einem Haus aus der Regierungszeit von Königin Anne wohnt. Die Dorfbewohner behaupten, sie sei unermeßlich reich. Großzügig ist sie jedenfalls, und niemand, der sie um finanzielle Hilfe angeht, wird enttäuscht. Sie sagt, sie hätte Kinder gern, selbst »diese neumodischen, die nichts anderes tun als Kaugummi kauen«, aber soweit ich weiß, hat sie noch nie einen Fuß in die Schule gesetzt, zu deren Vorstand sie seit dreißig Jahren gehört, solange dort Unterricht ist.

Colonel Wesley, der sich ebenfalls seinem achtzigsten Geburtstag nähert, saß neben ihr. Er kommt gelegentlich die Kinder besuchen und wird selbstverständlich zu allen Schulveranstaltungen eingeladen.

Sowohl Miss Parr wie der Colonel gehen trotz ihres Alters und ihrer häufigen Indisponiertheiten regelmäßig zu den Vorstandssitzungen. Wenn diese beiden einmal nicht mehr zum Vorstand gehören, wird es schwer sein, im Dorf zwei Menschen zu finden, die freiwillig an ihre Stelle treten. Weder Miss Parrs Nichten und Neffen noch Colonel Wesleys drei Söhne und zahlreiche Enkel haben je eine öffentliche Schule besucht. Heutzutage haben nur wenige Leute, selbst wenn sie ihrer örtlichen Schule nahestehen, Zeit und Lust, freiwillig die Pflichten zu übernehmen, die eine frühere Generation mit dem Gefühl des *noblesse oblige* auf sich nahm.

Mr. Roberts, der Jüngste im Schulvorstand, war als kleiner Junge in die Volksschule in Caxley gegangen und dann ins dortige Gymnasium. So hat er unmittelbare Kenntnisse der Volksschulbildung, und er wie auch der Vikar haben echtes Verständnis für die praktischen Erfordernisse der ihnen unterstellten Schule.

An der Wand, hinter dem Stuhl des Vikars, hängt ein Porträt eines seiner Ahnherrn. Seine Miene ist grämlich, und er hält ein Papier vor sich hin, als sagte er verdrießlich: »Wer soll denn das entziffern? Schreibt er nicht schauderhaft?«

Der Vikar ist über die Maßen stolz auf dieses Bild, und der Brief, behauptet er, sei von Charles II. an seinen Ahnherrn geschrieben worden, um ihm für im Exil erwiesene Dienste zu danken. Sei dem, wie ihm sei, der alte Herr scheint nicht gerade glücklich bei der Lektüre.

Dieses Bild betrachtete ich einmal wieder, als der Vikar sagte: »Ich glaube, wir sollten anfangen. Die Bewerberinnen sind eine Mrs. Davis, die aus Kent gekommen ist ...« Er hielt inne und sah uns über die Brille hinweg an. »Äh ... die Dame hat noch keine Erfahrung mit kleineren Kindern, würde es aber gern versuchen. Sie hat, glaube ich, zwei eigene Kinder.« An seinem Ton war zu erkennen, daß ihre Bewerbung bei ihm keinen günstigen Eindruck hinterlassen hatte.

»Die zweite Bewerberin«, fuhr er fort, »ist etwas älter und hat Erfahrung in mehreren Städten der Midlands bei kleineren und größeren Schulkindern. Im Augenblick lehrt sie in Wolverhampton. Sie könnte im März anfangen.«

»Und wie ist die letzte?« fragte Mr. Roberts und streckte seine langen Beine plötzlich unter dem Tisch aus.

»Eine Miss Gray, sehr viel jünger. Noch in den Zwanzigern. Sie hat vorigen Sommer das Lehramt verlassen.«

»Doch hoffentlich nicht schuldhaft?«

»O nein, bestimmt nicht, nein, nein. Nichts Derartiges«, versicherte der Vikar hastig. »Wie ich höre, hatte sie mehrere Monate ihre Mutter zu pflegen, ist aber jetzt frei, eine Stellung anzunehmen.«

»Kommt sie von weit her?« fragte der Colonel. »Besteht die Möglichkeit, daß sie zu Hause wohnt, meine ich, oder wird sie ein Quartier im Dorf brauchen?«

»Ich glaube, es wird bei Mrs. Pratt sein müssen«, erwiderte der Vikar. »Ich habe sie darauf angesprochen, sie hat ein sehr nettes Schlafzimmer –«

»Na, dann wollen wir uns die Mädchen mal ansehen«, sagte Miss Parr und knallte ungeduldig ihre Handschuhe auf den Tisch. Ich hatte den Verdacht, daß sie für diese Zusammenkunft ihr Mittagsschläfchen geopfert hatte, denn sie schien unruhig und unterdrückte mehrmals ein Gähnen.

»Alsdann, so stehen die Dinge«, sagte der Vikar und sah uns der Reihe nach an. »Ich habe eigentlich nach Durchsicht ihrer Bewerbung das Gefühl, daß wir am besten Miss

Gray wählen sollten, aber wir werden sie alle hereinbitten und uns selbst überzeugen. Sollen wir die Dame aus Kent als erste drannehmen?«

Es wurde zustimmend gegrunzt, und der Vikar ging durch die Diele, um Mrs. Davis hereinzubitten.

Sie kamen miteinander zurück. Der Vikar setzte sich wieder auf seinen Platz am Kopfende des Tisches, und Mrs. Davis saß nervös am anderen Ende. Wir alle wünschten ihr einen guten Tag und lächelten sie ermutigend an.

Sie war eine große Frau mit einem glänzenden Gesicht. Ihr Hals war vor Verlegenheit gerötet, und sie beantwortete die Fragen des Vikars wie außer Atem.

»Darf ich mal was fragen?« sagte sie. »Welches ist die nächste Bahnstation.«

»Na, Caxley«, sagte Mr. Roberts verblüfft.

»Und wie oft gehen Autobusse?« fragte sie. Der Colonel sagte es ihr, und ihr fiel der Unterkiefer herunter.

»Es tut mir leid, aber damit ist die Sache gelaufen«, sagte sie entschieden. »Schon beim Herkommen dachte ich, wie weit entfernt von allem es doch liegt, aber wenn die Situation so ist, also, es tut mir leid, aber ich möchte meine Bewerbung zurückziehen. Ich muß an meine beiden Töchter denken, wissen Sie. Wir können uns nicht meilenweit hinter dem Mond begraben.«

Der Vikar blickte bedauernd.

»Tja, Mrs. Davis«, begann er. »Ich weiß, daß Fairacre ein bißchen abgelegen ist, aber –«

»Es tut mir wirklich leid, daß ich so viel Mühe gemacht habe, aber mein Entschluß steht fest, ich hab mich heute vormittag ein bißchen im Dorf umgesehen, und es ist nicht im geringsten wie Kent, wissen Sie.« Es klang vorwurfsvoll.

Der Vikar sagte, es täte ihm auch leid, aber wenn Mrs. Davis ganz sicher sei … Er hielt inne, als sei es eine Frage.

Mrs. Davis erhob sich von ihrem Eßzimmerstuhl und

sagte: »Leider muß ich nein sagen, aber ich bin Ihnen allen dankbar, daß Sie mich haben kommen lassen.«

Sie lächelte uns an, wir murmelten bedauernd, und der Vikar begleitete sie hinaus in die Diele und lud sie ein, doch zum Tee zu bleiben, ehe sie sich auf die lange Heimreise begäbe, aber Mrs. Davis war bestrebt, wie ein freigelassener Vogel in ihr Nest in Kent heimzufliegen, und wir hörten ihre Schritte auf dem Kiesweg, als sie davonhastete, um den Dreiuhrbus zu kriegen.

»Nun denn«, sagte der Vikar erleichtert, während er das nächste Bewerbungsschreiben heraussuchte, »das mit Mrs. Davis ist ja schade, aber sie muß natürlich Rücksicht auf ihre Familie nehmen.«

»Hätte sowieso nie gepaßt«, sagte Miss Parr kategorisch und sprach damit offen aus, was wir alle im stillen dachten. Der Vikar räusperte sich geräuschvoll.

»Jetzt hole ich Miss Winter herein. Die Dame aus Wolverhampton«, erinnerte er uns und startete erneut durch die Diele.

Miss Winter war so bleich, wie Mrs. Davis rosig gewesen war. Graue Haarsträhnen entschlüpften einem grauen Hut, ihre behandschuhten Hände flatterten und ihre blassen Lippen zuckten vor Nervosität. Sie beachtete weder unsere Begrüßung noch unser Lächeln, da sie gänzlich unfähig war, uns ins Gesicht zu sehen.

Es erwies sich, daß sie erschöpft war. Sie hatte viele Jahre zu große Klassen gehabt und fand, sie seien zuviel für sie. Das entsprach sichtlich der Wahrheit. Ihre Autorität war, wie ich argwöhnte, so gut wie nicht vorhanden, und selbst unsere hiesigen Kinder, brav und lenkbar, wie sie nach normalen Maßstäben waren, würden dieser armen Flatterseele bald auf der Nase herumtanzen.

»Ich glaube, mit kleineren Kindern würde ich schon fertig«, erwiderte sie auf eine Frage des Vikars. »O ja, eine kleine Klasse artiger, jüngerer Kinder, das würde mir solche Freude machen. Ich bin überzeugt, mein Gesundheitszustand würde sich auf dem Lande bessern. Der Arzt hat auch gemeint, ich bräuchte eine weniger aufreibende Stelle. Stadtkinder können sehr aufsässig sein, wissen Sie.«

Die Schulmanager stellten noch weitere Fragen. Der Colonel seine Standardfrage: »Sie sind doch sicher Kirchenmitglied?« und Miss Parr die ihre: »Hoffentlich interessieren Sie sich für Handarbeiten? Gute, einfache Handarbeiten? Heutzutage haben so viele Mädchen keine Ahnung mehr von den einfachsten Stichen –«

Miss Winter wurde aufgefordert, nochmals im Wohnzimmer zu warten, während wir die letzte Bewerberin interviewten.

Miss Isobel Gray war neunundzwanzig, groß und dunkelhaarig. Sie war nicht ausgesprochen hübsch, hatte aber ein angenehmes, blasses Gesicht und ein Paar schöne graue Augen. Wir schöpften alle neue Hoffnung, als sie die Fragen des Vikars ruhig und knapp beantwortete.

»Wie ich höre, haben Sie den Lehrberuf aufgegeben, um Ihre Mutter zu pflegen. Ich schließe daraus, daß es ihr jetzt wieder gut genug geht, da Sie meinen, sich um einen Dauerposten bewerben zu können?«

»Meine Mutter ist leider im Herbst gestorben. Mir war nicht danach zumute, sofort wieder zu unterrichten, aber jetzt bin ich soweit.«

Wir murmelten Teilnehmendes, und der Vikar sprach einige freundliche Worte.

Ja, sie sei Kirchenmitglied, erwiderte sie dem Colonel, und ja, sie sei interessiert an einfachen Handarbeiten und mache viele ihrer Kleider selbst, erklärte sie Miss Parr. Es wurden noch einige praktische Fragen gestellt, dann führte der Vikar sie wieder zurück ins Wohnzimmer.

»Na?« fragte er, als er wiederkam.

»Die Beste von der Gruppe«, sagte Mr. Roberts und streckte erneut die Beine von sich.

»Ein sehr nettes, damenhaftes Mädel«, sagte Miss Parr anerkennend.

»Mir hat sie gefallen«, sagte der Colonel.

Der Vikar wandte sich an mich. »Miss Read, Sie müssen mit der arbeiten, die wir wählen. Wie denken Sie denn darüber?«

»Mir gefällt sie auch«, sagte ich, und der Vikar machte, zufrieden nickend, zum letzten Mal den Gang durch die Diele, um Miss Gray mitzuteilen, sie habe Glück gehabt, und Miss Winter zum Trost eine Tasse Tee anzubieten.

Bald nach fünf Uhr am gleichen Tage besuchte mich der Vikar und brachte Miss Gray gleich mit.

»Könnten Sie Miss Gray die Schule zeigen?« fragte er. »Und wenn es möglich wäre, dachte ich, Sie könnten mit ihr zu Mrs. Pratt hinuntergehen und das mit dem Quartier festmachen. Ich wünschte, wir hätten da eine größere Auswahl«, sagte er zur neuen Lehrerin gewandt, »aber die Wohnungsfrage ist auf einem Dorf immer schwierig – sehr schwierig.« Er streichelte betrübt seine Leopardenfellhandschuhe, und mit seinem Seufzer schwebte etwas loser Pelz zu Boden. »Aber ich bin überzeugt, daß Sie sich bei uns wohl fühlen werden«, fuhr er gefaßter fort. »Fairacre ist für unsere Nachbardörfer geradezu ein Vorbild heiterer Lebensart. Meinen Sie nicht auch, Miss Read?«

Ich versicherte ihm wahrheitsgemäß, daß ich in Fairacre immer zufrieden gewesen sei, fragte mich aber, ob es fair war, Mrs. Pringle und weitere düstere Schemen als Beispiele für heitere Lebensart zu nennen.

Der Vikar verabschiedete sich und ging mit schwingendem Umhang den Weg hinunter. Ein paar Schneeflocken schwebten im Licht der Veranda.

»Sie müssen doch hoffentlich nicht heute abend noch wieder den weiten Weg nach Hause?« fragte ich Miss Gray.

»Nein, ich bleibe bei Bekannten in Caxley. Wenn ich mit dem Bus um 6.15 Uhr komme, paßt ihnen das sehr gut.«

Ich zog meinen Mantel über, und wir gingen hinüber in die dunkle Schule.

»Ich wünschte, Sie sähen sie bei Sonnenschein«, sagte ich. »Dann sieht sie viel besser aus.«

»Aber das habe ich ja«, sagte sie zu meiner Überraschung. »Als ich daran dachte, mich zu bewerben, bin ich von Caxley hergefahren und habe mir Schule und Dorf angesehen. Es gefiel mir alles so gut, daß mich das zu meinem Entschluß bestimmte. Die Umgebung kenne ich schon ganz gut durch den Aufenthalt bei Freunden. Die sind sehr engagiert beim Orchester in Caxley.«

»Spielen Sie auch etwas?«

»Ja, Geige und Klavier. Ich würde dem Orchester gern beitreten, wenn man leicht nach Caxley und zurück kommt.«

Die Schule war sehr still und unwirklich. Die schmucken Reihen der Pulte, die Kinderzeichnungen, der Topf blühender Hyazinthen auf meinem Pult, alles sah aus wie Kulissen, die auf den Schauspieler warten, der ihnen Gültigkeit verleiht. Das künstliche Licht betonte diesen Eindruck.

Unsere Schuhe hallten laut auf den Dielenbrettern, als wir in den Raum der Kleinen hinübergingen, der Miss Grays Domäne sein würde.

»Warum man nur die Fenster so schrecklich hoch oben angebracht hat«, rief Miss Gray aus und betrachtete die schmalen Bögen in der Mauer. »Ich weiß, man wollte nicht, daß die Kinder hinausschauen, aber wirklich – es ist doch eine eigenartige Mentalität.«

Sie ging in ihrem künftigen Reich herum, betrachtete die Bilder und schaute in die Bücher in den Schränken. Ihr blasses Gesicht war vor Aufregung rot geworden, und sie sah beinahe hübsch aus. Es schien schade, sie von allem loszureißen, aber wenn sie den Bus nach Caxley erwischen wollte und wir noch zu Mrs. Pratt mußten, drängte die Zeit.

»Sie kommen am 1. Februar zu uns, nicht wahr?« fragte ich.

»Ja, das scheint am besten. Ich brauche nirgends zu kündigen, aber dadurch habe ich etwas über eine Woche, um mich im Dorf einzurichten, und Ihre Ersatzlehrkraft kann sich auch darauf einstellen.«

Wir verabredeten, daß sie einen Tag vor dem 1. Februar zu mir kommen würde, damit wir uns über Lehrpläne, Arbeitsprogramme, Leistungen der Kinder, Lesemethoden und all die anderen interessanten Schulfragen unterhalten konnten, doch daß wir jetzt, weil es eilte, rasch den Weg hinunter zu Mrs. Pratt mußten, ehe die Dame anfing, ihre zwei kleinen Kinder zu Bett zu bringen.

Die Villa Jasmin war vor etwa achtzig Jahren von einem wohlhabenden pensionierten Kaufmann aus Caxley gebaut worden. Sein Enkel führte dort noch immer das Geschäft, vermietete aber seinen Besitz an Mr. und Mrs. Pratt für eine so niedrige Summe, daß es nahezu unmöglich war, davon das Haus entsprechend instand zu halten.

Es war ein quadratisches Gebäude mit Schieferdach. Ringsherum lief eine Veranda, die im Sommer von jenem Strauch überwachsen war, der dem Haus den Namen gab. Diese eiserne Konstruktion war so baufällig, daß ihr krauses

Gitterwerk und der Jasmin sich gegenseitig den höchst notwendigen Halt zu geben schienen. Ein sauberer schwarzweiß gefliester Weg, eingefaßt von grauen Steinen, führte vom eisernen Gartentor zur Haustür. Es war ein Haus, das überhaupt nicht ins Dorf paßte. Es konnte von Finsbury Park oder Shepherd's Bush hierhergetragen und zwischen das schilfgedeckte Cottage von Mr. Roberts' Farm auf der einen und den warmen roten Klumpen des Gasthauses »Beetle & Wedge« auf der anderen Seite geworfen worden sein.

Mrs. Pratt, eine schlichte, fröhliche Frau um die dreißig, öffnete uns. Ihr Gesicht glänzte wie ein polierter Apfel, so straff war ihre sauber geschrubbte Haut.

»Kommen Sie mit ins Wohnzimmer«, lud sie uns ein. »Leider ist dort nicht geheizt. Wir wohnen meist nach hinten hinaus, und dort trinkt mein Mann gerade seinen Tee.« Ein appetitlicher Duft nach gebratenem Hering umwehte uns, während sie sprach.

Ich erklärte ihr den Grund unseres Kommens und stellte die beiden einander vor. Mrs. Pratt plapperte sofort los über Frühstückkochen, Badbenutzung, Wäschewaschen, Bügeln, Mietanzahlung, Hausschlüssel und alle übrigen technischen Details, wie Pensionswirtinnen sie mit ihren künftigen Untermieterinnen besprechen müssen, während Miss Gray zuhörte, nickte und gelegentlich eine Frage stellte.

Der Raum war von einer einzigen, von der Mitte der Decke hängenden Birne beleuchtet. Es war sehr kalt, und ich war froh über Mrs. Pratts flotte Geschäftspraktik, dadurch konnte ich damit rechnen, in einer halben Stunde wieder an meinem warmen Feuer zu sitzen.

An der einen Wand stand ein Klavier, auf dem Mrs. Pratt ihre Kirchenmusik übte. Auf dem Ständer waren die Noten für die ›Kreuzigung‹ aufgeschlagen. Offenbar begann Mr. Annett sehr rechtzeitig mit den Proben für das Karfreitagsoratorium. Auf dem Klavier standen zwei Fotografien. Die eine zeigte eine junge Frau mit Wespentaille und Turnüre, seitwärts auf ein Postament gebückt in einer Stellung, in der ihr die Korsettstäbe Qualen bereitet haben mußten. Die gleiche junge Frau war auch auf dem zweiten Bild zu sehen, im Brautstaat. Sie stand hinter einem üppig geschnitzten Stuhl, auf dem ein verdutzter kleiner Mann mit der Miene eines in Gefangenschaft Geratenen saß. Ihre große, energische Hand ruhte auf seiner Schulter, die andere umschloß die Stuhllehne, und ihre Miene war triumphierend. Zwischen den beiden Fotos stand ein länglicher grüner Porzellanteller in Form eines riesigen Salatblattes, und an seinem einen Ende drängten sich drei porzellanene Tomaten.

Während Mrs. Pratts Stimme stieg und fiel, betrachtete ich fasziniert ein Büfett, auf dessen halbem Quadratmeter Oberteil die ausgefallenste Keramiksammlung herumstand, die mir je begegnet war. Figurenkrüge drängten sich neben Teekannen in Form von Häusern, Marmeladentöpfe in Form von Bienenkörben, Äpfeln und Orangen, Krüge wie Kaninchen und andere Tiere und ein besonders scheußlicher in Form eines Vogels – die Milch floß ihm aus dem Schnabel, wenn man den Schwanz als Henkel ergriff. Eine glänzend schwarze Katze mit überlangem Hals balancierte eine Kerze auf dem Kopf und grinste lüstern zu einem getüpfelten Igel mit bunten Stacheln hinüber. Ein geblähter weißer Fisch mit weit offenem Maul trug die Aufschrift »Asche« auf dem Rücken, und ihm gegenüber stand ein gähnender Frosch, wie ich vermutete, zum selben Zweck. Man erwartete jeden Moment, daß Disneymusik einsetzte und diese phantastischen Gestalten ihr eigenes groteskes Leben beginnen würden, hoppelnd, quietschend, wiehernd und tappend – armselige, verunstaltete Darsteller in einem Alptraum.

»Ich hab gern hübsche Dinge«, sagte Mrs. Pratt selbstgefällig, als sie meinem Blick folgte. »Sollen wir hinaufgehen und das Schlafzimmer ansehen?«

Es war überraschend anheimelnd, mit weißen Wänden und Samtvorhängen, »aus dem Ausverkauf«, erklärte Mrs. Pratt, die zu einem zarten Blau verschossen waren. Auch dieses Zimmer, wie das darunterliegende, das wir eben verlassen hatten, war groß und luftig, aber weit weniger vollgeräumt mit Möbeln. Miss Gray schien es zu gefallen. Es hatte nur drei Nachteile, und die wären alle leicht abzustellen: die Gipsfigur eines kleinen Mädchens mit ausgesprochener Rückgratverkrümmung und vorquellendem Bauch, das neckisch die Röcke schürzte und dabei zum Fenster hinausschaute, und zwei ebenso bedrückende Bilder.

Eines zeigte eine junge Frau mit üppigen Formen und fromm gen Himmel gerichtetem Blick. Sie war inmitten eines tosenden Flusses – der Grund war nicht ersichtlich – auf einen Scheiterhaufen gefesselt. Es standen jedoch einige Verse unter diesem Bild, und ich beschloß sie zu lesen, wenn ich künftig Miss Gray besuchte. Das andere Bild war noch erschütternder. Da lag ein Hund in einer Blutlache, verzweifelt das Weiße in seinen Augen zeigend. Sein junger Herr, in einem Samtanzug, liebkoste ihn zum Abschied. Ich wußte, daß ich in Gegenwart dieser Szene nie ein Auge zutun könnte, und betete, Miss Gray möge weniger empfindlich sein.

Wir folgten Mrs. Pratt die Treppe hinunter zur Haustür. Als wir sie öffneten, wirbelten Schneeflocken herein.

»Ich sage Ihnen am Montag endgültig Bescheid«, sagte Miss Gray. »Genügt das?«

»Vollkommen, vollkommen«, antwortete Mrs. Pratt fröhlich. »Und wir können jederzeit noch was ändern, wissen Sie. Ich meine, wenn Sie Ihre eigenen Bücher oder Bilder mitbringen möchten, da könnten wir uns doch einigen –«

Wir nickten und bewegten uns durch die Schneeflocken zum Gartentor und hinaus auf den Weg. Der Schnee fing an liegenzubleiben und dämpfte das Geräusch unserer Schritte.

»Ich nehme an«, begann Miss Gray schüchtern, »daß es sonst kein Quartier gibt?«

»Ich weiß von keinem«, gestand ich und fuhr fort, ihr zu erklären, wie schwer es sei, in einem Dorf ein Unterkommen für ein lediges Mädchen zu finden. Die Cottages seien zu klein und gewöhnlich ohnehin schon überfüllt, und wer ein großes Haus habe, denke nicht im Traum daran, ein Zimmer an eine Lehrerin zu vermieten. Es sei das ein ziemliches Problem an allen Schulen auf dem Lande.

»Die Bilder müssen weg!« sagte Miss Gray energisch, als wir im Schutz der Mauer von Mr. Roberts auf den Autobus warteten.

»Ja, unbedingt«, bestätigte ich nachdrücklich.

»Sie verlangt zwei Pfund die Woche«, fuhr Miss Gray fort, »das finde ich angemessen.« Ich fand das auch, und wir versicherten einander eifrig, wieviel besser alles aussehen würde, wenn erst ein Feuer im Kamin brannte und einiges von dem Porzellan taktvoll »sicherheitshalber« weggeräumt war und eigene Bücher und Kleinigkeiten überall standen, als auch schon der Bus herangeschliddert kam und im Schnee hielt. Miss Gray stieg ein, versprach, mich anzurufen, und verschwand hinter einer Kurve.

12
Schnee und Schlittschuhe

Es schneite die ganze Nacht weiter, und als ich am nächsten Morgen erwachte, sah ich an meiner Zimmerdecke ein kaltes, bleiches Licht die weiße Welt draußen widerspiegeln. Es war überall totenstill. Nichts regte sich, kein Vogel zwitscherte. Der Schulgarten, der Pausenhof, die benachbarten Felder, die ferne Majestät der Downs waren in tiefen Schnee gehüllt, und obwohl im Licht des frühen Morgens keine Flocken mehr fielen, versprach doch der düstergraue Himmel noch mehr.

Mrs. Pringle war, als ich zur Schule hinüber kam, eben dabei, Säcke auf den Boden des Korridors zu breiten.

»Hält vielleicht bißchen was ab«, bemerkte sie grämlich. »Aber so wie die Kinder heutzutage ihre Stiefel rumschmeißen und nie an die denken, die hinter ihnen herräumen müssen, ist es wohl verlor'ne Liebesmüh.« Sie folgte mir, stark hinkend, ins Klassenzimmer. Ich war aufs Schlimmste gefaßt.

»Bei dem kalten Wetter erwischt's mein Bein grausam. Heut früh sag ich noch zu Pringle: Um ein Haar würd' ich heut liegen bleiben, aber ich will Miss Read nicht im Stich lassen. Ich bin zu gutmütig, hat er gesagt, immer gehen bei mir die andern Leute vor, aber ich bin eben so, war ich immer schon, schon als Mädel. Und das hab ich nun davon.«

Um des dramatischen Effekts willen verstummte sie. Ich kannte mein Stichwort.

»Aber, aber, was ist denn passiert?«

»Der Ofen in der Kleinkinderklasse.« Sie lächelte siegesgewiß. »Würde mich nicht wundern, wenn der Abzug verstopft wär. Diese Mrs. Finch-Edwards verbrennt ja andauernd Papier, noch und noch Papier! Hab nie solche Asche gesehen! Und das Abgespitzte von den Bleistiften, ringsrum auf dem Ofenblech liegt das Zeug. Also Miss Clare, die hat ja immer auf eine Zeitung gespitzt und das Ganze dann ordentlich in den Papierkorb, aber ich will Ihnen gar nicht erzählen, was ich abends aus dem Ofen raushol, seit diese Madam hier ist!«

Sie schloß nachdrücklich den Mund und warf mir einen derart finsteren Blick zu, daß man hätte meinen können, sie habe verkohlte Kindergebeine aus dem Ding rausgekratzt. Ich schlug einen energischen Ton an.

»Kann man ihn überhaupt nicht in Gang kriegen?«

»Hab's dreimal versucht«, bezeugte Mrs. Pringle mit aufreizender Genugtuung. »Der rülpst einfach nur Rauch, entschuldigen Sie den Ausdruck. Holen Sie lieber Mr. Rogers. Mr. Willet hat von Maschinenkram keine Ahnung. Wissen Sie nicht mehr, wie er den Rasenmäher vom Vikar ruiniert hat?«

Ich erinnerte mich sehr wohl und sagte, daß wir unbedingt Mr. Rogers holen lassen müßten, damit er sich den Ofen ansieht. Mrs. Pringle bemerkte, daß ich die erste Person Plural benutzte, und begann sich hastig herauszuwinden.

»Wenn mein Bein mir nicht solche Geschichten machte, würde ich ja gleich gehen, Miss, das wissen Sie doch. Wie Pringle sagt, nie hat jemand so gern andern 'n Gefallen getan, aber ich schaff es nur eben grade, mich rumzuschleppen. Sie sehn es ja selbst!« setzte sie hinzu und bewegte sich kriechend, um den Feuerhaken zurechtzulegen, wobei sie vor Schmerz zusammenzuckte.

»Die Kinder werden heute morgen zusammenbleiben müssen. Ich gehe selbst«, sagte ich. »Bei diesem Wetter und wo die Krankheit noch immer umgeht, werden sowieso nicht viele Schüler kommen, glaube ich.«

»Wenn er nur ein Telefon hätte«, sagte Mrs. Pringle, »könnten Sie sich den Weg sparen. Aber wenn man jung und munter ist, macht ein Spaziergang im Schnee echt Vergnügen.«

Sie trabte flott zurück auf den Gang, das Hinken war wie durch Zauberschlag verschwunden, als sie die Kinderstimmen von weitem hörte.

»Und tragt mir keinen dreckigen Schnee in meine saubere Schule«, hörte ich sie schelten.

An dem Tag kamen nur achtzehn Kinder zur Schule. Kleine nasse Fäustlinge, vom Schneeballspielen durchweicht, eine Reihe nasser Socken und dampfender Schuhe säumten das Ofenblech in meinem Klassenzimmer.

Ich überließ es Mrs. Finch-Edwards, eine Prüfung auf dem Gebiet des Einmaleins abzuhalten, und machte mich auf zu Mr. Rogers, dem hiesigen Schmied und »Mädchen für alles«.

Seine Schmiede liegt unweit Tyler's Row, und ich wanderte die leere Dorfstraße hinunter und dachte, wie schmutzig die weiße Farbe, die normalerweise so makellos wirkte, gegen den blendenden Schnee aussah. Ich kam vorüber an Mrs. Pratts Haus und an der Gastwirtschaft »Beetle & Wedge«, wo ich flüchtig Mrs. Coggs erblickte, einen derben Sack als Schürze umgebunden und einen wuchtigen Schrubber in der Hand.

»Ruß!« sagte Mr. Rogers, als ich ihn ins Bild setzte. »Zusammengesinterter Ruß.« Er hämmerte beim Sprechen auf ein rotglühendes Eisenstück, und seine Worte sprühten zusammen mit einem Funkenschauer von ihm weg. »Das ist es. Sie werden sehn. Zusammengesinterter Ruß im Abzugsrohr!« Plötzlich schleuderte er den Stab auf einen Haufen verbogener Eisenteile in einem dunklen Winkel, zog ein sehr schmutziges rotes Taschentuch aus der Tasche und putzte sich heftig die Nase. Ich wartete, bis diese Operation beendet war, zu der vieles Polieren, Wischen und schließlich ein Hin- und Herzucken mit der beweglichen Nasenspitze gehörte. Schließlich war er fertig, steckte das Taschentuch nach einigen abschließenden Schnüfflern wieder ein und sagte: »Ich komm dann in Ihrer Mittagspause rauf, Miss. Mit allen Klamotten. Ist nix als Ruß, möchte ich wetten.«

Bei meiner Heimkehr wirkte das Klassenzimmer fröhlich und warm. An diesem Morgen war die Stimmung fast wie in einer Familie, entstanden aus der kleinen Zahl der Kinder und der größeren Spannweite ihrer Altersstufen, von den Fünfjährigen, Joseph und Jimmy, bis zu den Zehnjährigen, Cathy und John Burton.

Sie saßen nahe am Ofen, auf dem die Milch in einer Kasserolle dampfte, und hielten ihre Becher in der Hand. Nach der öden Landschaft draußen war dieses häusliche Interieur ein tröstlicher Anblick. Sie schwatzten eifrig miteinander, erzählten sich ihre Abenteuer auf dem gefahrvollen Schulweg, und es wurden immer tollere Geschichten.

»Also droben bei Dunnetts ist ein Traktor eingeschneit, man sieht 'n überhaupt nicht mehr, so tief ist er drin.«

»Du solltest den Schuppen oben bei uns sehen! Auf der einen Seite geht der Schnee bis oben rauf.«

»Wir sind in 'ne Wehe gefallen, vor der Kirche, wo der olle Graben ist. Der arme Kerl, der Joe, war bis zu den Schultern drin, stimmt's? Ich hab nicht schlecht gelacht!«

»Mein Papa hat gesagt, die lassen heut keine Busse mehr nach Caxley fahrn. Zwischen hier und Beech Green liegt's höher als ein Haus.«

Ihre Augen waren rund und leuchteten vor Aufregung, als sie einander zu übertreffen suchten. Schlürfend und mampfend, was sie zur Pause mithatten, schwatzten sie, lauter Helden, lauter Wanderer in einer heute fremden

Welt, deren Gefahren sie durch schiere Kühnheit überwunden hatten.

Nach der Pause holte ich den wuchtigen Globus aus dem Schrank und stellte ihn auf den Tisch. Ich erzählte ihnen von warmen und kalten Ländern, von tropischen Bäumen und dampfenden Dschungeln und weiten Flächen Eis und Schnee, kälter und schrecklicher als alles, was sie heute morgen gesehen hatten. Gemeinsam ordneten wir die Welt, während ich versuchte, ihnen die verschiedenartigen Herrlichkeiten der tropischen Meere und majestätischen Gebirge zu schildern, die wimmelnden Menschenmassen der indischen Städte und die einsame Weltabgeschiedenheit einer Trapperhütte: alle Spielarten der Schönheit, die es auf unserer Erde gibt, vertreten durch diese messinggefaßte, faszinierende Kugel im Klassenzimmer einer ländlichen Schule.

»Und die ganze Zeit«, erzählte ich ihnen, »dreht sich diese Erde, so ...« Ich gab dem Globus, einen Finger auf der russischen Steppe, einen heftigen Schwung. »Und daraus entstehen Nacht und Tag«, schloß ich. Ich bereute diese Bemerkung, als ich die verblüfften Gesichter vor mir sah, denn das bedeutete eine weitere Lektion, die, wie ich aus bitterer Erfahrung wußte, immer schwer einging.

»Wie mein' Sie das, Nacht und Tag?« kam die unvermeidliche Frage. Ich sah auf die Uhr – in zehn Minuten war das Essensauto fällig – und stürzte mich ins tiefe Wasser.

»Komm mal her und stell dich dort hin, John. Du bist jetzt die Sonne. Beweg dich überhaupt nicht. Jetzt seht mal her!« Ich drehte den Globus wieder. »Hier ist England, genau gegenüber von John – ich meine, der Sonne. Es ist hell und warm, weil sie auf England scheint, wenn ich aber den Globus drehe, was passiert dann?«

Es entstand eine bestürzte Stille. Die älteren Kinder dachten angestrengt nach, aber die Kleinen hatten naheliegenderweise aufgehört, sich solch langweiliges Zeug anzuhören, und lutschten friedlich am Daumen, wobei ihre Blicke an den ungewohnten Bildern im Raum ihrer größeren Brüder und Schwestern entlangstreiften.

»England bewegt sich weg?« riskierte ein im dunklen tappendes Wesen.

»Ja, es bewegt sich weiter und weiter herum, bis es im Dunklen liegt. Und jetzt ist bei uns Nacht.«

»Na, und wer hat dann jetzt die Sonne?« fragte einer, der allmählich hinter das Rätsel kam.

»Australien, Neuseeland, all die Länder auf dieser Seite des Erdballs. Dann, weil sich die Erde dreht, versinken sie in der Dunkelheit und wir kommen wieder herum. Und immer weiter so.« Ich ließ den Globus lustig kreisen, und sie sahen mit schweigender Befriedigung zu.

»Wissen Sie«, sagte John und brachte das Wunder auf den Punkt, »das hat sich einer aber prima ausgedacht.«

Der Essenswagen hatte zwanzig Minuten Verspätung, und ich fing schon an, mir Sorgen zu machen. Während der ganzen Erdkundestunde war das Klirren und Schaben von Mr. Willets Spaten zu hören gewesen, der einen Weg über den Schulhof bahnte. Jetzt ging ich hinaus, um mich zu erkundigen, ob er etwas Neues wußte.

Er stapfte für mich zum Weg hinunter, und ich hörte ferne Stimmen. Als er wiederkam, strahlte er übers ganze Gesicht, so schwerwiegend waren seine schlechten Nachrichten.

»Die haben eben bei Mr. Roberts angerufen, Miss. Er holt seinen Traktor und fährt raus zum Bember's Corner und versucht, den Laster wieder aufzurichten. Der ist in'n Graben gerutscht, heißt's.« In vergnüglicher Erregung blies er seinen Schnauzbart aus und ein.

»Ist Mrs. Crossley auch nichts passiert?«

»Könnt ich nicht sagen, echt nicht, aber sicher nicht, oder? Durchgedreht, klar, wenn nicht auch noch was gebrochen ist, was ja zu erwarten wär.« Er glühte fast vor morbidem Ergötzen des Landbewohners am Unglück eines anderen. Ich dachte an meine hungrige Familie.

»Mr. Willet«, bat ich, »ach bitte, gehen Sie doch zum Laden und holen Sie Brot und ein paar Dosen Fleisch für die Kinder.« Im Geist stellte ich rasch eine Berechnung auf. Ungefähr sechs würden zu ihren Müttern heimgehen können, aber für mindestens zwölf würde ich sorgen müssen.

»Ja«, fuhr ich fort, »zwei Laib Brot, sechs Dosen Stew und zwei Pfund Äpfel. Und ein halbes Pfund Toffees bitte.« Es schien mir eine gute Mischkost, wenn auch die Vitamine nicht ganz ausreichten, aber sie war nahrhaft und schnell zubereitet. Ich gab ihm Geld und einen Korb und ging ins Klassenzimmer zurück, schickte diejenigen Kinder heim, bei denen ich es verantworten konnte, und brachte den anderen die Wendung der Dinge schonend bei.

Das Mittagessen war ein Riesenerfolg. Mrs. Finch-Edwards und die Kinder hatten einen langen Tisch aus der Klasse der Kleinen an den Ofen herangerückt, während ich die Fleischdosen öffnete und Suppenwürfel auflöste und drüben in meiner Küche Brot schnitt, wobei mir Cathy Waites und der kleine Jimmy ehrfürchtig assistierten. Jimmy wanderte in der Küche herum und inspizierte die Gerätschaften.

»Und was ist das, Miss?«

»Das braucht man zum Kartoffelstampfen.«

»Meine Mama nimmt da ’ne Gabel. Und wozu ist das da?«

»Das ist ein Teesieb. Bitte mal das Salz, Cathy.«

»Wofür?«

»Um die Teeblätter aufzufangen. Den Pfeffer auch, bitte.«

»Warum wollen Sie die Teeblätter auffangen?«

»Weil ich sie nicht in meiner Tasse haben will. Ich glaube, jetzt können wir das andere Brot anschneiden.«

»Und was machen Sie damit, wenn Sie sie aufgefangen haben?«

»Wegwerfen.«

»Warum fangen Sie sie denn auf, wenn Sie sie danach wegwerfen.«

»Cathy«, sagte ich energisch, »nimm das Teesieb mit an den Ausguß und zeig es ihm mit Wasser und ein paar Brotkrümeln. Ich mache hier einstweilen fertig.«

Die Demonstration war ein Erfolg, und als ich Jimmy ein altes Teesieb schenkte, damit er daheim die Teeblätter von seiner Tasse abhalten konnte, war er ganz entzückt.

Das Essen wurde höchst vergnügt eingenommen, begleitet von einem metallischen Hämmern nebenan, wo Mr. Rogers mit seinen »Klamotten« das Abzugsrohr bearbeitete. Wie er vorausgesagt hatte, war es korrodierter Ruß, der abgeblättert war, sich in einem Knie festgesetzt hatte und dadurch den Zug verhinderte. Er verließ uns strahlend und sehr mit sich zufrieden.

Es hatte wieder angefangen zu schneien, und Mrs. Pringle war, als sie zum Abspülen erschien, an der Windseite ganz von Schnee eingepudert. Ihre Miene war gequält und ihr Hinken sehr ausgeprägt.

»Wenn es um halb drei nicht besser ist«, sagte ich zu Mrs. Finch-Edwards, während wir zusahen, wie der Schnee über den von Mr. Willet frisch geräumten Weg wirbelte, »machen wir mit dem Unterricht Schluß und schicken die Kinder früher heim.«

»Ich werde mein Rad den größten Teil des Weges nach Springbourne schieben müssen«, sagte Mrs. Finch-Edwards. »Mein lieber Mann hat sich heute morgen solche Sorgen gemacht, als ich losfuhr. Der ist wie eine Henne, die ein

Küken ausgebrütet hat, wirklich!« Sie strich sich mit zufriedenem Lächeln über ihren umfangreichen Torso. »Ich frage mich manchmal, wie er zurechtgekommen ist, ehe er mir begegnete – und er sich um nichts zu ängstigen brauchte, der dumme Junge.«

Ich war drauf und dran, sie daran zu erinnern, daß sie mir selbst erzählt hatte, er hätte Schweine gezüchtet, dachte aber, das könne mir falsch ausgelegt werden, und hielt den Mund.

Um halb drei war das Wetter womöglich noch ärger, und wir knöpften die Kinder in ihre Mäntel, stellten Kragen auf, kreuzten Wollschals über gut ausgestopften Vorderfronten und banden sie hinten zu befransten Turnüren zusammen, sortierten Handschuhe und Gummistiefel, und mit letzten Ermahnungen, zusammenzubleiben und direkt heimzugehen (sinnlose Hoffnung!) und nicht erst unterwegs Schneeballschlachten zu veranstalten, schickten wir die kleine Bande hinaus in Wind und Wetter.

Drei Tage und Nächte wütete der Schneesturm über dem Land. Eines Morgens kamen nur noch drei Kinder, und ich rief die Schulbehörde an und bat um Erlaubnis, die Schule zu schließen. Die Schneepflüge kamen von Caxley, um die Hauptstraßen freizuräumen, und ein Pannenwagen konnte zu dem steckengebliebenen Essensauto vordringen und es in die Garage zurückschleppen. Mrs. Crossley erwies sich, entgegen grauenvoller Gerüchte, zum Glück als unverletzt.

Endlich hörte es auf zu schneien, und am vierten Tag schien die Sonne von einem Himmel, so durchsichtig wie im Juni. Der Schnee glitzerte wie Zuckerguß, aber die Temperatur blieb so niedrig, daß man nicht auf Tauwetter hoffen durfte. Mr. Roberts hatte auf seinem Ententümpel den Schnee gefegt und lud das Dorf zum Schlittschuhlaufen

ein. Da der Tümpel groß und nirgends tiefer ist als anderthalb Meter, waren die Mütter nur zu froh, ihre Kinder dorthin zu schicken, die ihnen seit fast zwei Wochen um die Füße wimmelten. Sobald die Schule aus war – wir hatten, als die Schneestürme nachließen, wieder »eröffnet« –, rannten die Kinder voller Freude quer über den Weg und auf eine herrliche Rutschbahn am einen Ende des Teichs.

Die ältere Generation kramte ihre Schlittschuhe heraus, und alle gingen mit solchem Eifer daran, daß Mr. Roberts die Scheinwerfer seines Lastwagens einschaltete und regelrechte Abendgesellschaften wie seltene Winterschwalben durcheinanderglitten und -wirbelten, solange das Eis trug.

Dr. Martin und seine Frau brachten Miss Clare mit. Der Vikar, in einer feschen rotweißen Skijacke über seinem klerikalen Grau, die unvermeidlichen Leopardenfellhandschuhe an den Händen, brachte seine Frau mit. Auch Miss Parr kam, mit einer Schwester, die achtzig gewesen sein mußte, und all diese älteren Herrschaften stachen uns aus, tanzten Walzer, schlidderten, schwangen sich in großartigen Achterfiguren, während wir Jüngeren auf geliehenen Schlittschuhen herumtorkelten oder, noch unwürdiger, alte Küchenstühle vor uns herschoben und die Grazie und Schönheit derer bewunderten, die dreißig und mehr Jahre älter waren als wir.

Mrs. Roberts öffnete mit echter Farmergastlichkeit ihre große Küche, und den hungrigen Schlittschuhläufern wurden brutzelnde Würstchen, harte Eier und Toastbrote angeboten, dazu Bier oder Kakao, um diesen hochwillkommenen Imbiß hinunterzuspülen. Eine Woche lang dauerte der Spaß, dann schwenkte der Wetterhahn herum, ein warmer Westwind stürzte sich, von den Downs kommend, auf uns, die Dächer begannen zu tröpfeln, und Bächlein rieselten und gurgelten entlang der Wege von Fairacre.

Das Tauwetter hatte eingesetzt. Wir packten unsere Schlittschuhe weg, und Mr. Roberts' Enten kehrten auf ihren Teich zurück.

13
Die traurige Sache mit den Eiern

Joseph Coggs schlängelte sich durch die halboffene Tür in sein Cottage. Unmittelbar dahinter stand der Kinderwagen und klemmte sie fest. Nach dem Februarsonnenlicht draußen wirkte das Häuschen dunkel und roch nach Babywindeln und angebrannten Kartoffeln.

Joseph legte seine Mütze sehr sorgfältig auf den Tisch.

»Mama!« rief er hoffnungsfroh. Es kam keine Antwort. Er ging in die angebaute Spülkammer und sah durch die offene Tür seine Mutter, die sich Babysachen an die Wange hielt. Um sie her, auf der struppigen Hecke und den verwilderten Stachelbeersträuchern, waren zahllose zerlumpte Kleidungsstücke so gut es ging zum Trocknen aufgehängt.

»Hab was für dich!« sagte Joseph mit seiner heiseren geborstenen Stimme. Seine Augen funkelten aufgeregt.

»Was denn? Wieder irgend'nen alten Mist aus der Schule?« erkundigte seine Mutter sich mürrisch.

»Heut nachmittag hab ich ein kleines Haus gemacht. Aber ich hab was ganz Besondres für dich.« Er zerrte an ihrem Arm, und die Mutter ließ sich ins Haus zurückziehen, wobei sie unterwegs ein paar Wäschestücke von den Büschen aufraffte.

Stolz enthüllte Joseph den Inhalt seiner Mütze – fünf braune, sichtlich frisch gelegte Eier.

»Wo hast du die her?« fragte seine Mutter argwöhnisch.

»Mrs. Roberts hat sie mir gegeben«, sagte ihr Sohn, aber seine Finger trommelten voller Unbehagen auf der Tischkante und seine Augen blieben niedergeschlagen. Seine Mutter überlegte rasch. Fünf Eier waren, wie die Dinge im Moment standen, eine Gottesgabe. Arthur ging jetzt wieder regelmäßig ins »Beetle & Wedge«, so daß für sie äußerst wenig Wirtschaftsgeld zur Verfügung stand.

Es war schade, daß man ihren Mann nicht mehr wegen der Nacht bei Willets aufzog, denn solange das andauerte, hatte sich Arthur immer nur einen ganz Schnellen genehmigt und so rasch er konnte wieder die Flucht vor den Lästerzungen ergriffen. Sie hatte den Unterschied beim Wirtschaftsgeld gemerkt. Wieder schaute sie auf die verlokkenden Eier. Sie konnte ja damit etwas richtig Leckeres für die Kinder machen, und Mrs. Roberts würde sie so oder so nicht vermissen. Sie sprach freundlich mit ihrem Sohn.

»Das war aber nett von ihr. Eine richtige Dame, die Mrs. Roberts. Ich tu sie lieber gleich in den Schrank.« Damit packte sie sie hastig weg. Sie wollte ohnehin keine peinlichen Fragen von Arthur, und irgendwie war es ja doch aus den Augen, aus dem Sinn, nicht wahr? Was man nicht weiß, macht einen nicht heiß. Beides sehr gescheite Sprüche.

»Und das hab ich heut gemacht«, unterbrach Josephs Stimme ihre Gedankengänge. »Miss Gray hat die Tür für mich gemacht, aber ausgeschnitten hab ich's selber.« Er hielt ihr ein Papierhäuschen hin, angeschmuddelt und jammervoll schief. Sein Gesicht glühte vor schöpferischem Stolz. »Schön, was?«

»Schade, daß sie dir nix Beßres lernen wie so was«, sagte seine Mutter, noch immer etwas geplagt von Gewissensbissen. »Die neuen Lehrerinnen packen euch nur voll dummes Zeug. Wär Zeit, daß sie dir was Nützliches beibringen.«

Sie duldete immerhin, daß er es aufs Fensterbrett stellte, und dort lehnte er, blickte durch die winzige offene Tür auf das dahinterliegende Fensterchen. Morgen würde er kleine Männer und Frauen aus Papier ausschneiden, sagte er sich vergnügt, und die würden dann alle miteinander in diesem Haus wohnen, seinem eigenen Haus. Bei diesen Gedanken seufzte er zufrieden auf.

Ein Haus weiter waren Jimmy und Cathy Waites beim Tee. Es war, wie Mrs. Waites sich ausdrückte, »ein Zwisch«, denn bald nach sechs, wenn die übrige Familie aus Caxley heimkam, würde man sich zu einem frühen Abendessen setzen.

Während die Kinder miteinander schwatzten und Honigbrot mampften, studierte sie eine Anzeige in ihrer liebsten Frauenzeitschrift.

»Ich hätte gute Lust«, murmelte sie vor sich hin. »Bloß eins drei. Eigentlich wär's eine Ersparnis, der vorige Nagellack war nie so recht meine Farbe.« Sie betrachtete prüfend ihre Hände. Trotz Hausarbeit und Gemüseputzen waren sie noch immer hübsch.

»Will mich nicht gehen lassen«, sagte sie zu ihrem Spiegelbild auf dem Glasboden des Tabletts. »Sonst verkomm ich noch so wie das Geschöpf im Nachbarhaus.« Und mit einem ihrer scharfen Nägel begann sie das »Schlagerangebot der Woche für unsere Leserinnen« herauszufetzen.

Jimmy versuchte sich am Etikett auf dem Honigglas. Einzelne Laute kannte er nun schon und wußte, daß sie zusammengefügt manchmal richtige Wörter ergaben. Er war wild darauf, lesen zu können, dasitzen zu können wie Cathy, den Kopf in einem Buch, manchmal mit traurigem Gesicht, manchmal lachend, und die magischen Seiten umblätternd, auf denen sich für sie eine Geschichte entfaltete.

»Iii-meker ...«, begann er mühsam.

»Imker, Dummbart«, verbesserte Cathy wütend. Doch dann fiel ihr etwas ein.

»Mama, ich hab's dir gestern nicht erzählt: Miss Read sagte, ich muß das andere Stück von dem Test nächste Woche machen. Und wenn ich's schaff, kann ich nach Caxley.«

Mrs. Waites sah mit weit aufgerissenen Augen von den Papierschnitzeln auf.

»Na, du bist mir vielleicht eine. Meine Güte, das freut mich aber, Cath! Mach es, so gut du kannst, Liebling. Wenn du es fertigbringst, lassen wir dich hin, wird schon irgendwie werden.«

Visionen von Schuluniformen, Hockeyschlägern, Schulmappen und anderem Drum und Dran flackerten vor ihren Augen. Es würde einen Haufen Geld kosten. Aber schafften es nicht andere auch? Und wenn das Gör schlau genug war, in die Caxley High School aufgenommen zu werden, oder wie das Ding sonst noch neumodisch hieß, würde sie dafür sorgen, daß sie hübsch angezogen war. Wieder blickte sie auf den dunklen Kopf ihrer Tochter, dicht neben Jimmys Flachskopf, dem sie H–o–n–i–g vorbuchstabierte, und gestattete sich für eine kurze Minute die Erinnerung an die dunkelhaarige Schönheit von Cathys Vater.

»Er war schon ein toller Kerl, soviel ist sicher«, dachte sie und errötete leicht. Dann nahm sie sich zusammen, stand auf und begann den Tisch abzudecken. Hatte keinen Sinn, an Vergangenes zu denken. Manche würden ja sagen, sie sei schlecht gewesen, aber sie meinte, was einen so glücklich machte, konnte nicht ganz schlecht sein. Sie blieb stehen, die Butterdose noch in der Hand, und überdachte die Spitzfindigkeiten moralischer Wertmaßstäbe.

»Na ja«, seufzte sie schließlich und gab es auf, dieses verwirrte Knäuel lösen zu wollen. »Ich habe jetzt an einen wirklich guten Ehemann zu denken.« Damit schloß sie die Erinnerung in das Geheimfach, das alle hübschen Frauen haben, und ging die Kartoffeln aufsetzen, die er zum Abendessen bekam.

Mrs. Finch-Edwards saß auf Mrs. Moffats Couch, bewunderte den neuen Teppich auf dem fliesenbelegten Kaminvorplatz und hörte sich Mrs. Moffats Bericht darüber an, welche Fortschritte Linda unter Miss Read machte.

»Lesen kann sie alles, wissen Sie. Damit gab es nie Probleme, aber sie müßte doch mit ihren acht Jahren das kleine

Einmaleins können! Haben Sie das denen in Ihrer Klasse nicht beigebracht?«

»Nur einigen«, sagte Mrs. Finch-Edwards. »Heutzutage erwartet man von den Kindern nicht mehr all das, womit wir so früh anfangen mußten.«

»Dann wird's Zeit, daß sich da was ändert«, meinte Mrs. Moffat energisch. »Wie soll denn Linda die Rechenaufgaben bei der Prüfung lösen, wenn sie noch bei Sachen stolpert, die sie in der Unterstufe hätte lernen sollen? Was wir tun, wenn sie es nicht bis in die Caxley High School schafft, weiß ich nicht. Sie wissen ja, mein Mann ist keiner, der sich unnötige Sorgen macht, aber das Geld ist knapp, das weiß ich. Das Haus hat mehr gekostet, als wir dachten, und der Laden läuft nicht besonders gut.«

Mrs. Finch-Edwards sah ihre bekümmerte Miene und tröstete nach Kräften.

»Um die Linda brauchen Sie sich nicht zu sorgen. Die hat noch ein paar Jahre vor sich und ist gescheit. Und was das Geld betrifft, daran fehlt es uns doch allen, hab ich recht?«

»Ja, aber diesmal ist es schlimmer als sonst. Ich habe Linda versprochen, daß sie im nächsten Quartal in Caxley Tanzunterricht kriegt und jetzt – ich weiß wirklich nicht, wie wir das schaffen sollen. Und dabei ist sie ganz versessen darauf.«

Und Sie sind es auch, dachte Mrs. Finch-Edwards, die bei dieser Demonstration mütterlichen Ehrgeizes zwischen Ungeduld und Mitgefühl hin und her gerissen wurde.

»Könnten Sie nicht Schneiderarbeiten annehmen?« fragte sie zweifelnd.

Mrs. Moffat sah leicht gekränkt aus.

»Das wäre wohl nicht recht passend, nicht wahr? Ein kleiner Laden von der Art, wie wir besprochen haben, das wäre etwas anderes! Aber auch dazu braucht man wieder

Kapital. Ich möchte Len ungern darauf ansprechen, er fährt mir immer über den Mund und sagt, andere kommen mit dem aus, was wir haben. Dann halte ich ihm vor, daß die ja auch nicht vorwärtskommen wollen.«

Draußen hörte man Schritte, dann kam Linda hereingeplatzt.

»Hallo, Tantchen, hallo, Mama.« Sie blieb stehen, schweratmend und schniefend.

»Putz dir die Nase«, sagte ihre Mutter leicht verstimmt darüber, daß ihre Tochter so zerzaust vor einem Besuch erschien. Linda fuhr sich flüchtig mit den Fingerknöcheln unter der Nase entlang. Mrs. Moffats Stimme steigerte sich zu einem Entsetzensschrei.

»Linda! Um Himmels willen! Wo hast du solche Manieren her? Aus dieser ordinären Schule ...« Sie warf Mrs. Finch-Edwards einen empörten Blick zu. »Wo hast du dein Taschentuch?«

»Verloren!« entgegnete ihre Tochter.

»Dann geh und hol dir eins«, sagte ihre Mutter, »und wasch dich und kämm dir die Haare«, rief sie ihrem sich entfernenden Kind nach. »Sehen Sie, was ich meine?« beschwerte sie sich bei der Freundin. »Sie wird schon wie alle anderen, und wie soll ich das ändern? Wenn ich sie nur in eine von den Tanzschulen bekäme – dort könnte sie ein paar Kinder aus besseren Kreisen kennenlernen.«

Sie erhob sich, um den Tee herzurichten. In der Tür wandte sie sich mit einem vornehmen Schaudern um. »Ich hätte nie gedacht, daß eine Tochter von mir *ordinär* wird«, sagte sie.

Es war Rechenstunde, in der Klasse herrschte Stille. Beide Tafeln waren bedeckt mit Zahlen, und drei Gruppen stöhnten über so verschiedenartigen Aufgaben wie »ein halbes Pfund Butter zu 4 Shilling das Pfund« in der unter-

sten Gruppe bis zu »6 Pence als Dezimal von Pfund« in der obersten.

Neben mir saß Cathy, der man wieder einmal die Geheimnisse von Multiplikationsreihen beibringen mußte. Sie hatte bei dieser Rechenart gewisse Schwierigkeiten, obwohl sie normalerweise recht intelligent war, und da sich die Prüfung näherte, fand ich, wir müßten dieses spezielle Problem unbedingt meistern.

Wir wurden unterbrochen vom Gerassel eines Farbeimers und schweren Tritten draußen auf dem Gang. Der große Kopf von Mr. Roberts schob sich in die Tür.

»Entschuldigen Sie die Störung«, sagte er in einem Ton, den er für ein Flüstern hielt. Die Kinder blickten auf, begeistert über die willkommene Unterbrechung. Wer weiß, vielleicht würde Mr. Roberts die blöde alte Tafel wieder herunterstoßen, signalisierten sie einander mit funkelnden Blicken. Und was konnte köstlicher sein als so etwas mitten in einer Rechenaufgabe.

»Kann ich Sie mal allein sprechen?« fragte er. Ich schickte Cathy zurück auf ihren Platz mit einer langen Multiplikationsreihe, an der sie sich versuchen sollte, und folgte ihm hinaus auf den Gang. Sein breites Gesicht war bekümmert.

»Sie wissen«, begann er, »ich reg die Leute nicht gern auf ...« Er hielt inne und studierte seinen Stiefel so lange, daß ich merkte, er brauchte Hilfe.

»Nun kommen Sie schon, heraus damit!« sagte ich energisch. »Die schreiben alle voneinander ab, wenn ich nicht bald zurück bin.« Mr. Roberts trat voller Unbehagen von einem Fuß auf den anderen, tat einen tiefen Atemzug und rasselte dann alles herunter. Offenbar hatte er im Hühnerstall Eier vermißt und heute ganz früh welche gekennzeichnet und ins Nest zurückgelegt. Um halb zehn war er sie holen gegangen, und da waren sie verschwunden. Ob ich wohl etwas dagegen hätte (hierbei wurde er dunkelrot und sah mich sehr ernst an), wenn er mal die Taschen der Kinder durchsuchte?

Ich sagte, wir sollten doch die Kinder zunächst einmal fragen, ob sie etwas von den fehlenden Eiern wüßten, dann hätten sie Gelegenheit zu gestehen.

Ein beklommenes Schweigen war die Antwort auf meine Frage. Nein, niemand wußte etwas von den Eiern. Blaue Augen, braune Augen, hellbraune Augen blickten nacheinander in die meinen, als ich in ihre erhobenen Gesichter schaute. Ich nickte Mr. Roberts zu, der betrübt wieder in den Korridor zurückkehrte. Es tut ihm offenbar ebenso weh wie uns, dachte ich leicht amüsiert.

»Nun arbeitet mal schön weiter«, sagte ich. Zerstreut wurden Federhalter wieder ergriffen, Zungen kreisten in Mundwinkeln. Oberflächlich betrachtet war wieder alles normal, und doch war die Atmosphäre gespannt. Die Tür öffnete sich erneut, und Mr. Robert winkte mir mit einem riesigen Zeigefinger.

Als ich zur Tür ging, erreichte mich ein erstickter Schrei. »Oh, Miss.« Es war Eric, der gerufen hatte, sein normalerweise blasses Gesicht war von dunkler Röte übergossen. In seinen Augen standen Tränen.

»Was ist denn, Eric?«

»Nichts, Miss, nichts«, schluchzte er. Dann legte er den Kopf auf die Arme und seine Schultern begannen zu zittern. Seine Nachbarn betrachteten ihn erstaunt und mitleidig.

Draußen auf dem Gang hielt Mr. Roberts die Tasche von Erics Regenmantel auf, und darin lagen, sorgfältig in Sauerampferblätter gewickelt, drei Eier. Jedes von Mr. Roberts seitlich mit einem kleinen Bleistiftkreuz gekennzeichnet.

»Wollen Sie das erledigen«, fragte ich, »oder soll ich den Rohrstock sprechen lassen?«

Mr. Roberts' betrübtes Gesicht wurde ganz entgeistert. »O nein, auf keinen Fall, keine Prügel. So kleine Kinder –«, begann er unklar.

»Sie sind durchaus groß genug, um den Unterschied zwischen Recht und Unrecht zu kennen«, sagte ich energisch, »aber wenn Sie so darüber denken, übergebe ich den Jungen Ihnen und begnüge mich mit einer kurzen Predigt über das Thema.«

Mr. Roberts schlang seine gewaltigen Hände ineinander, und ich empfand plötzlich Bedenken wegen seines weichen Herzens.

Ich öffnete die Tür zum Klassenzimmer. »Eric«, rief ich, »komm mal einen Augenblick heraus.«

Mit einem schrecklichen, zitternden Seufzer hob Eric sein tränenfleckiges Gesicht. Langsam kam er in den Gang, wo ihn Mr. Roberts in ebenso heftiger Gemütsbewegung erwartete. Während sich die Entfernung zwischen ihnen verringerte, kehrte ich ins Klassenzimmer zurück und überließ es den Mänteln und Mützen, Zeuge der Zusammenkunft zwischen Kläger und Beklagtem zu werden.

»Dem kleinen Joe Coggs hab ich auch 'n paar gegeben«, hatte Eric mir später schniefend gestanden, »weil er gesehn hat, wie ich sie genomm' hab, und ich nicht wollte, daß er was sagt.«

Die Geschichtsstunde über einen kleinen römischen Jungen, den die Kinder allmählich liebgewannen, wurde geopfert zugunsten einer Mahnrede über den Respekt vor fremdem Eigentum, über simple Ehrlichkeit, die Macht des Beispiels und das Übel, andere zum Bösen zu verführen. Es war eine stark geläuterte Klasse, die sich dann an die Naturkundestunde über den gemeinen Wassermolch begab, von denen sich einige Exemplare in einem Glasbehälter an der Wand des Klassenzimmers tummelten. Ich verließ sie beim Zeichnen von scharfzackigen Rücken und Seesternfüßen und ging ins Nebenzimmer, um Joseph Coggs das Verruchte seiner Tat vor Augen zu führen.

»Und noch zwei dazu?« fragte Miss Gray und stellte Milchflaschen in Paaren in die Kiste zurück.

»Vier!« rief die um sie gescharte Gruppe im Chor.

»Und noch zwei?«

»Sechs!«

»Und dann noch zwei?« Wieder klirrten die Milchflaschen.

»Acht.« Das klang schon etwas zweifelnd. Miss Gray ließ sie noch einmal zählen und richtete sich auf, um mich zu begrüßen. Ich erzählte ihr die Geschichte und bat, Joseph auf den Gang mitnehmen zu dürfen.

»Ich wollte Sie schon wegen meines Quartiers sprechen«, sagte Miss Gray.

»Wir sagen sieben!« rief einer der Mathematiker an der Flaschenkiste.

»Zähl noch mal –«, riet ihm Miss Gray. »Wir bereiten uns für morgen auf das Einmaleins mit zwei vor, aber mein Gott, es ist fürchterlich!«

»Und wie stehen die Dinge bei Mrs. Pratt?« fragte ich.

»Na ja, Sie wissen ja, wie es ist –«, begann sie verlegen.

»Neun?« unterbrach ein anderes Kind.

»Erzählen Sie es mir später«, sagte ich, ergriff Josephs klebrige Hand und führte ihn aus der Klasse in die stille Ordnung des Ganges.

Mrs. Pringles Waschkessel summte fröhlich, während ich Joseph die traurige Geschichte seiner Beteiligung am Eierdiebstahl entlockte. Dicke Tränen liefen ihm übers Gesicht und rannen auf seinen schmuddeligen Pullover.

»Und meine Mama hat sie in den Schrank, und zum Frühstück hat jeder eines gekriegt, als unser Papa zur Arbeit war.« Wieder flossen seine Tränen, und er platzte heraus: »Heut ist aber auch gar nichts schön. Mein Häuschen, das was ich mit heimgenomm' hab – mein Papa hat sich heut früh damit seine Pfeife angezündet – es war ihm egal, ganz egal!«

Joseph Coggs litt wirklich sehr. Als sich der Sturm gelegt hatte, tröstete ich ihn nachträglich so gut ich konnte durch den Hinweis, es gäbe zu Mittag Siruptorte und er könne sich ein neues Häuschen machen. Seine Tränen versiegten wie durch ein Wunder.

»Aber denk daran«, ergänzte ich im echten Gouvernantenton, »es wird nicht wieder geklaut! Hast du mich verstanden.«

»Ja, Miss«, antwortete Joseph mit reuevollem Aufschnupfen, aber ich bemerkte, daß seine Augen auf den Schulbackofen gerichtet waren.

14
Der Basar

Die ganzen letzten Wochen hatten an der Mauer hinter der Bushaltestelle, im Schaufenster beim Krämer und an einem Haken beim Fleischer Plakate geflattert, die den Wohltätigkeitsbasar im Schulhaus zugunsten des Kirchendachs ankündigten.

Nach dem Nachmittagsunterricht stießen Miss Gray und ich die knirschende Trennwand zwischen unseren Räumen zurück und schoben alle Schulbänke zu einem langen L-förmigen Tresen zusammen, damit die Waren ausgelegt und ausgezeichnet werden konnten, ehe das Publikum um sieben Uhr zugelassen wurde.

»Ich wollte, ich könnte Ihnen beim Auszeichnen helfen«, sagte Miss Gray, vor Anstrengung leicht pustend, »aber ich möchte so gern zur Orchesterprobe, und die fängt um halb sieben an.«

»Wie kommen Sie denn nach Caxley?«

»Mr. Annett sagte, er würde mich abholen und wieder zurückbringen. Ich kenne ihn ein bißchen durch die Leute, bei denen ich in Caxley gewohnt habe, die spielen auch im Orchester.«

Wir setzten uns an die Pulte, um wieder zu Atem zu kommen, und musterten unsere sehr schmutzigen Hände.

»Miss Clare kommt zum Tee«, sagte ich, »die hilft beim Flohmarkt. Können Sie nicht auch zum Tee bleiben?«

»Vielen Dank, lieber nicht. Ich muß noch meine Geige und die Noten holen, und mich umziehen muß ich auch. Dabei fällt mir ein ... Es sieht so aus, als ob ich das Quartier bei Mrs. Pratt aufgeben muß. Leider.«

»Es klappt wohl doch nicht so recht? Ich weiß, ideal ist es nicht, aber hier auf dem Dorf ist es ja ziemlich hoffnungslos, was zu finden.«

»Ach, beklagen wollte ich mich nicht.« Sie lächelte mich von der Seite an. »Über die Nymphe im Fluß hänge ich abends immer ein Handtuch und über den sterbenden Hund meinen Unterrock. Ich habe einfach nicht den Mut, Mrs. Pratt zu bitten, sie zu entfernen.«

»Ist es das Essen?«

»Du lieber Gott, nein. Ich bekomme mehr, als ich will. Nein, Mrs. Pratts Mutter drüben in Springbourne ist gerade gestorben, und sie brauchen mein Zimmer für ihren Vater. Er scheint bei ihnen wohnen zu wollen. In gewisser Weise löst das mein Problem, aber wie um Himmels willen finde ich eine andere Bude? Ich kann nicht zu weit weg wohnen. Einen Wagen kann ich mir nicht leisten, und die Autobusse von Caxley passen nicht zu den Unterrichtsstunden.«

»Bis Sie etwas finden, was Ihnen wirklich gefällt, können Sie gern mein Gästezimmer haben. Ich werde mich weiter erkundigen, also machen Sie sich keine unnötigen Sorgen. Wenn Mrs. Pratt Sie ganz schnell loswerden möchte, kommen Sie eine Zeitlang zu mir.«

Ihre Dankesworte wurden abgeschnitten durch das Eintreffen von Miss Clare, die ihr ehrwürdiges Rad an seinen altgewohnten Platz neben dem Spülstein im Gang lehnte. Sie sah wohl und ausgeruht aus und begrüßte uns mit ihrer sanften Stimme.

»Wir fangen erst um fünf mit dem Auszeichnen an«, sagte ich ihr, »es bleibt also genügend Zeit, uns mit Tee zu stärken.«

Miss Gray verabschiedete sich und eilte zu Mrs. Pratt, um sich für Mr. Annett fertigzumachen, und Miss Clare und ich bummelten Arm in Arm auf dem Pausenhof herum und sahen den Krähen zu, die um die Ulmen kreisten, Stöckchen im Schnabel, um ihre Nester für die Ankunft neuer Bewohner instand zu setzen.

Mrs. Pringle und die Frau des Vikars, Mrs. Partridge, waren bereits dabei, Westen auszuschütteln und Schuhe zu sortieren, als Miss Clare und ich in die Schule hinüberkamen. Jede von uns hatte einen blauen Fettstift, schamlos entwendet aus dem Vorratsschrank der Schule, Papier, Schere und Nadeln.

»Guten Abend, guten Abend!« begrüßte uns Mrs. Partridge und hastete an der Reihe der Pulte entlang, ein Paar uralter Ballschuhe in der Hand. Sie waren blaßgrau, hatten eine Lasche und zwei Knöpfe, liefen äußerst spitz zu, hatten Absätze vom Typ Louis XV und sahen aus wie Größe $35^{1}/_{2}$. Es würde interessant sein, wer die kaufte.

»So etwas Hübsches«, fuhr Mrs. Partridge mit professioneller Begeisterung fort, »zu nett von den Leuten, so großzügig zu spenden.« Mrs. Partridge wußte aus jahrelanger Erfahrung, daß man unbedingt alles loben muß, was auf einen Basar geschickt wird, denn jeder abfällige Kommentar wird mit Sicherheit gehört, wenn nicht vom Spender selbst, so doch von einer guten Freundin, die sich dann genötigt fühlt, es weiterzusagen. Niemand wußte besser, wie sehr man auf einem Dorf seine Zunge hüten muß, als die Frau des Vikars.

»Sollten wir nicht jetzt erst einmal die Sachen sortieren: Herrensachen dahin, Frauensachen dorthin, Kinderkleidung dort hinten hin? Wir dachten, die Schuhe vielleicht auf die Bank bei der Tür, und die Hüte – ganz reizende, finden Sie nicht – in die hintere Ecke.«

»Wie steht es mit dem Eintrittsgeld?« fragte Mrs. Pringle. »Wer übernimmt das?«

Mrs. Partridge geriet ein bißchen aus dem Konzept. »Auf den Plakaten hat von Eintritt nichts gestanden. Ich glaube, wir müssen die Leute gratis hereinlassen.«

»Meiner Meinung nach ein großer Fehler«, meinte Mrs. Pringle düster. Ihre Mundwinkel begannen sich unheilvoll zu senken. »Vorige Woche haben die Baptisten in Caxley drei Pence verlangt, und keiner war böse. Aber wenn Sie das Geld nicht brauchen …« Mrs. Pringle zuckte die breiten Schultern wie jemand, der seine Hände in Unschuld wäscht, und begann an dem Band zu zerren, das mehrere Männercordhosen zusammenhielt.

»Na, na, na«, gluckste Mrs. Partridge in versöhnlichem Ton, »und das hier wird der Stand für Kleinkram – Porzellan, wissen Sie, Modeschmuck und sonstiger Schnickschnack. Mr. Willet hat sich freundlicherweise bereit erklärt, diesen Korb Eier verlosen zu lassen. Mr. Roberts hat sie hergeschickt, riesig nett, riesig nett.«

Wir trabten alle hin und her und trugen alles zum dafür vorgesehenen Platz, vom wacklig gewordenen Fußschemel bis zu Nabelbinden für Säuglinge. Ein besonders scheußlicher Tisch mit dreieinhalb Beinen und einer von indischen Schnitzereien so verunstalteten Platte, daß man ihn gar nicht mehr benutzen konnte, schränkte ernstlich unsere Bewegungsfreiheit ein.

»Wer, um Gottes willen«, sagte Mrs. Partridge, ihre übliche Vorsicht vergessend, »hat dieses gräßliche Ding gestiftet?«

Mrs. Pringle atmete noch schwerer als sonst, und ihre Augen funkelten gefährlich. Bebend, die Preisschildchen in den zitternden Fingern, erwarteten Miss Clare und ich, daß der Sturm losbrach.

»Dieser Tisch«, begann Mrs. Pringle mit fürchterlichem Nachdruck, »dieser wunderschöne Tisch war ein Hochzeitsgeschenk an Pringles Mutter, von ihrer Herrin, bei der sie seit ihrem zwölften Lebensjahr gearbeitet hat. Und ein treueres Mädchen hätte ihre Herrin wohl nirgends gefunden.«

Mrs. Partridge wollte eben zu Entschuldigungen ansetzen, doch die wischte Mrs. Pringle beiseite.

»Und *außerdem*«, fuhr Mrs. Pringle fort, diesmal überlaut und mit erhobener Hand, als leiste sie einen Eid, »hatte die liebe alte Dame ihn am Bett stehen bis zu ihrem Tod. Sie hatte drauf immer ihre Bibel zur Hand und alles andere, was sie brauchte.« Hier mußte sie Atem holen, und Mrs. Partridge konnte sich hastig einschalten: »Aber Mrs. Pringle, ich habe es wirklich nicht abwertend gemeint –«

»Zum Beispiel«, fuhr Mrs. Pringle mit furchteinflößend dröhnender Stimme fort, »ihre Verdauungstabletten, ihr Gebiß, ihre Brille und eine besonders wertvolle Uhr, die Pringle und ich ihr zum achtzigsten Geburtstag geschenkt haben und die von allen Besuchern sehr bewundert wurde. Und das war auch richtig so, bei dem unerhörten Preis, den dieser Betrüger in Caxley dafür verlangt hat.«

»Tut mir leid, daß es Sie so aufregt«, wiederholte Mrs. Partridge, »und ich entschuldige mich nochmals.«

Mrs. Pringle entblößte einen Moment lang ihre Zähne und neigte graziös den Kopf.

»Hat eben Erinnerungswert, dieser Tisch, und ich mag es nicht, wenn schlecht von ihm gesprochen wird. Ein Freund der Familie – sozusagen.«

»Gewiß, gewiß«, sagte die Frau des Vikars abschließend, und sie und Mrs. Pringle fuhren schweigend fort, Preisschildchen an Männerkleidung zu stecken, während Miss Clare und ich, die wir uns mit unseren blauen Stiften feige geflüchtet hatten, bemüht waren, unbekümmert und beschäftigt zu wirken, aber wie ich fürchte, nicht so aussahen.

Um sieben Uhr wurde die Tür geöffnet, und eine erfreulich zahlreiche Menge kam hereingeströmt. Geräumige Einkaufstaschen jeder Form und Farbe baumelten an den

Armen der Frauen. Der erste Ansturm galt, wie immer, der Kinderkleidung.

»Das da würde der Jüngsten von meiner Schwester passen!«

»Das ist genau richtig für unsere Edna nächsten Sommer. Hab immer gern ein bißchen Spitze an Mädchenhöschen gehabt.«

»Annie, bleib mal stehen und probier das an. Zieh doch den Bauch ein, Kind, sonst kann man's doch nicht erkennen.«

Geschäftige Hände wühlten in den Kleidern, die eine riß der anderen etwas weg, bewunderte, verwarf und unterzog es einer nahen und sorgsamen Prüfung. Pennies, Sixpences, Shillinge und halbe Kronen wechselten die Besitzer, und bald füllten sich die Puddingformen, die die Frau des Vikars an jedem Stand aufgestellt hatte, mit Spenden für das Kirchendach.

Aus dem Gedränge der Frauen ragte Mrs. Bryant heraus: eine hochgewachsene, imponierende Zigeunerin. Sie trug einen Männerhut auf den zusammengerollten, fettigen Zöpfen, schwere Goldohrringe baumelten vor ihren dunklen Wangen, und in der Hand trug sei einen eindrucksvollen Ebenholzstock. Hinter ihr hielt sich das geringere Kroppzeug ihrer Sippe: Töchter, junge Ehefrauen und ein Schwarm dunkeläugiger Kinder, die alles todernst und schweigend beobachteten. Mrs. Bryant war als harte Verhandlerin bekannt, und als sie sich dem Stand mit der Männerbekleidung näherte, wo Miss Clare und ich uns gerade bemühten, Wechselgeld für eine Pfundnote aufzutreiben und gleichzeitig Westen und Socken zu verkaufen, rüsteten wir uns innerlich zum Kampf.

Mit der Spitze ihres Ebenholzstocks lüftete Mrs. Bryant ein Paar graue Flanellhosen, betrachtete das baumelnde Objekt verächtlich und sagte: »Geb Ihnen Sixpence dafür.«

»Der Preis steht drauf, Mrs. Bryant«, entgegnete Miss Clare, ohne auch nur von ihren Münzen aufzublicken.

»Das ist Plunder. Da kann man nur noch Staubtücher draus machen«, beharrte Mrs. Bryant.

»In diesem Fall würde ich Ihnen raten, sie nicht zu kaufen«, antwortete Miss Clare höflich, händigte einer Kundin das Wechselgeld aus und warf nicht einmal einen Blick in Richtung der Zigeunerin.

»'n Shilling«, schnauzte Mrs. Bryant. Einige der Frauen hatten ihre Einkäufe unterbrochen und warteten vergnügt und mit einiger Bewunderung darauf, wie sich Miss Clare aus der Affäre ziehen würde.

»Was kostet sie denn?« fragte eine von ihnen und sah zu dem in der Luft schwebenden Kleidungsstück empor. Mit einer einzigen flinken Bewegung riß Miss Clare es herunter, sah nach dem Preisschild, reichte es der Fragenden und sagte: »Eine halbe Krone.« Dieses geschickte Manöver löste in der Runde verstohlenes Lächeln aus. Mrs. Bryant sagte:

»Manche Leute kaufen, wie ich sehe, jeden alten Lumpen« und schritt mit gewitterschwüler Miene davon.

Mr. Roberts überragte die Menschenmenge, und sein gewaltiges Lachen war aus dem Stimmengewirr herauszuhören. Er war in dreifacher Eigenschaft anwesend: als Schulmanager, Kirchenvorsteher und Stifter des Tombola-Preises.

»Na, Mr. Willet, wie geht's denn so?« hörte ich ihn fröhlich rufen. Mr. Willet kritzelte gerade mühsam auf dem Kontrollabschnitt eines Tombola-Billetts, wobei er des öfteren am Stift leckte, und da es sich um einen Tintenstift handelte, färbte sich allmählich der Rand seines struppigen Schnurrbarts unheilvoll violett. Seine Zunge, mittlerweile ein beängstigender Anblick, hätte einem preisgekrönten Chow-Chow alle Ehre gemacht.

»Hab schon zehn Shilling eingenommen«, erwiderte Mr. Willet mit einigem Stolz.

»Schön, schön. Dann könnten Sie aber eines meiner Lose für die Derby-Ziehung nehmen. Kommen Sie, Mr. Willet«, sagte Mr. Roberts und zerrte ein Büchlein aus der Tasche. »Alles für einen guten Zweck, für den Betriebsausflug des Caxleyer Altersheims.«

»Mr. Roberts«, antwortete er mit Würde, »Sie sollten doch wissen, daß ich nicht wette. Das ist Teufelswerk. Ich hab es meiner armen alten Mutter vor Jahren versprochen, und hoffentlich hört sie mich jetzt, wo immer sie sein mag – daß ich mich mit Wetten und Lotterie nie abgeben werde.«

»Und was zum Kuckuck machen Sie dann mit den Tombola-Billetts?« wollte Mr. Roberts wissen und versuchte, seine Heiterkeit in Zaum zu halten.

Mr. Willets Purpurmund öffnete und schloß sich mehrmals. »Als Mitglied des Kirchenrats kenne ich hoffentlich meine Pflicht gegenüber der Kirche«, antwortete er mit schöner Unlogik. »Da müssen meine persönlichen Auffassungen schweigen. Die Kirche kommt immer an erster Stelle.«

»Gut gesprochen«, erwiderte Mr. Roberts, »dann kauf ich zwei Billetts für meine eigenen Eier.« Mr. Willets Stift kehrte zu seinem Mund zurück, und er stützte das Billettbuch bequemer auf den Korbhenkel.

»In diesem Fall, Sir, bin ich überzeugt, meine arme alte Mutter würde wollen, daß ich für die Alten von Caxley spende«, sagte Mr. Willet, als er die Billetts herausriß. Beide Männer angelten in ihren Taschen, fanden jeder einen Shilling und tauschten sie mit gebührender Höflichkeit aus.

An einem blauweißen Frühlingsmorgen bald nach dem Basar strömte die Sonne verführerisch durch unsere hohen gotischen Fenster, und die Krähen krächzten so ermutigend von den Ulmen, daß ich beschloß, es sei für Kinder und Lehrer eine Grausamkeit, uns eingesperrt zu lassen.

»Packt eure Bücher weg«, sagte ich zu der begeisterten Klasse, »wir gehen auf einen Naturkundespaziergang und schauen, wie viele aufregende Sachen wir unterwegs finden.«

Sie strömten emsig schwatzend hinaus in den Gang und zogen ihre Mäntel an. Ich ging hinüber in Miss Grays Klasse.

»Wäre schade, das zu verpassen«, sagte ich und zeigte auf das Fenster. »Wollen Sie die Ihren nicht auch eine halbe Stunde hinausführen?«

In fröhlichem Wirrwarr knöpften wir Mäntel zu und banden Schuhbänder, dann brachten wir die aufgeregte Gruppe unter Führung von John Burton und Cathy Waites hinaus in den Frühlingssonnenschein.

Mr. Roberts trimmte gerade mit sachverständigen Schnitten seine Hecke. Er richtete sich auf und lächelte der

vorüberschlendernden Prozession zu. Man grüßte ihn im Chor: »Guten Morgen, Sir. Hallo, Sir. Wir gehen spazieren! Miss Read hat gesagt, es ist zu schön, um im Haus zu bleiben.«

»So was hab ich noch nie gehört«, sagte Mr. Roberts und versuchte über diese Neuigkeit entrüstet zu tun. »Als ich ein Junge war, hat man nicht Schule schwänzen dürfen. Wo soll's denn hingehen?«

»Ich dachte, ich gehe mit ihnen in den Wald hinunter. Mal sehen, ob es schon ein paar frühe Primeln und Veilchen gibt. Wir sollten auch ein paar Kätzchen holen, ich will aber nicht zu lange weg sein, falls einer vom Vorstand es erfährt.«

Mr. Roberts' gewaltiges Gelächter über diesen unschuldigen Streich jagte die kleine Eileen Burton erschrocken an die Seite ihres großen Bruders, und wir ließen ihn, noch immer grinsend, in seiner Arbeit fortfahren.

Unser Vordringen auf der Dorfstraße löste freundliche Zurufe aus Fenstern und Gärten aus. Mütter, die Betten machten und Fensterbretter wischten, riefen uns zu, kleine Kinder sahen uns, den Finger im Mund, mit großen erstaunten Augen nach. Mr. Willet, der eben eine Reihe breiter Bohnen inspizierte, winkte uns aus seinem Garten zu, und wir gingen mit beschwingten Schritten weiter, fast beschwipst von dieser ungewohnten Freiheit, kamen uns, der Schule entronnen, ganz verwegen vor und genossen das von uns ausgelöste Staunen über unser Eindringen in das morgendliche Leben von Fairacre.

Beim Gasthaus »Beetle & Wedge« bogen wir auf einen schmalen Pfad ein, der zu einem Wäldchen am Fuße der Downs führte. Jenseits dieses Wäldchens stieg er an, wurde immer schmaler und begraster und verlor sich schließlich auf den kahlen Höhen in einer kaum noch erkennbaren Fußspur. Ein frischer Wind zerzauste den Kindern die Haare und sträubte die Kätzchen, die wie Fahnen von den Haselsträuchern der Hecke flatterten.

Im trocknen feinen Gras des Hanges zeigten sich die herzförmigen Veilchenblätter, und die kleinen Mädchen suchten eifrig nach den blauen und weißen Blüten, hielten die fadendünnen Stengel fest in den klammen Fingerchen und schnüffelten gierig an ihren Sträußen. Während der langen Wintermonate ganz ausgehungert nach

Blumen, empfanden sie jetzt die ganze Seligkeit dieser Sinnenfreude.

Hoch über uns, in einer Senke der windigen Downs, entdeckten wir eine Schäferhütte und die Hürden aus viereckig zusammengefügten Strohballen, die den neugeborenen Lämmern Schutz vor der Witterung bieten. Hin und wieder konnten wir eine Schafglocke bimmeln hören, dann blieben die Kinder stehen und lauschten mit schief geleg-tem Kopf.

»Das da oben bei den Schafen, das ist mein Opa«, berichtete mir John Burton. »Ich bring ihm manchmal nach der Schule seinen Tee. Gestern hat er mir das geschenkt.« Er grub in seiner Tasche und zog ein aus einem halben Korken geschnitztes Schiffchen heraus. Dem Geruch nach hatte der Kork früher eine Flasche Desinfektionsmittel für Schafe verschlossen. Drei Masten und Segel aus Papier und eine, wie ich erriet, aus aufgedröseltem Bindegarn hergestellte Takelage vervollständigten das Schiffchen.

»Das andre hat er Eileen geschenkt«, fuhr John fort, »aber die hat's gestern abend aufm Weg rausschwimm' lassen, und da ist es die Gosse runter.« Seine Stimme war voll Verachtung.

Mittlerweile hatten wir das Wäldchen erreicht, und einige der Kinder hatten sich zum Ausruhen im Schatten der Bäume niedergelassen, andere pflückten frühe Primeln und Anemonen und fanden sonstige Schätze: Vogelfedern, Eicheln, bunte Steine oder die großen, blaßgrauen Häuser der Weinbergschnecken, die die Gegend um die Downs bevölkern.

Ich lehnte mich an einen Telegrafenmast und sah in der Ferne einen spielzeugkleinen Traktor langsam übers Feld kriechen. Die eine Hälfte des Feldes war bereits gepflügt, und dem Traktor folgte flatternd eine Schar hungriger Krähen, die in den frisch aufgeworfenen Erdrippen nach Nahrung suchten. Hören konnte ich sie nicht, sah aber die schwarzen Gestalten auffliegen und wieder zerflattern wie verkohlte Papierfetzen über einem Feuer.

Widerstrebend kehrten wir um, mit roten Gesichtern und zerzaustem Haar, unsere Trophäen in der Hand. Als wir um die Ecke des Weges bogen, sahen wir den Wagen der Gemeindeschwester vor dem Tor stehen.

Schwester Barham, eine dralle, mütterliche Person mit ausgeprägtem Yorkshire-Akzent, kommt regelmäßig, inspiziert die Köpfe und hat ein wachsames Auge auf eventuelle sonstige Infektionen.

Ich sah ihr zu, wie sie Locken scheitelte, den Jungen den Schopf zauste und dabei die ganze Zeit beschwichtigend auf die Kinder einsprach.

»Schönes Haar, Liebchen, tu's nur immer schön bürsten, ja. Und jetzt die Hände! Spreiz mal die Finger! Schöne Nägel, nicht abgekaut, wie ich sehe. Vergiß nicht, vor dem Essen immer Händewaschen!«

Den Kindern schien es nichts auszumachen, so überprüft zu werden. Nur die Nägelkauer blickten der Schwester ängstlich ins Gesicht, wenn sie ihr ihre Stummelfinger hinstreckten. Die Hauptsorge der Schwester beim Inspizieren der Hände galt der Krätze, aber auch Nägelkauen war ihr verhaßt.

»Wissen Sie jemand, der an unsere neue junge Lehrerin vermieten würde?« fragte ich sie, während sie weiterarbeitete. Schwester Barham kennt sich in der Nachbarschaft gut aus, weiß auch, wie schwer es ist, hier Zimmer zu finden. »Miss Clare hat schon an Mrs. Moffat gedacht, die neu zugezogen ist. Ich weiß allerdings nicht, ob sie vermietet.«

»Mir fällt niemand Passendes ein«, sagte die Schwester nachdenklich, »aber ich werde daran denken und Ihnen Bescheid sagen, wenn ich auf jemand stoße. Ich habe Miss Gray bei den Musikproben kennengelernt. Sie scheint wirklich sehr nett zu sein. Mr. Annett findet das offenbar auch«, ergänzte sie schelmisch und verschwand rasch im Klassenzimmer der Kleinen.

Die Bemerkung beunruhigte mich irgendwie. Dorfklatsch ist doch wirklich lästig, dachte ich, da braucht so ein armes Mädel nur von einem Nachbarn heimgefahren zu werden, schon werden die beiden miteinander verheiratet, und das Dorf kennt bereits die Namen ihrer sämtlichen Kinder. Es war arg, und ich war etwas kühl, als die Schwester zurückgetrabt kam.

»Nur der kleine Joseph Coggs«, informierte sie mich. »Ich geh dann gleich bei seiner Mutter vorbei. Falls die jetzt daheim ist.«

Ich warf einen Blick auf die Uhr. Mrs. Coggs war sicherlich vom Putzen im »Beetle & Wedge« schon wieder zurück.

»Was ist das denn für ein Haus?« fragte sie. Ich erzählte ihr, was ich von der Familie Coggs wußte, und sie machte sich zur Tyler's Row auf, um Rat und Hilfe anzubieten und eine große Flasche übelriechender Flüssigkeit dazulassen, mit der Josephs Kopf eingerieben werden sollte.

Miss Gray gefiel der Gedanke, zu Mrs. Moffat in den Bungalow zu ziehen, falls es sich arrangieren ließ. Miss Clare hatte mit typisch dörflicher Skepsis davon abgeraten, Mrs. Moffat mit diesem Ansinnen zu überfallen.

»Ich rede erst einmal mit Mrs. Finch-Edwards darüber«, hatte sie gemeint, »die kann bei Mrs. Moffat vorfühlen, und erst dann werden wir aktiv.«

Ich freute mich über den Plan, denn obwohl ich willens war, Miss Gray bei mir aufzunehmen, war mir doch klar, daß es nicht die ideale Lösung wäre. Wir mußten schon in der Schule miteinander arbeiten. Ich fand, unsere Mußestunden sollten wir getrennt verbringen. Unser Verhältnis in der Schule hätte nicht besser sein können, und ich hatte wenig Lust, es einer Zerreißprobe zu unterziehen.

Mrs. Finch-Edwards hatte das Thema ganz behutsam angeschnitten, doch Mrs. Moffat war sofort darauf eingegangen.

»Es würde das Wirtschaftsgeld aufbessern«, sagte sie dankbar, »ich benutze das Gästezimmer doch nur für meine Handarbeiten und die Nähmaschine. Diese Sachen könnte ich leicht im Eßzimmerschrank unterbringen. Und außerdem«, überlegte sie weiter, »kann es nur gut für Linda sein. Heute abend noch spreche ich mit Len darüber und gebe Ihnen morgen Bescheid.«

So war es denn beschlossene Sache, Miss Gray konnte das zum Glück bilderlose Schlafzimmer besichtigen und das Bad bewundern – ein Luxus, der in Mrs. Pratts Haus fehlte, was zweimal wöchentlich eine Fahrt zu den Freunden in Caxley nötig gemacht hatte. Die Bedingungen wurden zu beiderseitiger Zufriedenheit ausgehandelt, und Miss Gray sollte – sehr viel leichteren Herzens – in vierzehn Tagen in ihr neues Heim umziehen.

15
Wem die Stunde schlägt

Drei temperamentvolle kleine Mädchen spielten Seilhüpfen im Pausenhof. Zwei wechselten sich darin ab, mit schwingenden Armen das Seil in Bewegung zu halten, ein drittes hopste vergnügt mit fliegenden Haaren und Röckchen im kreisenden Seil.

Sie sangen atemlos:

> Essig, Pfeffer, Salz, Senf
> Eins, zwei, drei, vier, fünf ...

bis das hüpfende Kind mit einem Fuß im Seil hängenblieb oder aus purer Erschöpfung aufhören mußte.

Die übrigen Kinder spielten ruhiger, denn die Schönwetterperiode hatte angehalten und die Frühlingssonne, von den Schulhausmauern zurückgeworfen, trieb sie alle in den Schatten der großen Ulmen. Hier kauerten sie. Manche spielten mit Murmeln, schönen gläsernen Schmuckstücken mit Spiralen im Inneren, die sorgsam in Beutelchen aus starkem Drell oder gestreiftem Drillich aufbewahrt wurden. Andere warfen Kugeln in die Luft, rote, blaue, grüne, orangefarbene und weiße und fingen sie geschickt mit dem Handrücken auf, ehe sie zu noch komplizierteren Manövern übergingen. Diese Bewegungen erforderten viel Gewandtheit, Geduld und ein flinkes Auge.

Zwischen den Baumwurzeln spielten die Kleinen ihre zeitlosen Phantasiespiele: Eltern, Krankenhaus, Schule und Haushalt. Hoch über ihnen begannen die festen, rosigen Knospen der Ulmen in winzige grüne Fächer aufzubrechen, und im Schulgarten nickten Polyanthus, den die

Kinder hierzulande »Frühlingsblume« nennen, die ersten Narzissen und Traubenhyazinthen im warmen Sonnenschein.

Gegen die Nordwand, im kühlen Schatten, spielte Cathy »Zweiball« gegen sich selbst. Ihr Baumwollrock war unelegant in die Hose gestopft, denn bei einigen der sieben Varianten dieses Spiels mußte man den Ball zwischen den Beinen fangen, und dabei war ein Rock ein ernsthaftes Hindernis. Sie zählte laut, die dunklen Augen starr auf die zwei fliegenden Bälle gerichtet, und während sie herumwirbelte, warf, sprang und fing, dachte sie an die Prüfungspapiere,

die sie heute morgen in Angriff genommen hatte – Papiere, die ihre Zukunft bestimmen würden.

Sie hatte an ihrem gewohnten Pult gesessen, nur Miss Read als schweigende Gesellschaft, während der Rest der Klasse ins Nachbarzimmer zu Miss Gray gezogen war. Sie war sich vereinsamt, aber wichtig vorgekommen, allein gelassen, nur das gewichtige Ticken der Uhr und das Rascheln des Papiers hatten die Stille unterbrochen. Doch kaum hatte sie mit ihren Arbeiten begonnen, war alles um sie herum in Vergessenheit geraten. Wenn das der Weg in die Caxley High School mit ihren unermeßlichen Genüssen, Spielen, Gymnastik, Theateraufführungen und einem nie endenden Vorrat an Bibliotheksbüchern war, dann würde sie eben arbeiten wie ein Roß und dorthin kommen. Diese Entschlossenheit, die sie von allen anderen Familienmitgliedern trennte, deren milde Gelassenheit ihr fehlte, half ihr durch die Plackerei dieses Morgens. Als sie schließlich die Feder hinlegte und ihre verkrampften Finger ausstreckte, wußte sie, daß sie ihre Sache gut gemacht hatte.

In sämtlichen Schulen in der Umgebung von Caxley bereitete man sich auf das alljährliche Caxleyer Musikfest vor, das jeden Mai in der Getreidebörse stattfand.

Miss Gray und ich hatten eine lange Singstunde darauf verwendet, unseren Chor zusammenzustellen. Das war keine leichte Aufgabe, weil alle Kinder darauf brannten mitzutun, doch es gelang Miss Gray mit beträchtlichem Aufwand an Takt, die schlimmsten Brummbären auszusondern, ohne daß Tränen flossen.

»Ein bißchen lauter«, sagte sie zu Eric, »und jetzt noch mal.« Und Eric plärrte nochmals mit seiner tonlosen, unmusikalischen Stimme, und Miss Gray hörte ernsthaft und mit äußerster Aufmerksamkeit zu. Dann sagte sie, als überlege sie es sich ernsthaft: »Ja, du hast bestimmt eine starke

Stimme, lieber Eric, und gibst dir auch Mühe, aber ich fürchte, diesmal müssen wir dich weglassen. Wir brauchen Stimmen, die gut miteinander harmonieren, verstehst du.«

»Ein Wunder an Stimmlosigkeit«, sagte sie später entsetzt zu mir. »Ich hätte nie gedacht, daß ein Kind so wenig Gehör haben kann, daß es hohe und tiefe Töne absolut nicht unterscheidet.«

Ich sagte ihr, daß Eric außerdem vollständig unfähig war, mit der Musik Schritt zu halten, beides käme oft zusammen. Miss Gray, die so etwas noch nie erlebt hatte, war tief beeindruckt.

»Wenn man bedenkt, wie schwer es ist, *nicht* im Takt mit einer Drehorgel auf dem Trottoir zu hüpfen«, meinte sie, »scheint es mir fast ein Talent.«

Da sie von uns beiden die weitaus qualifiziertere Musikerin war, überließ ich den Chor ihr, und wochenlang raschelten die Papiere an der Wand unter den Schwingungen der Volkslieder, gewöhnlich unterbrochen von fürchterlichem Niedersausen von Miss Grays Lineal und verzweifelten Aufschreien der Kinder, die zu einem schwachen Piepsen verstummten und schließlich mit einer Art Klagelaut abschlossen. Der Gedanke, daß so etwas jetzt in einem Dutzend Schulen in der Nachbarschaft vor sich ging, konnte wohl das wackerste Herz entmutigen, doch Miss Gray, unterstützt von Jugend und begeistertem Eifer, kämpfte tapfer weiter.

Eines Nachmittags, während gerade der Chor zur Klavierbegleitung von Miss Gray munter schmetterte und ich die Kleinen und die »Brummbären« überwachte, die im Nebenraum die Szenen aus ›Cinderella‹ zeichnen durften, die ihnen gefallen hatten, begannen die Glocken vom nahen Turm von St. Patrick dumpf zu dröhnen und wurden zu einem feierlichen Geläut. Die Musik im Nebenraum ging zwar munter weiter, doch in meiner Klasse blickten die Kinder erschrocken auf, den Bleistift in der halberhobenen Hand.

Immer noch schallte die große Glocke in langsamen Schlägen über dem lauschenden Dorf. Weit hinaus in die sonnigen Felder schwebte der Klang. Die Männer sahen von ihren Heckenscheren und Eggen auf und zählten die Schläge. In den Cottages hielten die Hausfrauen beim Bügeln oder Kochen inne, die Geräte in der Hand, während das Geläut weiterging. Sechzig … siebzig … immer noch erklang die Glocke. Die Kleinen, die auf den Stufen der Hintertüren kauerten, spürten plötzlich die Spannung in der Luft und rannten ins Haus, um Geborgenheit bei den vertrauten Gegenständen zu suchen.

»… ruft's aus dem Wald …«, stammelten die Kinderstimmen im Nebenraum, und im gegenüberliegenden Fenster tauchte Mrs. Pringles Gesicht auf. Ich hörte sie draußen auf dem Gang und ging ihr entgegen.

»Hab meine Schürze vergessen«, begrüßte sie mich. »Es heißt, die arme Miss Parr hat uns verlassen.« Sie stopfte ihre karierte Schürze in eine schwarze, glänzende Einkaufstasche, und mir fiel auf, daß ihre Hände, runzelig und geschwollen nach dem eben beendeten Abspülen, leicht zitterten. »Ich war als Mädel bei ihr im Dienst – nur kurz, wissen Sie. Sie war gut zu mir, sehr gut.«

Ich sagte, davon sei ich überzeugt und es sei sehr traurig, für sie die Sterbeglocke läuten zu hören. Mrs. Pringle schien diese lahme Bemerkung nicht zu hören. Sie starrte blicklos auf den Kokshaufen auf dem Pausenhof.

»Sie hat mich immer gut bezahlt und war freigebig mit Kleidern und so. Ich hab noch 'n Schal, den sie mir geschenkt hat, lila ist der. Sie hat mir nie was mißgönnt, muß ich sagen –« Sie stockte und drehte sich hastig um, um die schwarze Tasche vom Abtropfbrett zu heben. Als sie sich mir wieder zuwandte, hatte sie ihre übliche mürrische Miene aufgesetzt.

»Na ja, hat wohl keinen Sinn, über was zu trauern, was vorbei ist. Und schließlich konnte sie sich's leisten, freigebig zu sein, bei dem Haufen Geld, den sie hatte, stimmt's?«

Diese lieblose Bemerkung schien Mrs. Pringle einen gewissen Trost zu verschaffen, doch ich erkannte, daß ihre scheinbare Gleichgültigkeit, die schroff geäußerte Philosophie Mrs. Pringles Kampfansage gegen etwas war, was sie tiefer erschüttert hatte, als sie zeigen wollte. Ihre abschließende Bemerkung ließ schon eher auf ihre wahren Gefühle schließen.

»Ich weiß schon, sterben müssen wir alle, aber die olle Glocke, wissen Sie ... Ich meine, die macht's einem so klar, hab ich recht? Die macht's einem so klar.« Als sie davonstapfte, die schwarze Tasche am Arm baumelnd, durchzuckte mich eine seltene Anwandlung von Mitleid für Mrs. Pringle, meine alte Gegnerin in so manchem Wortgeplänkel.

Miss Parrs Beerdigung war an einem ebenso wunderschönen Nachmittag wie der, an dem sie gestorben war.

Die Kinder hatten Unmengen von Gartenblumen mitgebracht, Osterglocken, Polyanthus, Goldlack und auch kleine Sträußchen aus Wald und Feld, Primeln, lila und weiße Veilchen und frühe Himmelsschlüssel. Ich tat alles in meinen mit Moos ausgekleideten Gartenkorb, und Cathy schrieb in ihrer gewissenhaften Schönschrift auf eine Karte: »In Liebe, die Kinder der Schule von Fairacre«, die steckten wir zwischen die Blumen. Mr. Willet wurde damit betraut, sie im Trauerhaus abzuliefern.

Da der Spielplatz vom Kirchhof aus voll einzusehen ist, legte ich die Pause früher, damit die Kinder sich während des Gottesdienstes auf jeden Fall innerhalb des Hauses aufhielten.

Wir hatten angefangen, ›Der Wind in den Weiden‹ vorzulesen, und während ich darauf wartete, daß die Kinder sich nach dem Herumtoben beruhigten, dachte ich, daß es doch ein idealer Nachmittag sei, um die Abenteuer der Wasserratte und des Maulwurfs zu hören. Ein erfrischender Wind trieb die Krähen am blauweißen Himmel hin und her, irgendwo im Pfarrgarten flötete eine Amsel, und eine frühe Hummel, die an der Fensterscheibe auf und ab summte, gab uns einen Vorgeschmack auf die Sommerfreuden.

Während ich stetig weiterlas, wehte eine übermütige Brise bedrückende Geräusche vom Friedhof her zu uns herüber, ein paar Bruchstücke von Mr. Partridges feierlicher Ansprache in seiner sanften Stimme, langsame Tritte im knirschenden Kies, das dumpfe Plumpsen von schwerem Holz in die Erde. Ganz nah von uns stieg eine Lerche jubilierend in den Himmel, schmetterte wie berauscht in der Sonnenwärme. Es war hart, an einem so himmlischen Nachmittag begraben werden zu müssen.

Draußen auf dem Kirchhof würden wohl schwarze, schweigende Gestalten unbeweglich um das dunkle Loch stehen. Niemand wußte, welche Gefühle sie bewegten … Mitleid, Bedauern, die Erkenntnis, wie rasch doch das Leben vorüber war, die Unausweichlichkeit des Todes. Und hier im Klassenzimmer waren unsere Gedanken wie in goldener Trance auf einen sonnengefleckten Fluß gerichtet, auf Weidenbäume und Schnurrbarthaare und Wasserblasen und kleine Boote – und ich wage zu glauben, daß unsere Eindrücke, obwohl gewissermaßen aus zweiter Hand, in ihrer unverbrauchten Pracht die bleibenderen waren. Gedanken am Rande eines Grabes sind zu finster und zu tief, als daß man sie auf Dauer aufrechterhält. Früher oder später wendet sich die verletzte Seele der Sonne wieder zu.

16
Geburtstagsfeier im April

Der April war gekommen, einer der schönsten in meiner Erinnerung. Die lange Schönwetterperiode, die ungewöhnlich warmen Nächte hatten schon früh Reihen von Karotten, Erbsen und derben breiten Bohnen in allen Cottagegärten hervorgelockt.

»Alles zur Unzeit«, verkündete Mr. Willet. »Das werden wir noch büßen, Sie werden's sehen. Lassen Sie nur erst die Obstbäume blühen, dann kriegen wir jede Menge Frost. Hab's schon wer weiß wie oft erlebt.« Seine düsteren Prophezeiungen schienen ihm eine morbide Befriedigung zu bereiten.

Die Kinder genossen die Sonne, waren bereits gebräunt und voller Sommersprossen. Sie kamen vom Pausenhof herein, breiteten ihre erhitzten Arme auf den kühlen Pulten aus und schnüffelten genießerisch den warmen Biskuitgeruch ihrer verbrannten Haut.

In einer Woche sollten die Osterferien anfangen, und ich hoffte, das Wetter würde sich halten, denn mein Garten war voller Unkraut und die Hecken, die üblicherweise erst Anfang Mai getrimmt werden, verlangten bereits Zuwendung.

An eben diesem Nachmittag waren die Mädchen mit Handarbeiten beschäftigt, die Jungen machten je nach Geschick Bastmatten oder Körbe und Schalen. Linda Moffat vollendete eben die letzten Maschen an einem ganz speziellen Topflappen, wobei die anderen Kinder sie gespannt beobachteten.

Der Topflappen war ihrer aller Geschenk an Miss Clare, die an diesem Tag ihren Geburtstag feierte. Alle Kinder der

Schule hatten ein paar Maschen daran gehäkelt, es waren einige darunter, die Miss Clare, wie ich fürchte, insgeheim als »Katzenzähne« bezeichnet hätte. Ich hatte versprochen, ihn ihr mitzubringen, wenn ich nachmittags zu ihr zum Tee ging. Linda schnitt das Garn mit befriedigtem Scherenklappern ab und trat vor die Klasse, als trüge sie einen heiligen Gral. Es war zweifellos ein wunderbares Gebilde, in lebhaften Farben, tiefrot, blau, in buntem Gobelinmuster, rot eingefaßt, und hatte eine ziemlich ungeschlachte Schlaufe als Aufhänger.

Linda hielt ihn hoch, damit alle ihn bewundern konnten, und betrachtete ihn respektvoll.

»Das haben wir echt schön gemacht.«

»Sieht prima aus.«

»Der wird Miss Clare gefallen.«

»Klar, wenn sie auch schon 'n ollen kleinen Topflappen hat, sie kann immer noch einen mehr gebrauchen.«

Sie nickten einander weise zu und tauschten scharfsinnige Bemerkungen wie alte Weiber an Marktbuden.

John Burton, der unter den Kindern die geschicktesten Finger hatte, wurde die ehrenvolle Aufgabe zuteil, das Geschenk in Seidenpapier einzupacken und mit rotem Bast zu verschnüren. Die Kinder ließen ihre Handarbeiten liegen und drängten sich um sein Pult, um die heikle Prozedur zu überwachen und Ratschläge zu geben.

»Mensch, du hast's zu eng geschnürt.«

»Da hat er recht, weißt du ... das gibt ja innendrin ein Gekrunkel.«

»Wenn ihr mich laßt«, sagte John besonnen und ohne Groll, »mach ich's schon richtig. Beim Päckchenmachen soll man sich nicht aufregen.« Er band eine zierliche Schleife, ohne sich zu übereilen, und ich lehnte das Ganze für alle sichtbar auf das Klavier, damit sie sich daran weiden konnten, bis es Zeit wurde heimzugehen.

Am Nachmittag saßen wir zu viert um Miss Clares runden Tisch. Ein Tuch von unglaublicher Weiße, gesäumt mit breiter Häkelspitze von Miss Clares Mutter, bedeckte den Tisch, in dessen Mitte eine Schale Primeln stand. Das beste Teeservice mit dem Stiefmütterchenmuster war in Benutzung, und Kristallschüsselchen enthielten Pflaumenmus und Zitronencreme, die Miss Clare selber gemacht hatte. Die Butterbrote waren so dünn geschnitten, daß sie beinahe durchsichtig waren.

»Ich habe ein ganz spezielles altes Tranchiermesser«, erklärte Miss Clare ernsthaft, »und das schärfe ich immer an der untersten Stufe zum Rasen. Das funktioniert prima.«

Der Topflappen wurde gebührend bewundert und an einen Haken beim Kamin gehängt. Miss Clare warf ihm von Zeit zu Zeit einen liebevollen Blick zu.

»Den werde ich auf keinen Fall schmutzig machen, nein, wirklich, der ist zu schade.«

Miss Gray und Mrs. Finch-Edwards waren dabei, und bald wandte sich die Unterhaltung Miss Grays neuem Domizil zu.

»Keinerlei Klagen«, ließ Miss Gray uns wissen, »außer vielleicht Überfütterung. Mrs. Moffat ist eine wundervolle Köchin.«

»Und Näherin«, ergänzte Miss Clare und lugte in die Tiefen der Teekanne.

»Sie macht mir ein paar seidene Kleider«, begann Mrs. Finch-Edwards und verstummte plötzlich. Ihr Gesicht wurde glühend rot, und sie zerkrümelte ihren Kuchen.

»Für eine besondere Gelegenheit?« fragte Miss Gray, die die plötzliche Verlegenheit ihrer Nachbarin nicht zu bemerken schien.

Mrs. Finch-Edwards sah von ihrem Gekrümel auf.

»Ich brauche sie im September. Ich, das heißt, mein lieber Mann und ich ... wir erwarten dann einen Sohn.«

Wir waren alle begeistert, und es begann eine lebhafte Diskussion über Strickmuster, über die Vorzüge echter Wolle für Erstlingsjäckchen, ganz gleich, zu welcher Jahreszeit das Baby zur Welt kam, über die Vorteile hoher Kinderwagen gegenüber niedrigen und stoffbespannter Bettchen gegenüber unbespannten – bis uns drei Unverheirateten klar wurde, daß wir unsere Ratschläge dem einzigen Mitglied unserer Gesellschaft aufdrängten, das vermutlich mehr von der Sache verstand als wie drei zusammen.

Die Teegesellschaft wurde nach der Enthüllung riesig vergnügt und lebhaft. Miss Clare ging sogar so weit, ihren Gast auszuschelten, daß sie »in ihrem Zustand« herübergeradelt war – »ganz schlimm, wirklich« –, und war drauf und dran, ihren Bruder zu bitten, sie mit dem Wagen nach Hause zu bringen.

Während wir so behaglich schwatzten, kam Mr. Annett den Weg herunter – mit einem Korb Eier.

Seine älteren Schüler brachten jede Woche Eier, Gemüse, Kräuter und Blumen, die am Stand eines hiesigen Gemüsehändlers auf dem Markt verkauft wurden. Vom Erlös kauften sie Sämereien, Pflanzen, Drahtnetze und Gartengeräte und konnten damit ihr gutes Werk fortsetzen. An jedem Markttag halfen Mrs. Partridge und Miss Clare je zwei Stunden am Stand des Frauenvereins aus, und ich sah den antiquierten Wagen des Vikars jeden Donnerstag morgen kurz vor zehn sich langsam um die Kurve bei der Schule schieben. Im Fond häuften sich die vom Frauenverein von Fairacre beigesteuerten Güter, und die Frau des Vikars pflegte bei Miss Clare zu halten, um sie und ihre Spenden aufzunehmen.

Der nächste Halt war die Schule von Beech Green, und wenn dann die Jungen alles eingeladen hatten, saßen Miss Clare und Mrs. Partridge in einer grünen Laube, umgeben von Bündeln geschrubbter Karotten, weißer Rüben und Kohlköpfen.

Um diese Jahreszeit produzierte der Schulgarten nicht genug, daher brachte Mr. Annett die Eier über Nacht zu Miss Clare, damit sie sie mit den anderen verpackte und der Wagen morgen nicht nochmals halten mußte.

Er setzte sich neben Miss Gray und aß von der Geburtstagstorte. Er sah viel entspannter und zufriedener aus, und ich fand, man könne ihn geradezu gutaussehend nennen, als er seiner Nachbarin zulächelte. Wenn er nur ordentlich ernährt würde und sich nicht immer so abhetzte. Wenn er nur eine wirklich nette Frau fände ... Ich ertappte mich dabei, daß ich Miss Gray forschend musterte, und nahm mich dann eilig zusammen. Also wirklich – ich war genauso schlimm wie die Gemeindeschwester. Zwar freute es mich, wie wohl sie sich miteinander zu fühlen schienen, aber ich ging nicht so weit, schon Namen für ihre Kinder zu suchen. Trotzdem muß ich zugeben, daß ich überlegte, wieviel besser ein cremefarbenes Brautkleid Miss Gray stehen würde als ein rein weißes. Miss Clare brachte mich in die Realität zurück mit der freundlichen Anfrage, ob ich die Torte nicht vielleicht ein bißchen zu mächtig fände.

Die Kinder waren damit beschäftigt, eine Mitteilung von der Tafel abzuschreiben. Sie lautete:

Das Frühjahrsquartal endet am 9. April.
Der Unterricht beginnt wieder am
Dienstag, den 28. April.

Diesmal wurden die Federn mit besonderer Sorgfalt geführt, denn diese frohe Botschaft würden die Eltern bekommen, und die Kinder wußten, daß ihre Handschrift einer Begutachtung ausgesetzt sein würde.

In meiner Klasse mußte jeder zwei Abschriften anfertigen, den besten Schreibern wurde unter Umständen die

Ehre zuteil, eine dritte zu schreiben, denn Miss Grays Kleinen konnte man noch keine einigermaßen lesbare Abschrift zutrauen und die mußten ihnen die größeren Kinder liefern.

Während sie mit den Spitzen ihrer Schreibfedern in den Tintenfässern stocherten und mit ihren dicken Fäustchen aufs Löschblatt trommelten, sah ich Aufsätze durch, die sie heute früh geschrieben hatten. Das Thema lautete: ›Ein heißer Tag.‹ John Burton, der die enervierende Angewohnheit hat, Buchstaben umzugruppieren, hatte folgendes geschrieben:

»Ein heißer Tag.

Wenn es hieß ist, bin ich müd. Ich mags leiber, wenns nicht zu hieß und nicht zu klat is. Ich trag dünne Sachen wenns hieß ist und Wäsche, dei wir auf dem Basar gekuaft haben, das ist fien.«

Ich rief ihn zu mir und korrigierte seine Arbeit und hieß ihn die Fehler dreimal abschreiben.

Es wird neuerdings viel über die Methode des Zensierens von Schulaufsätzen diskutiert. Manche sind der Ansicht, ein Kind solle seine Gedanken von sich geben dürfen, ohne sich groß um Orthographie und Interpunktion zu kümmern. Andere wieder sind ebenso heftig dafür, daß jedes falsch geschriebene oder falsch angewendete Wort sofort berichtigt werden sollte. Ich glaube, der Mittelweg ist hier der beste. In den meisten Fällen korrigiere und benote ich so eine Arbeit mit dem Kind neben mir und erkläre es ihm, wie John, aber manchmal sage ich auch den Kindern vorher, daß ich sehen wolle, wie sie schreiben können, und obwohl ich eine korrekte Orthographie sehr loben würde, es mir doch lieber wäre, sie gäben etwas phonetisch wieder, als eine Erzählung dadurch aufzuhalten, daß sie sich nach der korrekten Schreibweise eines bestimmten Wortes erkundigten. So kann ich ihre Schreibgewandtheit besser einschätzen und sie zu flüssigerer Ausdrucksweise im Schriftlichen wie Mündlichen ermutigen, die an dieser ländlichen Schule so sehr im argen liegt.

In der Regel fällt es Mädchen leichter, sich auszudrükken, als Jungen. Ihre Federn füllen die Seiten rascher, sie benutzen eine größere Zahl an Adjektiven und schildern mit einer Bildhaftigkeit, die den Jungen selten eigen ist. Die Aufsätze der Jungen sind gewöhnlich kurz, gewissenhaft, langweilig und halten sich an Tatsachen. John Burtons Bericht über den heißen Tag ist hierfür ein gutes Beispiel.

Cathys Beitrag zum gleichen Thema las sich weit interessanter:

»Ein heißer Tag.

Heute sind keine Wolken am Himmel, und wenn wir wollen, dürfen wir heute zur Turnstunde in den Pausenhof, die mag ich gern. Ich mag gern rennen und springen und den Wind im Haar spüren. Aber hoffentlich läßt uns Miss Read nicht bei den Übungen mit gekreuzten Beinen sitzen, weil nämlich meine Knie hinten so pappig werden, wenn es heiß ist.

Auf dem Heimweg gehen wir alle im Schatten neben der Hecke. Die Kühe stehen unter den Bäumen und wedeln mit dem Schwanz, wegen der Fliegen.

Meine Mutter hat Hitze gern, denn dann bleicht ihre Wäsche so weiß wie Schnee, viel weißer wie die Blüten auf dem Holunderbusch, auf dem sie immer unsere Taschentücher aufhängt.

An einem heißen Tag, wenn die Sonne scheint, ist jeder glücklich.«

Das herrliche Wetter hielt ohne Unterbrechung an, und alle Vorboten eines frühen Frühlings waren bereits bei uns im Klassenzimmer. Auf dem Naturkundetisch an der Wand standen Primeln, Himmelsschlüssel und Traubenhyazinthen.

Den Kaulquappen wuchsen erschreckend schnell Beine, sie würden jetzt bald in den Teich verbracht werden müssen.

Die über dem Tisch befestigte Wetterkarte zeigte eine Reihe gelber Sonnen, fröhlich wie die Gänseblümchen, und draußen auf dem Gang waren erste Leinenhüte und dünne Jacken ein Hinweis auf Wärme. Zu Mrs. Pringles gut getarnter Befriedigung brannten seit über drei Wochen die Öfen nicht mehr, und sie konnte höchstens über die paar Goldlackblätter murren, die aus der Vase auf dem Fensterbrett zu Boden rieselten.

Nach dem harten Winter schien es eine verzauberte Zeit, und die Lektüre von ›Der Wind in den Weiden‹ paßte sowohl zu der Frische und Jugend der Zuhörer als auch zu der Frühlingswelt draußen.

Durch die Zwischenwand hörte ich das Brummeln von Miss Grays Klasse bei der Arbeit. Miss Gray schien zufriedener und gesünder als bei ihrer Ankunft. Mrs. Moffat hatte sich als die perfekte möblierte Wirtin erwiesen und war ebenfalls viel zufriedener, seit sie einen verständnisvollen Mieter hatte, der ihre Kochkunst, ihre Handarbeiten und ihre übrigen häuslichen Tugenden anerkannte, die ihr Ehemann gern für selbstverständlich hielt.

Ich hoffte sehr, daß Miss Gray bei mir an der Schule in Fairacre verbleiben würde. Die Kinder vergötterten sie und reagierten gut auf ihre ruhige, fröhliche Art. Ich erkannte, daß sie, wie auch Miss Clare, eine Atmosphäre von friedlicher Geborgenheit für sie schuf, in der selbst das ängstlichste Kind sein Bestes entwickeln konnte. Insbesondere beim Lesen in ihrer Obergruppe hatte sie gut gearbeitet, und ich freute mich darauf, die im September in meine Klasse zu bekommen, und war zuversichtlich, daß sie mit den Älteren würden mithalten können. Es war wirklich ein Glückstag gewesen, sagte ich mir, an dem Miss Gray an der Schule von Fairacre angestellt worden war, und ich hoffte, daß sie viele Jahre bei uns bleiben würde. Ein ganz kleiner Zweifel erhob sich in meinem Inneren – wortlos, aber in Form eines Fragezeichens.

»Tja, natürlich ... wenn das passieren sollte –«, antwortete ich laut und mußte mein Gemurmel hinter einem Husten verstecken, so daß die Kinder mich einigermaßen erstaunt ansahen.

Endlich kam der 9. April, und die Aufregung des letzten Schultages ließ die Kinder schwatzen wie die Stare.

Als ich gerade die Gesangbücher für das Morgenlied ausgab, erschien Eric, gefolgt von seinem Vater, in der Tür. Mr. Turner trug ein kleines Mädchen auf dem Arm, das kaum mehr als drei Jahre alt sein konnte. Er sah zerzaust und beunruhigt aus. Ich schickte Eric in seine Bank und trat mit seinem Vater hinaus auf den Gang.

»Ich wollte Sie um einen Gefallen bitten, Miss«, begann er ängstlich und ließ die Kleine brüsk neben sich zu Boden. Sie umklammerte mit einem Arm seine Beine und sah verwundert zu mir auf.

»Wenn Sie Ihre Tochter den ganzen Tag über bei mir lassen wollen«, erwiderte ich, denn solche Notfälle kamen gelegentlich vor und ich genieße diese Ablenkungen – »so wäre es mir ein Vergnügen.«

Mr. Turner sah erleichtert aus und grinste auf das zu ihm erhobene Gesichtchen nieder.

»Hast du's gehört, Süße? Du darfst mit Eric in der Schule bleiben wie ein großes Mädel, und ich hol dich wieder ab, wenn ich aus Caxley zurück bin.«

»Was ist denn passiert?« fragte ich.

»Es ist wegen meiner Frau. Um fünf Uhr früh hat Mrs. Roberts den Doktor anrufen müssen, und der hat sie gleich ins Krankenhaus. Der Blinddarm, heißt es. Und ich soll heut am frühen Nachmittag hin. Mrs. Roberts hätte die

Kleine ja genommen, aber es ist Markttag. Sie ist ja eine gute Haut, echt freundlich war sie, hat uns in ihrer Küche Frühstück gegeben und alles. Und Sie sind auch sehr freundlich, Miss«, setzte er hastig hinzu, damit ich es nicht übelnahm, daß er Mrs. Roberts lobte und ich dabei zu kurz kam, »ich bin Ihnen wirklich dankbar, Miss, das wissen Sie.« Er kramte in der Tasche und holte ein paar Kupfermünzen hervor. »Das ist für Lucys Essen, wenn's recht ist.« Er zählte mir das Geld sorgfältig hin, versprach, seine Tochter vor Ende des Nachmittagsunterrichts abzuholen, wenn er rechtzeitig aus dem Krankenhaus wegkäme, und verabschiedete sich mit einem zermalmenden Händedruck.

Den ganzen Morgen saß Lucy auf einem Sitz neben ihrem Bruder. Eric war zu Miss Gray hinübergeschickt worden und hatte eine Schachtel Bausteine, eine Puppe und ein Bilderbuch geholt. Damit spielte sie ganz zufrieden, wobei sie leise einen fortlaufenden Kommentar zu ihren Tätigkeiten lieferte.

Die Kinder waren entzückt, ein Baby im Klassenzimmer zu haben, und machten einen großen Wirbel um sie, boten ihr in der Pause von ihren Süßigkeiten an und hoben ihr die zu Boden gefallenen Bauklötze auf.

Ihr Verhalten war das Spiegelbild der Attitüde der erwachsenen Dorfbewohner Kindern gegenüber. Ich kann nur immer wieder staunen, wie sklavisch Eltern dieser Gegend ihren Kindern untertan sind, besonders den kleinen Rackern zwischen zwei und fünf. Diese charmanten kleinen Halunken können ihre hingebungsvollen Eltern mit Schmeicheln, Quengeln und erstklassigen Wutanfällen buchstäblich um den Finger wickeln. Die Eltern verwöhnen sie nach Strich und Faden, und die älteren Kinder werden ebenfalls dazu angehalten, jeder ihrer Launen nachzugeben. Bonbons, Eis, Äpfel, Bananen, Kuchen oder sonstiges Eßbare, an dem das Kind Gefallen findet, wandert in ununterbrochenem Strom durch seine Kehle, dazu die normalen Mahlzeiten und der Anteil an Orangensaft und Lebertran, der allmonatlich verteilt wird. Ich muß in aller Aufrichtigkeit sagen, ein gesünderer Haufen Kinder dürfte schwer zu finden sein. Sie scheinen nachts aufzubleiben, bis ihre Eltern selber ins Bett gehen, und ich sehe sie in ihren Gärten oder noch häufiger auf dem Weg vor den Cottages spielen, bis es dunkel wird. Dann, an Sommerabenden manchmal erst gegen zehn, gehorchen sie schließlich dem Ruf »Reinkommen!«, der ungehört seit einer Stunde und länger aus dem Cottage ertönt, und gehen, noch immer protestierend, aber ergeben, ins Bett.

Und doch, wie schon gesagt, gedeihen diese Kinder unter Bedingungen, die den Grundregeln einer normalen Kinderstube total zuwiderlaufen. Wenn sie mit fünf Jahren in die Schule kommen, könnte man logischerweise einigen Ärger bei der Aufrechterhaltung der Disziplin erwarten. Doch dem ist nicht so.

Sie erweisen sich als folgsam und charmant, gehorsam und zufrieden in ihrem nunmehr reglementierteren Leben. In Wirklichkeit haben sie, glaube ich, ein Bedürfnis nach Führung und Autorität, und wenn die ihnen mit Zuwendung und Freundlichkeit geboten werden, sind sie nur zu gern bereit, mitzuarbeiten.

Sie freuen sich auch über die Gelegenheit, ihre schöpferischen Fähigkeiten auszuleben, gezeigt zu bekommen, wie man ein Windrädchen herstellt oder einen Kreisel, der sich wirklich dreht, Lieder singen zu lernen, bei denen man noch etwas tun muß, eine Perlenkette für sich zu machen oder eine Rassel für das Baby daheim oder – am allerliebsten – etwas für ihre Mütter zu basteln, ein Platzdeckchen, das sie bunt verziert haben. All diese Dinge machen ihnen unendliches Vergnügen, weil sie dabei ein Ziel haben und für ihre Mühe auch etwas zu sehen bekommen. Ihre Vorschul-Spielsachen sind im allgemeinen unschöpferisch gewesen. Die Eltern kaufen ihnen teure Puppenwagen, Dreiräder, Kuscheltiere und dergleichen, die in den Händen eines Kindes keinen sehr weiten Wirkungsbereich haben. Spiele mit Sand, Wasser, Lehm und anderen kreativen Medien werden nicht gefördert, sie richten Unheil an. »Mach bloß nicht dein sauberes Kleid damit dreckig!« hören sie von den Eltern, oder: »Laß die ollen Steine liegen, komm und spiel mit deinem Puppenkind. Wozu hab ich ein Pfund dafür ausgegeben, wenn du nie damit spielst?« Ja, wirklich, wozu?

Im Raum der Kleinen nahm Miss Gray soeben den Osterfries mit den gelben Küken von der Wand, der in den vergangenen vierzehn Tagen die Augenweide der Kinder gewesen war. Ihre Schränke waren gestopft voll mit Gegenständen, die normalerweise in den einzelnen Pultkästen der Kinder verstaut waren: Zählbretter, Plastilin, Kreide, Tafelschwämmchen, Fibeln, Lesekästen und sonstige Siebensachen der Kleinen waren sortiert, nachgesehen und wieder verpackt worden, Reste von Farbpulver weggeschüttet, und glänzende neue Marmeladengläser warteten auf die Mischungen des nächsten Quartals. Vasen wanderten ins Fach und ein Fach tiefer der große, schwarze Behälter für den Ton, der einen halben Zentner wog und vollgepackt war mit feuchtem Flanell, damit die Tonkugeln vierzehn Tage lang geschmeidig blieben.

Die Kleinen polierten eifrig ihre Pulte außen und innen, mit Läppchen, die sie von daheim mitgebracht hatten, und einem Tupfer aus Miss Grays Möbelpoliturdose.

»Reine Verschwendung«, war Mrs. Pringles säuerliche Anmerkung, als sie mit dem sauberen Geschirr hereinkam und es im großen Schrank verstaute. Hoch oben, außer Reichweite neugieriger Hände, stand eine geheimnisvolle

Pappschachtel mit dem sorgsam von der Klasse weggewendeten Schild: »Ostereier, Milchschokolade.« An jedem Ei hing ein Zettel, hellblau oder rosa, und jedes Kind mußte genau das finden, das seinen Namen trug. Miss Gray wollte sie ringsum im Klassenzimmer verstecken, während die Kinder in der Nachmittagspause draußen spielten.

»Dabei fällt mir ein«, sagte sie zu mir, während sie mühsam unter einer niedrigen Bank einer verirrten Reißzwecke nachkroch, »ich muß darauf achten, daß sie mir ihre Eier bringen, damit ich die Namen kontrollieren kann. Auf keinen Fall darf eins das falsche Ei essen!«

In meinem Raum stand ein ebenso interessanter Behälter, nämlich ein mit Moos ausgekleideter Korb wie ein riesiges Nest, gefüllt mit in buntes Stanniolpapier gewickelten Eiern. Lucys Anwesenheit machte es nun notwendig, ein weiteres Ei aus dem Lehrerhaus herüberzuholen.

Auch bei uns war man mitten im schönsten Aufräumen, als der Vikar zur Tür hereintrat. Sein Umhang und seine Leopardenfellhandschuhe waren mit den anderen Wintersachen eingemottet, er bot in einem hellgrauen Flanellanzug mit Panama-Strohhut einen sommerlichen Anblick.

»Ich wollte euch an ein paar Dinge erinnern«, begann er, als die Kinder sich wieder an ihren Pulten niedergelassen hatten, und fuhr dann fort, ihnen die Bedeutung des nächsten Sonntags, des Palmsonntags, zu erklären, und erbat Gaben von Weidenkätzchen und Frühlingsblumen für die Kirche.

Dem ließ er eine kurze Predigt über das Osterfest folgen, über die symbolische Bedeutung der Eier, die sie bekommen sollten, und seine Hoffnung, daß sie an beiden Feiertagen mit ihren Eltern in der Kirche sein würden.

Er verwendete noch eine Minute darauf, sich die Osterkarten anzusehen, die die Kinder mit Buntstift für ihre Eltern daheim gemacht hatten, und ich fand, dies sei durchaus der geeignete Augenblick, die Eier zu präsentieren, holte zwei zusätzliche aus dem Haus und ließ dann den Korb herumgehen.

Die Gesichter der Kinder leuchteten, als sie ihre Eier auswählten, und man mußte Klein-Lucy davor zurückhalten, alle noch vorhandenen in ihr Schürzchen zu schaufeln.

Als sich zeigte, daß ein Ei übrigblieb, und ich fragte, ob sie jemanden wüßten, der es vielleicht gern bekäme, erfaßten die Kinder ihr Stichwort und riefen wie aus einem Mund: »Der Vikar! Miss, der Vikar!«

So schloß denn der Unterricht in großer Heiterkeit, und die Kinder der Fairacre-Schule, ihre Schätze an sich gedrückt, trampelten lärmend hinaus in die Frühlingssonne und zwei Wochen Freiheit.

17
Alte Geschichten, der Doktor und die Filme

In der untersten Schublade meines Schreibtisches liegen drei wuchtige Bücher, in Leder gebunden und mit abgestoßenen Ecken. Auf ihren Deckeln ist das Wort LOGBUCH eingeprägt, und sie enthalten die Geschichte unserer Schule.

Das dritte, schon beinahe voll, ist seit den vergangenen zwanzig Jahren in Gebrauch. Wenn etwas Bemerkenswertes geschieht, etwa der Besuch eines Inspektors, der Ausbruch einer Epidemie oder ein verfrühter Schulschluß infolge schlechten Wetters, Krankheit oder aus sonst einem Grunde, notiere ich das kurz in dem Buch und folge damit der Tradition früherer Leiter der Fairacre-Schule.

Diese Logbücher sind interessante Berichte darüber, was sich an einer Schule ereignet, besonders die früheren Begebenheiten sind faszinierend und sollten, finde ich, gelegentlich einem örtlichen Archivar übergeben werden, für den sie ein wertvoller Beitrag zu den Vorkommnissen des Landkreises sein könnten.

Die erste Eintragung unserer Fairacre-Schule datiert von Ende 1880, da verzeichnet die erste Leiterin die Details ihrer Anstellung und die ihrer Schwester als »Hilfskraft in der Baby-Klasse«. Es gab also seit der Gründung zwei Lehrkräfte an dieser Schule.

Diese beiden Damen scheinen freundlich, gewissenhaft und fromm gewesen zu sein. Allem Anschein nach haben sie nur schwer Disziplin halten können, und die behördliche Vorschrift, wonach Züchtigungen mit dem Rohrstock ins Logbuch eingetragen werden müssen, führt zu einigen pikanten Notizen. Die Tinte ist bräunlich verblaßt in diesem ersten, abgegriffenen Band, doch man kann noch, in etwas nervöser Schrift, lesen:

2. Februar 1881. Hatte Anlaß, John Pratt (3) wegen Ungehorsam zu verprügeln.

Und etwas später:

4. April 1881. Nach mehreren Verwarnungen, die in keiner Weise fruchteten, hatte ich Anlaß Tom East (4), William Carter (2) und John Pratt (3), den Anführer, wegen Frechheit und Beschädigung von Schuleigentum zu bestrafen.

Die Zahlen in Klammern beziehen sich auf die Anzahl der Streiche mit dem Rohrstock, üblicherweise sind es zwei oder drei, doch die sanfte Miss Richards war offenbar von John Pratt zur Verzweiflung getrieben worden, denn kurz danach lesen wir in arg mitgenommener Handschrift:

22. Juli 1882. Fand John Pratt auf einem Schemel stehend und da er sich unbeobachtet meinte, die Zeiger der Uhr mit unerhörter Dreistigkeit vorstellen. Bekam für seine Unverschämtheit sechs (6).

In den folgenden zwei Jahren gibt es mehrere Eintragungen bezüglich der Kränklichkeit ihrer Schwester, und im Jahr 1885 übernahmen eine Witwe und deren Tochter die Schule. Deren erste Eintragung lautet:

April 1885. Fand hier chaotische Zustände vor. Kinder sehr rückständig, in manchen Fällen ohne die elementarsten Bildungsgrundlagen. Auch das Benehmen erbärmlich.

Das ist insofern interessant, als diese Klage während der über siebzigjährigen Geschichte der Fairacre-Schule immer wiederkehrt, wenn die Leitung wechselt. Jede Neue bekennt, sie sei entsetzt und schockiert über die Lässigkeit ihrer Vorgängerin, betont ihre Absicht, Arbeits- und Benehmensstandard zu verbessern, dient die ihr bestimmte Zeit ab und geht, nur um durch eine weitere Leiterin – und eine ebensolche Eintragung ins Logbuch – ersetzt zu werden.

Nach wechselnden Leiterinnen kamen eine Reihe männlicher Schulvorsteher. Einer, ein gewisser Mr. Hope, hatte seine Frau als Mitarbeiterin, und ihr einziges Kind, Harriet, kommt mehrere Jahre lang als Musterschülerin im Logbuch vor.

16. Juni 1911. Der Vikar überreichte der besten Schülerin, Harriet Hope, den Preis des Bischofs. Der Bischof erwähnte mit Befriedigung, daß Begabung und Fleiß dieses Kindes hervorragend seien.

Ich stelle mir gern vor, wie das Kind Harriet ihre Preis-Bibel entgegennimmt, hier in diesem Raum, mit glatt angeklatschten Haaren, blendend weißer Schürze über sauberem leichtem Wollkleid, während ihre Klassenkameraden, bei dieser Gelegenheit in Matrosenanzügen oder Gürteljakken prangend, ihr kräftig applaudieren.

Doch dann, 1913, kommen zwei traurige Eintragungen.

20. Januar 1913. Es ist das tragische Ableben einer früheren Schülerin zu melden, Harriet Hope, einzige Tochter.

25. Januar 1913. Heute fiel die Schule aus wegen des Begräbnisses von Harriet Hope, verstorben im Alter von zwölf Jahren und 4 Monaten.

Mr. Hopes Eintragungen gehen weiter bis 1919. Er berichtet von der langen Krankheit seiner Frau, seiner Arbeit im Dorf während des Ersten Weltkrieges, vom Kontostand der Kriegssparkasse der Schule, von der Rückkehr ehemaliger Schüler in Uniform, dem Tod einiger im Kampf und schließt:

18. Mai 1919. Dies wird meine letzte Eintragung sein. Meine Kündigung ist angenommen. Ich verlasse die Schule von Fairacre und trete eine Stellung in Leicestershire an.

Mrs. Willet füllte einige Lücken für mich, als ich bei ihr Rhabarber zum Einwecken kaufte.

»Ich erinnere mich natürlich noch genau an ihn, obwohl ich damals noch ein Kind war. Harriet war ein, zwei Jahre älter als ich. Er war völlig entzwei, als das Kind starb. Beide haben es sehr schwer genommen. Mrs. Hope ist danach nie mehr recht gesund geworden, und der Rektor – na ja, der hat angefangen zu trinken. Ich weiß noch, wie er sich über mein Pult gebeugt hat und was notieren wollte, und seine Hand hat gezittert wie Espenlaub, und sein Atem hat nach Schnaps gerochen. Sobald die Schuluhr zehn Uhr zeigte, hat er noch ein paar Rechnungen auf die Tafel gekritzelt, hat gesagt, wir sollten keinen Lärm machen, und ist hinunter zum ›Beetle‹, um einen zu heben. Wir Kinder stellten uns gewöhnlich auf die Bänke und schauten ihm nach. Die Jungen taten, als kippten sie eine Flasche, und rülpsten und so – sehr ungezogen natürlich, finde ich – aber man konnte sie kaum dafür schimpfen bei dem Beispiel, hab ich nicht recht, Miss?«

Sie wickelte den Rhabarber sorgfältig in zwei seiner großen Blätter und band das Bündel mit Bast zusammen. Von der Kommode schauten die Eulen ungerührt aus ihrem Glaskasten, und mir fiel die Geschichte mit Arthur Coggs ein. Als wüßte sie, woran ich dachte, sagte Mrs. Willet: »Ich glaube, deswegen war auch mein Mann so gegen das Trinken. Er hat mitangesehen, was es bei Mr. Hope angerichtet hat. Man hat ihn dann gebeten, die Schule zu verlassen, wissen Sie, weil er zum Gespött geworden war – und er hat irgendwo im Norden einen Posten als gewöhnlicher Lehrer angenommen. Es heißt, Rektor ist er nie wieder geworden, was eigentlich schade ist, weil er sehr klug war. Er hat auch schöne Gedichte gemacht, die hat er uns manchmal vorgelesen. Natürlich haben ein paar von den Jungen darüber gelacht, aber uns Mädels haben sie gefallen.«

»War Mr. Willet gleichzeitig mit Ihnen in der Schule?«

»O ja, Miss. Er war immer in mich verschossen. Hat ein steinernes Herzchen durch die Zwischentür geschoben, als ich noch im Zimmer bei den Kleinen war. Da ist nämlich ein ziemlich großes Loch an der einen Seite, wissen Sie.«

Ich wußte es. Die Kinder schubsen immer noch alles mögliche hindurch ins Nebenzimmer. Das letzte von mir Konfiszierte war ein Brennesselblatt, schlauerweise auf einen langen Pappestreifen geklebt.

Mrs. Willet ging zur Kommode und entnahm ihr eine ovale Porzellandose. Auf dem Deckel war eine Abbildung von Sandown, und innen war sie mit rotem Plüsch gefüttert. Sie leerte den Inhalt auf das Tischtuch. Jettbroschen, Uniformknöpfe, Schließen, ein goldenes Medaillon mit Kette, und zwischen diesen Kinkerlitzchen lag ein kleiner Kiesel in Herzform, der vor langen Jahren vom verliebten jungen Willet auf dem Pausenhof aufgehoben worden war.

Nachdem ich die Schätze bewundert hatte, verabschiedete ich mich und machte mich auf den Weg, das schwere, kalte Bündel auf dem bloßen Arm.

»Sie wollen sich wohl einen Schrank voll Weckgläser schaffen?« rief Mr. Roberts über die Hecke. Doch meine Gedanken waren bei dem Mann, der einmal in meinem Haus gewohnt hatte, dessen Tochter starb, dessen Frau kränkelte, dessen Gedichte verlacht worden waren von den einzigen Menschen, denen er sie hatte vortragen können. Die Logbücher mit ihren kargen Eintragungen berichteten wirklich von »alten, unseligen, fernen Dingen und längstverwich'nen Kämpfen«.

Frau Dr. Ruth Curtis, unsere Schulärztin, von der Grafschaftsverwaltung angestellt, haßt die Männer. Oder man sollte vielleicht sagen: Sie verachtet Männer, denn sie würde für so niedrig geartete Wesen kein so starkes Gefühl wie Haß aufbringen. Die Männer behaupten in ihrer üblichen Bescheidenheit, es könnte daran liegen, daß sie sich keinen von ihnen als Ehegespons hat an Land ziehen können.

»Es leuchtet doch ein«, versichern sie nüchtern, »daß sie enttäuscht ist – der Fachausdruck lautet ›frustriert‹ – nicht wahr?« Ich höre zu und bemühe mich, so ernsthaft auszusehen wie sie.

Wir Frauen haben andere Ansichten, äußern sie aber nicht so offen vor den Männern. Schließlich, sagen wir zu einander, müssen wir ja miteinander leben, oder? Hat doch keinen Sinn, böses Blut zu machen.

Frau Dr. Curtis kam bald nach Beginn des Sommerquartals, um die neu eingetretenen Kinder Joseph, Jimmy und Linda und die Kinder, die am Ende des Schuljahrs fortgehen würden, Cathy, Sylvia und John Burton, zu untersuchen.

Man hatte die Eltern dieser Kinder von dem Termin benachrichtigt und eingeladen, dabei zu sein. Stühle waren im Gang aufgestellt, und die Doktorin benutzte meine Klasse für die Untersuchung. Die Tafel für den Sehtest wurde an die Zwischenwand geheftet, die Waage aufgestellt und das hölzerne Maß an der Rückseite der Tür angebracht, um die Größe von sechs Kindern zu registrieren.

Die Ärztin war gerade dabei, die Karten der Kinder herauszusuchen, die einen Gesundheitsbericht über die gesamte Schulzeit enthielten.

»Tut mir leid, daß ich mich verspätet habe«, knurrte Frau Dr. Curtis. »Mein Bruder ist bei mir zu Besuch, und er wollte, daß ich sein Bein frisch verpflastere, bevor ich ging. So ein Theater, also wirklich! Ich hatte eben angefangen, das Pflaster abzureißen, da schrie er wie sechs gestochene Schweine. Hör mal, hab ich gesagt, nimm eine Schere und heißes Wasser und mach es selber. Als ich ging, weichte er es gerade ein, um sich möglichst wenig weh zu tun. Ich hab ihm geraten, es mit einem einzigen scharfen Ruck abzureißen, aber was will man machen bei Männern?«

Ich nahm an, die Frage sei rein rhetorisch, und bat sie, doch Mrs. Coggs mit ihrem Joseph als erste dranzunehmen, weil ich wußte, daß die baldmöglichst wieder zum »Beetle & Wedge« zum Putzen wollte.

Josephs Augen waren während der gesamten Untersuchung schreckgeweitet. Die Angst, mit der er, den Rücken an der Tür, den hölzernen Markierer auf seinen Kopf herabsinken fühlte, war mitleiderregend. Aber keine Träne fiel, selbst nicht, als die Ärztin ihn auf ein Pult stellte, um nachzusehen, ob er Plattfüße hätte.

»Sehr schön gewölbter Fuß«, sagte sie und warf einen schiefen Blick auf Josephs schmuddelige Füße. »Sehr schön«, wiederholte sie, und ich hörte eine leichte Enttäuschung heraus. Anscheinend waren Plattfüße in diesem Jahr »in«, und ich malte mir aus, wie die Hälfte aller Kinder der Grafschaft während mehrerer Monate Ausgleichsgymnastik auf der seitlichen Fußsohle herumspazierten.

Voriges Jahr waren Hohlkreuze die fixe Idee unserer Doktorin gewesen. Damals, so erinnerte ich mich, wurden wir alle zum Schwimmen verdonnert, wann immer es uns möglich war, um unsere Haltung zu verbessern. Ich malte mir aus, wie später im Schuljahr die Rektoren und Rektorinnen sich unterhielten, wenn sie zusammenkamen.

»Wie viele Plattfüße waren in Ihrer Schule?«

»Zehn von zwanzig.«

»Oh, da haben wir mehr geschafft. Wir kamen auf fünf von sechs.«

Tatsächlich, diesmal trat nur dann das echte, fanatische Leuchten ins Auge unserer Doktorin, wenn sie es mit den Füßen zu tun hatte. Die hob sie sich in jedem Fall auf bis zuletzt – und arbeitete sich gewissenhaft zunächst durch Sehvermögen, Gehör, Herz, Haltung, Hals, Größe und Gewicht – wie ein Kind, das brav seinen Pudding ißt und sich die Schokoladensauce bis zum Schluß aufspart.

John Burton war an diesem Tag das einzige Kind, das die Erwartungen der Doktorin erfüllte. Seine Füße waren so herrlich platt, daß sie für die enttäuschend schön gewölbten der anderen fünf voll entschädigten. Mrs. Burton wurde aufgefordert, John in die Ambulanz nach Caxley zu bringen, wo man ihm die notwendigen Übungen zeigen würde. Damit fand der Besuch der Ärztin seinen erfolgreichen Abschluß.

Der Gang war leer, die Stühle standen wieder im Klassenzimmer, und der Desinfektionsgeruch aus dem Becher, in dem die Zungenspatel zur Halsuntersuchung aufbewahrt wurden, begann allmählich zu verfliegen.

»Ein wirklich schwerer Fall, dieser letzte«, sagte Frau Dr. Curtis tief befriedigt und ließ ihren Arztkoffer zuschnappen. »Ich werde den Jungen im Auge behalten. Ich glaube, ich habe noch nie solche Plattfüße gesehen.«

Sichtlich besserer Stimmung winkte sie mir aus ihrem kleinen Wagen zum Abschied zu, und ich kehrte ins Klassenzimmer zurück und dachte, wie verschieden doch die Dinge sind, die uns Freude machen.

Jeden ersten Mittwoch des Monats verschlimmerte sich der Zustand von Mrs. Pringles Bein.

Am Mittwoch nachmittag nämlich kam das Filmauto in die Schule von Fairacre, sehr zur Freude aller – mit Ausnahme von Mrs. Pringle.

Ich habe nie recht begriffen, was Mrs. Pringle gegen die Unterrichtsfilme hatte. Einmal hatte sie einen Schreckensnachmittag erwähnt, an dem ihre Schwester im Kino von Caxley hatte »Feuer« rufen hören und man ihr bei der allgemeinen Flucht zu den Ausgängen schmerzhaft aufs Hühnerauge getreten hatte. Doch dieses nur aus zweiter Hand übernommene Abenteuer war kein hinlänglicher Grund für das regelmäßige »Aufflammen« ihres geplagten Gehwerkzeugs. Ich glaube, die allgemeine Unordnung verstimmte sie, denn wir mußten die Trennwand beiseiteschieben, die Stühle am Ende der Kleinkinderklasse aufreihen, wobei mein Platz für die aufgestellte Leinwand freibleiben mußte. Die Verdunkelungsvorhänge wurden zugezogen, und bis auf die bockige Dachluke, die allen Versuchen, sie zu verhüllen, widerstand, kam nur sehr wenig Licht herein. Die Kinder liebten dieses geheimnisvolle Zwielicht, und die Wogen gingen hoch, bis das Summen des Projektors sie beruhigte.

»Verschwendung von Steuergeldern«, schnaubte Mrs.

Pringle, während sie heftig hinkend unter Geklirr die Teller in den Geschirrschrank räumte. »Tät den Kindern besser, sag ich, wenn man ihnen was Nützliches lernen täte. Buchstabieren zum Beispiel. Wir hatten immer Buchstabierstunde am Mittwoch nachmittag, als Mr. Hope noch da war. Und der wußte, wie sich alles schreibt, ohne daß er erst nachschaun mußte!«

Mrs. Pringle war empört gewesen, als sie mich vorige Woche ein Wort im Wörterbuch hatte nachschlagen sehen. Ich glaube, sie hatte ernsthaft erwogen, mich beim allgewaltigen »Amt« der Unfähigkeit zu bezichtigen.

»Hab Mr. Hope nie mit so 'nem Mist wie einem Wörterbuch gesehn«, fuhr Mrs. Pringle fort und warf mit Schnellfeuer-Präzision Gabeln in ihr Fach, wobei sie den Lärm überschrie.

»Vielleicht hatte er es bei sich zu Hause«, erwiderte ich freundlich.

»Und noch was«, dröhnte Mrs. Pringle, »ein paar von den Filmen sind einfach unanständig. Ich hab mal einen in Caxley gesehn, da haben sich zwei Leute geküßt, und obwohl man sagen kann, sie waren auf gutem Wege zu einer ehrlichen Heirat, hat es mir doch nicht gefallen, und ich bin sofort raus. Hab mir recht unangenehme Bemerkungen anhören müssen, kann ich Ihnen sagen, von anderen Leuten in der Reihe, die's hätten besser wissen sollen, so schick wie die angezogen waren.«

Ich überlegte, ob es sich lohnen würde, mich über das Geklapper hinweg heiser zu brüllen und ihr zu erklären, daß das Programm des heutigen Nachmittags aus einem Film über den Bau einer normannischen Burg bestand, was zum Geschichtsunterricht dieses Quartals gehörte, einem zweiten über den Heringsfang, der den Horizont einiger Kinder erweitern sollte, die eben zum ersten Mal das Meer gesehen hatten, obwohl es dorthin keine achtzig

Meilen waren, und einem kurzen Film über die Tiere im Londoner Zoo. Doch dann beschloß ich, meine Worte zu sparen, ließ Mrs. Pringle weiter Düsteres murmeln und ging Mr. Pugh begrüßen, der unter schweren Apparaturen heranwankte, gefolgt von einem Schwanz begeisterter Kinder, denen streng anbefohlen worden war, auf dem Schulhof zu bleiben, bis man sie rief, die aber von Mr. Pughs imponierender Sammlung von Blechbehältern, Kabeln, Ständern, der zusammengerollten Leinwand etc. angezogen wurden wie Nadeln von einem Magneten.

Mr. Pugh ist ein kleiner, lebhafter Mann, der seine Arbeit sehr ernst nimmt. Sein Job besteht im Grunde nur darin, die Filme zu transportieren und vorzuführen, aber er interessiert sich so leidenschaftlich für jeden einzelnen, daß jede Art von Kritik keltische Proteste bei ihm auslöst. Man könnte meinen, daß er sämtliche Filme, die da in unserem dämmerigen Klassenzimmer flimmern, selbst produziert, bei ihnen Regie geführt und in ihnen mitgespielt hat, so prompt verteidigt er sie. Zum Glück kann man ihn mit ein paar Tassen Tee beschwichtigen, und ich sorge dafür, daß an jedem ersten Mittwochnachmittag des Monats ein Tablett bereitsteht und das Wasser im Kessel kocht.

Schließlich war der Raum bereit, die Kinder wurden von mir hereingerufen und ermahnt, vorsichtig über die Kabel zu treten, und von Miss Gray, sich still hinzusetzen. Mr. Pugh knipste an einem Schalter, der Projektor summte los, die Bilder waberten vor unseren Augen, und der alte Zauber hatte wieder eingesetzt. Nach jedem Film klatschten die Kinder begeistert. Am beliebtesten war natürlich der Tierfilm. Einige der Kinder waren schon im Zoo gewesen, und ich wußte, daß andere in nächster Zukunft ihn auf einem Ausflug mit dem Mütterverein würden sehen dürfen.

Ein befriedigter Seufzer stieg aus der Schule auf, als der letzte Film zu Ende war. Miss Gray und ich zogen die Vorhänge auf und überblickten unsere Familie, die in Reihen dasaß und im ungewohnten Licht blinzelte wie kleine Eulen.

Während Mr. Pugh seine Siebensachen abmontierte, ging Miss Gray den Kessel anstellen und führte die Kinder zum Spielen hinaus, in deren Köpfen Ritterburgen, Heringe und Nilpferde durcheinanderschwirrten. Morgen würde ich diese Bilder, so gut ich konnte, bei ihnen einordnen müssen und merkte mir innerlich vor, es wäre gut, morgen früh das normannische Fenster drüben in der Kirche mit ihnen anzusehen.

Die Besuche des Filmdienstes sind für ländliche Schulen von unschätzbarem Wert. Die Auswahl an Filmen ist groß und gibt den darauffolgenden Schulstunden zusätzlichen Auftrieb.

Vielleicht ist die begeisterte Aufnahme von Mr. Pugh und seinen Mitarbeitern das sicherste Zeichen für ihren Erfolg bei Kindern.

18
Das Musikfest

Auf dem Weg vor der Fairacre-Schule parkte ein Bus. Er vibrierte und bibberte in der Maiensonne, und neben ihm, in ihren besten Kleidern, drängten sich die Kinder und hopsten vor Aufregung. Der große Tag war da: das Musikfest von Caxley. Miss Gray, die den Chor leiten sollte, tat ihr Bestes, um ihr Lampenfieber zu dämpfen und ihre Schützlinge zu beruhigen.

Sie trug ein blaßgrünes Leinenkleid, das die Kinder sehr bewundert hatten.

»Ganz toll«, sagte John Burton.

»Steht ihr süß«, sagten die Mädchen, den Kopf auf die Seite gelegt, und Linda Moffat sagte sehr stolz: »Meine Mama hat ihr dabei geholfen. So was von Abnähern hat man noch nie gesehen. Deswegen paßt es so gut.«

»Habt ihr verstanden«, sagte ich zu den Kindern, als sie schließlich saßen, »ihr müßt euch heute ganz besonders gut benehmen. Alle anderen Schulen werden in der Getreidebörse sein. Zeigt denen mal, wie höflich und hilfsbereit ihr seid.«

Ich bezweifelte, daß diese Ermahnungen beachtet würden, denn die allgemeine Aufregung war bei diesem festlichen Anlaß fast unerträglich. Doch der Fahrer stieg ein, wurde von den Kindern fröhlich begrüßt, denn er war aus dem Ort, und der Bus begann sich knirschend die blumengesäumten Wege entlang nach Caxley zu bewegen.

»Miss«, meldet sich Eric, »was ist, wenn wir Durst haben?«

»Oder uns schlecht wird?« ergänzte Ernest.

»Oder wenn wir mal müssen«, fragte Linda in keuschem, aber ängstlichem Flüsterton.

Wir versicherten ihnen, daß die Getreidebörse von Caxley für all solche Eventualitäten ausgerüstet sei, und baten sie, sich keine Gedanken mehr darüber zu machen, sich zu entspannen und ihre Kehlen auszuruhen, sonst würden sie ihre Lieder vergessen oder vor Angst schrecklich schrill singen.

Endlich tuckerten wir auf den Marktplatz. Und dort, vor der Getreidebörse, die die eine Seite des Platzes einnimmt, standen Schlangen aufgeregter Kinder und schoben sich langsam durch das breite Tor.

Die Getreidebörse von Caxley wird im Fremdenführer als »eindrucksvolles Bauwerk« bezeichnet, und man tut möglicherweise gut daran, es dabei zu belassen. Sicher ist, daß man beim ersten Anblick dieses Klotzes erst ungläubig, dann mitleidig auf soviel vertane Mühe und Arbeit reagiert.

Im Inneren des Gebäudes zieren nackte Ziegel die Wände. Die Fenster bestehen aus grünlichem Glas, und entsprechend diffus ist das Licht: Man hat das Gefühl, sich unter Wasser zu befinden. Zu beiden Seiten der Fenster sind Schnörkel aus Ziegelstein wie gigantische Zuckerstangen, und am Ende der Halle erhebt sich das wuchtige Standbild eines der Wohltäter der Stadt. Diese vier Meter hohe, bedrohliche Gestalt mit Schnurrbart blickt streng auf die Menge herab, eine Uhr in der Hand, als wolle er sagen: »Was, schon wieder zu spät! Das wird gemeldet!«

Die Halle füllte sich rasch mit Schulkindern aus mehr als zwanzig Schulen. Wir nahmen unseren Platz ein und sahen uns um.

In der Mitte der Halle stand ein Podium mit einem langen Tisch, einem Mikrophon, Unmengen von Papier und einer Handglocke. Hier würden die Preisrichter sitzen. Unweit der Bühne stand der Flügel mit einem ganzen Wall Hortensien zu seinen Füßen.

»Richtig schön, was?« flüsterte Sylvia ehrfürchtig – die Augen auf den steinernen Zuckerstangen.

»War schon öfters hier«, verkündete John Burton herablassend, mit der Miene eines Weltmannes. »War mit meinem Papa hier, letzten Herbst, bei der Chrysanthemenschau. In London hat's größere.«

Diese Auskunft traf auf respektvolles Schweigen. Endlich sprach Eric.

»Angeber«, sagte er vernichtend und hatte die Befriedigung, daß John errötete, ob aus Zorn oder Unbehagen, wußte keiner.

Der Vormittag schleppte sich hin. Wir segelten über das Meer nach Skye, in verschiedenen Tempi von Stakkato bis Andante. Wir marschier-marschier-marschierten, bis uns schwindlig war und uns der Kopf dröhnte. Die Luft in der Halle wurde immer dicker trotz der geöffneten Fenster, die schließlich widerwillig und furchtbar ächzend den heftigen Angriffen nachgegeben hatten.

Doch die Kinder von Fairacre schauten so munter wie die Eichhörnchen, als sie auf der Bühne darauf warteten, mit ihrem Lied zu beginnen. Miss Grays grüner Leinenrükken drückte akute Angstgefühle aus, und ihr Taktstock zitterte ein wenig, als sie ihn zum erstenmal hob, doch als sie einmal begonnen hatten, ging alles gut, und die Kinder strahlten selbstzufrieden beim Applaus, der ihren Bemühungen folgte. Fast ein wenig großspurig begaben sie sich zurück auf ihre Plätze. Mr. Annett, der es irgendwie fertiggebracht hatte, sich in unsere Nähe zu setzen, murmelte Miss Gray bei ihrer Rückkehr Glückwünsche ins Ohr und rückte seinen Stuhl noch näher an sie heran.

Der Vorsitzende auf dem Podium erhob sich.

»Wir machen jetzt eine Pause für das Mittagessen. Bitte pünktlich um halb zwei alle wieder hier. Vielen Dank

Ihnen allen.« Diese willkommene Durchsage bekam den stärksten Applaus des Vormittags.

Nach dem Lunch führten Miss Gray und ich die Kinder in einen nahe gelegenen Park. Sie stürzten sich auf das Planschbecken, denn im Dorf Fairacre, ja in der ganzen Gegend gibt es sehr wenig Wasser, um darin zu spielen.

Die Sonne schien warm, und eine Libelle schwebte flirrend und schillernd über dem Wasser. Ich setzte mich ins Gras und sah, wie unsere Kinder den glücklichen Besitzern von Spielzeugschiffen nachblickten, die wichtigtuerisch mit langen Stöcken rings um das Becken rannten.

Am anderen Ende des Parks konnte ich die Kinder von Beech Green erkennen, unter Aufsicht von Miss Young und Mr. Annett. Er schien zielstrebig den Horizont abzusuchen, löste sich schließlich von seiner Schar, ließ die arme Miss Young allein mit der ganzen Schule fertig werden und näherte sich rasch Miss Gray, die entspannt auf einer Bank unter einer Pappel saß.

»Da sind Fische!« kreischte Joseph Coggs in größter Aufregung über den Teich. »Ganz kleine, Miss. Schauen Sie mal!«

»In dem Graben dort hinten gibt's richtige, die man essen kann«, erklärte ihm ein großer Junge mit einer zwischen Sopran und Bariton tremolierenden Stimme und zeigte auf ein Bächlein, das am Park entlang fließt, um in den durch Caxley führenden Fluß zu münden. In diesem Augenblick brach hinter mir ein Tumult aus. Dort stand, triefend und mit angeklatschten Haaren wie ein Seehund, mit flennend aufgerissenem Mund – Jimmy Waites.

Sein schönes weißes Hemd und die grauen Flanellshorts waren tropfnaß und bespritzt von allerlei Treibgut. Das einzig Trockene an ihm waren seine Socken und Sandalen, die Cathy ihm hatte ausziehen helfen, um heimlich ein wenig herumpaddeln zu können, wenn ich gerade nicht hinschaute. Vor Schreck und Ärger ebenfalls weinend, kniete sie neben ihrem kleinen Bruder.

Ich rief hinüber zu Miss Gray, die noch immer auf der Bank saß und sittsam auf ihre Schuhe niederblickte, während Mr. Annett neben ihr auf sie einredete. Ich war etwas verärgert darüber, daß diese beiden sich so vom Alltag des Lebens fernhielten. Ziemlich heftig sagte ich daher zu Miss Gray, ich ginge mit Jimmy jetzt auf die Toilette, um ihn abzutrocknen, und sie solle doch ein Auge auf die anderen haben. Mr. Annett kehrte hastig aus dem Elysium, in dem er geschwebt hatte, auf die Erde zurück und schlug vernünftigerweise vor, das Kind heimzufahren, wenn ich es einigermaßen trocken bekommen hätte.

»Du meine Güte«, sagte die Toilettenfrau genüßlich, »du hast dir ja schön die Klamotten verdorben. Da wird dir deine Mutter ja einiges zu sagen haben, mein Bürschchen!« Worauf das gräßliche Gebrüll, das ich mit viel Mühe zum Verstummen gebracht hatte, von neuem losbrach.

Zu zweit rieben wir das schlotternde Kind ab, und Cathy wurde abgesandt, um Mr. Annetts Autodecke zu holen und es hineinzuwickeln.

Als wir aus dem Gebüsch hervortraten, das die Bedürfnisanstalt von Caxley dezent verhüllt, war Jimmy so rot wie ein Indianer und hinter ihm her schleppten die Fransen des Plaids. Wir sammelten die übrigen Kinder und kehrten zur Getreidebörse zurück, wobei Mr. Annett Jimmy trug und Miss Gray daneben herging.

Beim Überqueren des Marktplatzes bemerkte ich, daß John dicht hinter Mr. Annett blieb, die elastischen Schritte des Schulmeisters nachahmte und zur Belustigung seiner Kameraden mit Schielaugen und idiotisch aufgerissenem Mund eine widerliche, aber eindrucksvolle Darstellung eines schmachtenden Verehrers lieferte.

»John Burton!« rief ich streng. Er wurde schnellstens wieder normal. »Was zum Kuckuck«, fuhr ich fort und benutzte den Ton erstaunten Erschreckens, in den jeder Lehrer so leicht verfällt, »was zum Kuckuck machst du da, Junge?«

»Nichts, Miss«, antwortete er unterwürfig und wanderte höchst gesittet zurück auf seinen Platz in der Getreidebörse. Wir sahen Mr. Annett mit seinem Bündel in Richtung Fairacre davonfahren und folgten den Kindern zum nachmittäglichen Teil der Veranstaltung.

»Für heute habe ich genügend Aufregungen gehabt«, sagte ich zu Miss Gray, als wir uns auf unseren Plätzen niederließen. Sie lächelte nur mit solcher Sanftmut und Geistesabwesenheit, daß mir klar wurde, daß sie immer noch meilenweit entfernt, nämlich auf dem Weg nach Fairacre war, um genau zu sein. Liebe, dachte ich verärgert, kann sehr lästig sein; Erleichterung heischend blickte ich zur Bühne, aber auch dort wurde mir keine zuteil, denn mit fürchterlich entschlossener Miene standen da zwanzig Kinder, jedes mit einer Geige in der Hand!

Erst nach Mr. Annetts Rückkehr fiel der zweite Schlag des Tages. Er hatte mir mit einem Flüstern, das mich im Ohr kitzelte, mitgeteilt, daß Jimmy nun bei seiner Mutter in Sicherheit sei, und ich hatte ihm flüsternd gedankt und mich einigermaßen entspannt. In diesem Moment fiel mir Joseph Coggs ein und ich überflog die Reihen vor und hinter mir, konnte ihn aber nirgends entdecken. Auf der Bühne ging das quälende Gesäge weiter, und gedeckt von diesen Disharmonien, sandte ich aufgeregte Botschaften zu Miss Gray hinüber. Ob sie ihn gesehen hätte? Ob er sich auf die Toilette geschlichen hatte? War er überhaupt mit uns zurückgekehrt? Hatte sie die Kinder gezählt, als sie sie im Park zusammenrief? Wie viele waren es da gewesen?

Miss Grays sanfter Blick, der auf mir ruhte, zeigte keinerlei Beunruhigung. Sie wirkte wie ein Mensch, der aus einer Narkose aufwacht und mit unendlichem Bedauern eine strahlende Welt hinter sich läßt. Nur die Tatsache, daß sie mir das Gesicht zuwandte, deutete darauf hin, daß sie mich überhaupt gehört hatte.

Von dort kommt dir keine Hilfe, dachte ich bei mir und zischelte grimmig: »Ich geh ihn suchen.« Mehrere entsetzte Blicke meiner musikalischeren Kollegen trafen mich, als ich mich aus der Halle stahl, und ein mehr kummervoller als ärgerlicher von der einzigen weiblichen Schiedsrichterin.

»Ist Ihnen nicht gut? Soll ich Ihnen ein Glas Wasser holen?« erkundigte sich ein freundlicher Rektor unweit der Tür. Ich wollte ihm schon fast sagen, ich stünde unmittelbar vor einem durch Verzweiflung ausgelösten Schlaganfall und nichts Geringeres als ein halbes Wasserglas Kognak könne mich noch aufrichten, weil ich jedoch wußte, daß solche Dinge in einer kleinen Gemeinde falsch ausgelegt werden, beherrschte ich mich, dankte ihm und entwich hinaus auf den Marktplatz.

Der Park war jetzt weit weniger bevölkert und hatte etwas Friedliches. Mütter saßen neben ihren Kinderwagen, strickten oder klatschten, während ihre Kleinen schliefen oder begeistert ihr Spielzeug auf den Boden warfen.

Im Planschbecken wateten nur wenige weibliche Wesen, die ihre Kleider in weit ausgebeulte Hosen gestopft hatten. Joseph war nicht dabei.

In der Ferne spießte ein Parkwächter herumliegende Papierfetzen auf. Ich eilte auf ihn zu.

»Ich hab ein Kind verloren –«, begann ich atemlos.

»Deswegen brauchen Sie sich nicht aufzuregen, Mutti«, erwiderte er. »Glauben Sie mir, Sie sind nicht die erste, die ihr Kleines verlegt. Immer wieder kommen Mütter her und schreien rum, so wie Sie –«

»Ich bin nicht verheiratet«, sagte ich mit aller Würde, die mir zu Gebote stand.

»Schon gut, schon gut«, tröstete mich der unerträgliche Kerl, »wir alle machen mal Fehler.«

»Ich meine«, sagte ich überlaut und fragte mich, wie lange ich den ständigen Schlägen eines widrigen Geschicks noch standhalten würde, »ich bin Schullehrerin.«

»Tja, das erklärt vieles, Miss«, versicherte mir der Mann. »Schullehrerinnen werden fast nie geheiratet, außer es erwischt sie sehr jung. Eigentlich komisch, wenn man's bedenkt.«

Seine Augen wurden glasig, während er über dieses Naturphänomen grübelte, und ich schlug einen energischen Ton an, um ihn zu sich zu bringen.

»Eins der Kinder aus meiner Klasse – ein kleiner Junge – ist heute nachmittag, als wir wieder zur Getreidebörse gingen, zurückgeblieben. Ein dunkelhaariges Kind, ungefähr fünf.«

»Ungefähr fünf«, wiederholte der Mann langsam und rieb sich mit einer schmutzigen Hand das Kinn. Er dachte einige Minuten lang nach, dann kam ihm die Erleuchtung. »Er ist wahrscheinlich verlorengegangen«, sagte er.

Ich beherrschte mich mit übermenschlicher Anstrengung und sagte, er möge das Kind, falls er es fände, zu Miss Gray in die Getreidebörse bringen, er bekäme dann auch eine entsprechende Belohnung. Dann wandte ich ihm etwas erleichtert den Rücken und strebte zum Bach, dessen »Fische, groß genug zum Essen« höchstwahrscheinlich den Schulschwänzer von Fairacre angezogen hatten.

Der Bach war mit dichtem Schilf bestanden, in dem hie und da gelbe Iris und Sumpfdotterblumen aufleuchteten. Die ersten Schwalben und Mauersegler schossen mit schrillen Rufen darüber hin und her, und die Sonne glänzte auf ihren dunkelblauen Rücken. An jedem anderen Nachmittag hätte ich dieses weidenumsäumte Fleckchen als Paradies empfunden, doch die Angst beeinträchtigte seine Schönheit, als ich so am Ufer entlangpatschte und mir dabei meine weißen Schuhe verdarb. »Joseph! Joseph!« rief ich, doch es antworteten nur die Schreie der Vögel um mich her. Irgendwie war ich überzeugt, das Kind sei hier in der Nähe, angelockt vom Fluß.

Angenommen, dachte ich plötzlich, daß ihm etwas Schreckliches passiert war? Grausige Bilder schossen mir durch den Kopf: ein im Wasser zwischen der Entengrütze treibender kleiner Körper, gefangen zwischen den Weidenwurzeln oder noch schlimmer, hinabgesaugt in den tückischen Schlamm an den Ufern des Flusses …

Nimm dich um Himmels willen zusammen, bat ich mich ärgerlich, mach's nicht noch schlimmer. Demnächst wirst du schon den Choral für die Beerdigung aussuchen.

Der Bach machte eine scharfe Kurve bei einer schönen Schwarzpappel, deren weißer Flaum auf dem Gras herumflog. Und an ihren Stamm geschmiegt, entsetzlich regungslos, lag Joseph.

Sprachlos und in zunehmender Aufregung kam ich näher. Zu meiner unendlichen Erleichterung konnte ich ihn schnarchen hören.

Er hatte sich rote Backen geschlafen, doch es gab darauf glänzende Streifen wie Schneckenspuren, wo seine salzigen Tränen getrocknet waren. Seine langen schwarzen Wimpern waren noch immer naß, und sein rosa Mäulchen war leicht geöffnet. Neben ihm in einem Marmeladenglas schwammen hektisch zwei Elritzen in wenigen Zentimetern Wasser.

Ich setzte mich neben dem Schlafenden ins Gras, um meine Fassung wiederzugewinnen. Tränen der Erleichterung ließen die leuchtende Landschaft verschwimmen, die

Beine taten mir weh, und ich fühlte mich mit einem Schlag sehr alt und gebrechlich.

Während ich wieder zu mir kam, bewegte sich Joseph. Er öffnete die Augen und blickte starr hinauf zu den über ihm raschelnden Blättern. Dann rollte er, ohne seine Lage zu verändern, den Kopf zur Seite und sah mich lange und feierlich an. Langsam verzog sich sein Mund zu einem liebevollen Lächeln, er streckte seine schmutzige Hand nach mir aus und griff nach meinem sauberen Kleid.

»Oh, Joseph«, war alles, was ich sagen konnte, und dann umarmte ich ihn.

»Ich hab mich verirrt gehabt«, brummte Joseph, »und ein Junge hat mir das Glas gegeben, damit ich fischen gehen kann. Sind sie nicht wundervoll?« Er hielt das Glas in die Sonne, woraufhin dessen unglückliche Insassen noch verzweifelter schwänzelten als vorher.

Ich stand auf, und wir gingen ans Ufer, um das Glas zu füllen. Kein Zweifel, die beiden Elritzen waren dazu ausersehen, den Rest ihres kurzen Lebens unter Josephs liebevoller Fürsorge zu verbringen.

Hand in Hand wanderten wir den Bach entlang, wobei Joseph von Zeit zu Zeit stehenblieb und etwas Zärtliches in das Glas raunte. Bei jedem Schritt sickerte schwärzlicher Schlick aus seinen Sandalen, seine Augen waren noch verschwollen vom Weinen, und doch war er ein überglücklicher kleiner Junge, gerettet aus allem Ungemach und mit zwei neuen Spielkameraden.

Der Marktplatz lag blendend hell im Sonnenschein, und es tat wohl, wieder ins kühle Unterwasserlicht der Getreidebörse zurückzukehren. Dankbar stellte ich fest, daß die Geigen während meiner Abwesenheit ihr Pensum absolviert hatten, doch diese Erleichterung war von kurzer Dauer.

»Und nun«, verkündete der Vorsitzende, während wir

unsere Sitze wieder einnahmen, mit unangebrachter Begeisterung, »beginnen die Schlagzeugergruppen.«

Auf dem Heimweg im Autobus sangen die Kinder. Sie sangen alle Lieder, die sie für das Festspiel gelernt hatten, manche, die sie im Radio gehört hatten, und einige bedauerliche Nummern, die ihnen ihre Väter in gelösten Augenblikken beigebracht hatten. Miss Gray und ich saßen schweigend, ich vor Erschöpfung und sie, wie es schien, in unverminderter Verzückung. Gelegentlich entfloh ein glücklicher Seufzer ihren Lippen. Und gelegentlich seufzte auch ich, nämlich wenn meine Füße sich besonders unbehaglich fühlten und mich dazu zwangen.

Bei Mrs. Moffats Bungalow hielten wir.

»Soll ich Sie nicht bis zur Schule begleiten?« meinte Miss Gray.

»Nein«, antwortete ich. »Ich schaffe es schon allein. Es war ein langer Tag, und Sie werden Ihren Tee und Ihre Ruhe wollen, könnte ich mir denken.«

»Es war ein himmlischer Tag«, erwiderte Miss Gray inbrünstig, »und ich bin kein bißchen müde. Ich habe mich sogar verabredet, abends mit Mr. Annett auszugehen, wir dachten ... nun ja, also ich gehe mit Mr. Annett aus.«

Ich sagte, das würde gewiß riesig nett und ich sähe sie dann morgen früh.

John Burton, der dieses Gespräch mitangehört hatte und sich törichterweise unbeobachtet glaubte, fand es angebracht, seine berühmte Nummer »sterbende Ente bei Gewitter« abzuziehen und seinen begeisterten Freunden Kußhände zuzuwerfen.

Die Tür schloß sich hinter Linda und Miss Gray. Ich beugte mich vor und versetzte ohne Vorwarnung John Burton eine gewaltige Ohrfeige.

Es war, wie ich fand, der schönste Augenblick des Tages.

19
Das Fest auf dem Pfarrhof

Im Klassenzimmer der Kleinen war gerade Zeichenstunde. Joseph Coggs, der sich mittlerweile von seinem Abenteuer erholt hatte, zeichnete eifrig kleine tanzende Jungen. Alle hatten drei Knöpfe vorn an ihren eiförmigen Körpern, riesige Zähne und Hände wie Heurechen. Vom Rumpf abwärts hatten sie alle etwas erstarrt Gräßliches, doch ihre Beine wirbelten in wilder Ausgelassenheit.

»Macht es besonders schön«, ermahnte Miss Gray, »die besten werden an die Tafel gehängt und kommen in das Zelt, damit sie am Festtag jeder sehen kann.«

»Kriegen wir auch Preise?« fragte Jimmy Waites.

»Höchstwahrscheinlich. Und selbst wenn nicht: Ihr wollt doch euren Eltern zeigen, wie gut ihr zeichnen könnt. Und haltet sie sauber«, ergänzte sie und ging wieder ordnend an ihren Schrank, wobei sie vor sich hin summte.

Joseph hörte sie sehr gern summen. Sie summt viel in letzter Zeit, dachte er, und ist freundlicher denn je. Als er einen großen gelben Kreis für die Sonne zeichnete, dachte er an das viele, was sie ihm beigebracht hatte.

Er konnte jetzt schon bis zehn zusammenzählen und auch abziehen, obwohl das manchmal schwer war. Er konnte alle Buchstaben und sogar schon ein paar Wörter lesen. Er konnte seinen Namen von einer Karte abschreiben, die Miss Gray ihm gemacht hatte, und er wußte viele Lieder und Gedichte, die er daheim seiner kleinen Schwester vorsang und aufsagte. Und was die Papierhäuser betraf, nun, da hatte er seit jenem ersten, mit dem sein Vater sich die Pfeife angezündet hatte, schon Dutzende gemacht und eines immer besser als das andere. Jawohl, beschloß er, in der Schule gefiel es ihm und ... verdammt noch mal, jetzt war ihm die Zeichenkreide abgebrochen.

»Leih mir mal dein Gälp«, zischelte er der neben ihm sitzenden Eileen Burton zu, aber die war heute nachmittag hochnäsig und schüttelte den Kopf.

»Brauch ich selber«, sagte sie energisch und legte die grüne Kreide weg, die sie bis jetzt für Gras benutzt hatte. Das Thema lautete: ›Ein Sommertag‹, und alle grünen Kreiden nutzten sich bereits rasch ab. Sie griff ihre gelbe Kreide und drückte sie an die Brust. »Brauch sie selber«, wiederholte sie, lehnte sich dann hinüber und musterte Josephs Bild eingehend. »Für die Sonne brauch ich's«, verkündete sie triumphierend und begann einen gelben Kreis, genau wie Josephs, auf das Papier zu werfen.

Das ärgerte ihn, er packte Eileens zartes Handgelenk und versuchte ihr die Kreide zu entwinden. Miss Gray, noch immer summend, saß auf den Fersen, den Kopf im Schrank, und nahm das aufziehende Gewitter nicht wahr.

»Du Satan, du«, raunte Joseph, puterrot im Gesicht, »du Abschreiberin! Gleich gibst du sie her.«

Mit einem heftigen Ruck brachte Eileen die Kreide wieder an sich, hielt sie hoch über ihrem Kopf und streckte dem Angreifer eine freche rosa Zunge heraus. Wütend gemacht, senkte Joseph den Kopf, rannte damit gegen ihre Schulter, schlug dann die Zähne in ihren Arm und biß zu, so fest er konnte.

Ein fürchterlicher Schrei entfuhr Eileen, und die restliche Klasse schrie auch. Miss Gray stürzte herbei, gab Joseph einen Klaps und befreite Eileen, die ihre Wunden untersuchte und beim Anblick der sauberen Zahnspuren in ihrem zarten Fleisch erneut anfing zu heulen.

»Er hat gefluchtet, Miss«, steuerte Jimmy Waites bei. »Er hat gesagt ›Satan‹, Miss, das ist doch gefluchtet, oder?«

Ja, das war es wohl, pflichteten alle höchst tugendhaft bei.

Joseph Coggs hatte geflucht und versucht, Eileen ihre Kreide wegzunehmen, und sie gebissen, als sie sie ihm nicht gab. Joseph Coggs war ein ungezogener Junge, nicht? Joseph Coggs würde jetzt nicht zum Fest gehen dürfen, oder? Joseph Coggs war, nach Ansicht seiner selbstgerechten Klassenkameraden, kein Umgang.

Miss Gray brachte sie gebieterisch zum Schweigen, hieß Joseph sich an ihrem Pult aufstellen und schickte Eileen auf den Gang, sich den Arm waschen.

Die Zeichenkünstler fuhren vergleichsweise still in ihrer Arbeit fort, aber viele nickten tadelnd in Richtung auf das Pult, wo Miss Gray dem Übeltäter einen Bericht über den Zwischenfall entlockte.

»Das ist keine Entschuldigung, Joseph«, sagte Miss Gray abschließend. »Du mußt ihr sagen, daß es dir leid tut, und du darfst nie wieder so was Schlimmes tun. Ich werde Eileens Mutter einen Zettel schreiben, auf dem ich erkläre, wie sie zu dem verletzten Arm kommt, und du mußt allein sitzen, bis wir dir wieder trauen können.«

So saß denn Joseph in *splendid isolation* und malte sein Bild fertig, und einige trübe Tränen mischten sich mit den Gänseblümchen, die er ins Gras zeichnete.

Als er endlich das verhaßte Bitten um Verzeihung hinter sich hatte, die Kreiden eingesammelt wurden und Miss Grays Büchlein ›Die Kinderreime von Mutter Gans‹ wieder auf dem Pult erschienen, hob sich seine Stimmung.

War ja doch egal, was Eileen Burtons Mutter sagte. Die konnte ihm nichts tun, und überhaupt geschah es ihr recht, weil sie seine Sonne nachgemacht hatte. Und »Satan« war überhaupt nicht geflucht, es stand sogar in der Bibel, die der Vikar ihnen vorlas! Geflucht, also wirklich! Glühend vor Stolz dachte Joseph an alle wirklichen Flüche, die sein Vater gebrauchte. Wetten, daß er, wenn es darauf ankam, mehr kannte als sonst jemand in der Klasse?

Sehr ermutigt wandte er Miss Gray ein aufmerksames Gesicht zu, und die dachte, was für ein lieber kleiner Kerl er doch trotz allem sei. Womit sie recht hatte.

Das Fest sollte am ersten Sonnabend im Mai im Pfarrgarten stattfinden. »Die Einnahmen«, hieß es auf den Postern, die an geeigneten Stellen des Dorfes flatterten, »kommen dem Fonds für das neue Kirchendach zugute.«

»Und der wächst so langsam«, seufzte der Vikar. »Wir benötigen noch mindestens weitere dreihundert Pfund, und das Dach wird tagtäglich schlechter.«

Er war in Hemdsärmeln, seine milden alten Augen blinzelten gegen die Sonne. In der Hand hatte er einen Holzhammer, um die Pfähle für die diversen Bekanntmachungen in den Boden zu treiben. In der Ferne hörten wir das Rattern des Rasenmähers, den Mr. Willet über den Tennisplatz schob.

Auf diesem einzig ebenen Stück des Pfarrgartens, der sich auf dem Hang der Downs befand, wollte man um das Preisferkel kegeln. Goldene Strohballen waren auf der Seite aufgetürmt, sie sollten, wenn Mr. Willet mit seiner Arbeit fertig war, eine Barriere um die Kegel bilden.

Eine leichte Brise ließ die Kreppbänder an den Buden flattern. Miss Clare war dabei, Dutzende von Kreppapierbeuteln mit selbstgemachten Süßigkeiten zu füllen: Bonbons, Toffees, verlockenden Fläschchen, Schachteln mit Karamellen, Pfefferminzkugeln und Geleefrüchten. Reihen bunter Lutscher säumten den Rand der Bude. Es war ganz klar, daß Miss Clares einstige Schüler sich schon bald wieder um sie scharen würden.

Wir aßen gemeinsam unseren Lunch: kalten Braten, neue Kartoffeln und Salat, und als Nachtisch Stachelbeercreme, was, wie ich annahm, in den meisten Häusern von Fairacre an diesem Tag auf dem Menüplan stand, eine unmittelbare

Folge der Rekordernte an Stachelbeeren und des Zeitmangels wegen hektischer letzter Vorbereitungen für das Fest.

In Linda Moffats Haus legte Mrs. Moffat, den Mund voller Stecknadeln, letzte Hand an den geblümten Kopfputz ihrer Tochter. Linda ging als Schäferin zum Fest, komplett ausgestattet mit blauseidenem Reifrock, mit Zweigmuster verzierter Schürze und einem Hirtenstab, geborgt vom alten Mr. Burton und zu dieser Gelegenheit mit blauen Bandschleifen geziert. Miss Gray stand bewundernd davor.

»Süß!« sagte Miss Gray.

»Half ftill«, sagte Mrs. Moffat, stark behindert durch die Stecknadeln, »half noch eine Fekunde ftill!«

Linda seufzte zwar tief auf, fügte sich aber dem ganzen Wirbel in der Hoffnung, ihr langes Leiden würde bei der Preisverleihung für das schönste Kostüm heute nachmittag seinen Lohn finden.

In Tyler's Row, im Cottage der Waites, herrschte große Aufregung, denn es war ein Brief gekommen mit dem Siegel der Schulbehörde auf dem Umschlag und hatte die gute Nachricht gebracht, daß Cathy nächstes Quartal eines Platzes in der Caxley County Mädchenschule für würdig erachtet wurde.

»Aber ich wollte doch in die High-School«, protestierte Cathy, als man ihr dies vorlas.

»Ist doch dasselbe«, versicherte ihr die Mutter. »Cathy, Liebling, du hast es wirklich gut gemacht!«

Der Vater strahlte sie an, suchte in seiner Tasche und schenkte ihr eine halbe Krone.

»Hier, Süße, das ist für das Fest heut nachmittag. Ich finde, du hast dir ein bißchen Extraspaß verdient.«

Der Brief wurde behutsam hinter die Teedose auf dem Kaminsims gelehnt, und Cathy stürzte in den kleinen Garten und schlug ein Rad nach dem anderen. Ihre rotkarierten Höschen leuchteten in der Sonne, und etwas von dem Hochgefühl brach aus ihr hervor, das in ihrem Inneren wallte und brodelte.

Im Nachbarhaus kauerte Joseph Coggs auf dem Aschenweg und beobachtete dieses Treiben. Neben ihm saßen seine beiden kleinen Schwestern – seit dem Besuch der Gemeindeschwester kurz geschoren – und rührten Steine und Lehm zu einem köstlichen Pudding für ihre Puppen.

»Gehst auch zum Fest?« fragte Cathy atemlos und leicht schwankend, nachdem sie sich endlich ausgetobt hatte.

»Weißnich«, antwortete Joseph schroff. Die zwei kleinen Mädchen hörten auf zu rühren und näherten sich der Lükke in der Hecke, wobei sie sich die Hände an ihren verdreckten Röcken abwischten.

»Was für 'n Fest?«

»Beim Vikar droben. Du weißt doch, für das wir in der Schule geübt haben!«

Mit einem Schlag fiel Joseph alles wieder ein, was man über Wettrennen, Kostümwettbewerbe, Bonbonbuden und sein schönes Bild erzählt hatte, das für die Preisrichter aufgehängt worden war. Wortlos stapfte er zum Haus, seine Schwestern hüpften quietschend hinter ihm her.

In der stickigen Küche schüttelte seine Mutter die Babyflasche und sah sie etwas ungeduldig an. Das Baby brüllte.

»Könn' wir zum Fest beim Vikar?«

»Könn' wir bitte, bitte, Mama«, schrien sie, das Baby übertönend.

»Wollen mal sehn«, sagte die Mutter unwirsch. »Aber jetzt ab in den Garten mit euch, ich muß das Baby füttern. Wenn nur diese Flasche richtig laufen würde.«

Sie saugte kräftig daran, hielt sie dann umgekehrt in die Höhe und besah sie kritisch.

»Ach, Mama, komm, laß uns hingehen. Nur ganz kurz. Bitte, Mama«, bettelten sie.

Der Sauger wurde dem Baby in den Mund gesteckt, und es trat Frieden und Ruhe ein.

»Mal sehn, wie ich's schaffe«, sagte Mrs. Coggs widerstrebend. »Ich weiß gar nicht, ob ich genügend Sauberes anzuziehen hab für euch alle. Wo's doch die ganze Woche geregnet hat. Und jetzt raus mit euch, und spielt leise. Vielleicht gehn wir hin.«

Sie schaukelte das Baby auf dem Arm. Die Kinder rührten sich nicht.

»Nun haut schon ab«, rief Mrs. Coggs wütend. »Ich hab gesagt, vielleicht, oder?«

Mit dieser unbefriedigenden Antwort in den Ohren gingen die Coggs-Kinder widerstrebend in den Garten zurück.

Der Vikar hatte einen ortsansässigen, bekannten Schriftsteller, Basil Bradley, überredet, das Fest zu eröffnen, und das hatte er mit einer kurzen, charmanten Ansprache getan.

Neben ihm, in des Vikars bestem Lehnstuhl, war seine Mutter untergebracht, eine alte dreiundneunzigjährige Dame von so exzentrischem und eigensinnigem Wesen, daß sie ihrem gefeierten Sohn schon so manchen beklemmenden Augenblick beschert hatte.

Sie war die Witwe eines Brauereibesitzers und, wie es hieß, sehr reich.

Es war allgemein bekannt, daß ihr Sohn von diesem Geld nichts hatte. Er lebte jedoch recht gut von eigenen Einnahmen und pflegte wohlwollend zu lächeln, wenn seine Mutter, wie so häufig, äußerte: »Warum zum Kuckuck soll der Junge was von meinem Geld kriegen? Wenn ich erst dahin bin, gehört es ihm, tut ihm nur gut, wenn er warten muß.«

Sie hatte jedoch die Gewohnheit, ihm hie und da teure, meist sinnlose Geschenke zu machen, die er sich freundlich entgegenzunehmen bemühte, denn er vergötterte diese enervierende Tyrannin. Erst heute morgen hatte er mit gut gespielter Dankbarkeit einen ziemlich häßlichen Zeitungsständer aus schwarzem Eisenholz in Empfang genommen. Seine Mutter hatte ihn bei einem Antiquitätenhändler gekauft, der es hätte besser wissen sollen.

»Sprich doch laut und deutlich, Basil«, hatte sie gegen Ende seiner Rede mit schriller Stimme kommentiert: »Murmel-Murmel-Murmel ... Benutz doch deine Zähne und deine Zunge, Junge! Wo sind deine Konsonanten?«

Jetzt stand sie an Miss Clares Bude, erkundigte sich nach dem Preis der Süßigkeiten und drückte ihr Entsetzen über solch unverschämte Forderungen aus.

»Als Mädel«, sagte sie zur unerschütterlichen Miss Clare, »hab ich selbstgemachtes Feigentoffee für einen halben Penny das Viertel gekauft. Gute, bekömmliche Ware, die eine wundervoll abführende Wirkung hatte. Und nicht solchen Schund!« Sie wedelte mit einem Ebenholzstock verächtlich in Richtung auf Miss Clares Bude und wandte sich angewidert ab. Ihr Sohn kaufte, entschuldigend lächelnd, Pfefferminzkugeln und Lutscher in solch enormen Mengen, daß Miss Clare sich fragte, wie um aller Welt er sie wohl wieder loswürde.

Dr. Martin, eine große Kasperlpuppe im Arm, die er beim Reifenwerfen gewonnen hatte, bewunderte die Rose, die über die Veranda des Pfarrhauses kletterte.

»Eine hübsche Rose«, sagte die alte Dame, die hinter ihn getreten war. »Eine hübsche, altmodische Rose. Mit einem netten, flachen Gesicht, in das man seine Nase stecken kann.«

»Es ist eine meiner Lieblinge«, sagte der Vikar stolz. »Ich habe sie in dem Herbst gepflanzt, in dem mein Sohn geboren wurde.«

»Die *Gloire de Dijon* ist unschlagbar«, bestätigte der Doktor, »duftet wundervoll.« Mit diesen Worten bog er einen Zweig herunter, damit die alte Dame daran riechen konnte.

»Erlauben Sie, daß ich Ihnen eine pflücke«, sagte der Vikar und verschwand im Haus, um die Schere zu holen.

»Der vernünftigste Mensch, dem ich seit langem begegnet bin«, bemerkte Mrs. Bradley. »Kennt eine gute Rose und schenkt einem auch noch eine. Heutzutage kriegt man selten Blumen. Alte Leute werden eben schlecht behandelt«, schloß sie und quetschte eine ganz unnötige Träne des Selbstmitleids in ihr Auge. Dr. Martin und der arme Basil Bradley tauschten einen verständnisvollen Blick. Dr. Martin dachte an die zahlreichen gepflegten Gewächshäuser auf dem Besitz der Bradleys und enthielt sich jeden Kommentars, nahm jedoch die Hand der alten Dame in die seine und tätschelte sie tröstend.

Der Vikar kam herausgeeilt, schnippelte energisch und machte sich die Mühe, alle Dornen zu entfernen. Er war sehr stolz auf seine Rose und entzückt, in dieser barschen alten Dame eine Bewunderin gefunden zu haben.

»Und jetzt«, sagte sie, als der Strauß mit Bast gebunden war, »muß ich Ihnen doch etwas für Ihre Sammlung geben, ehe mein Sohn mich nach Hause bringt. Geh weg, Basil«, befahl sie dem armen Mann, der einen Schritt vorwärts getan hatte, um sie am Arm zu nehmen, »geh weg, Junge, ich geh jetzt ins Pfarrhaus und schreibe einen Scheck. Und mach nicht so viel Aufhebens um mich. Ich bin nicht so gebrechlich.«

Ergeben setzte sich ihr Sohn auf den Rand der Steinurne, während der Vikar höflich protestierend seinen Gast ins Wohnzimmer führte. Dort schrieb Mrs. Bradley in der ekkigen Schrift, die auf die französische Gouvernante ihrer Kindheit zurückzuführen war, einen Scheck aus und reichte ihn dem Vikar.

»Aber meine liebe Mrs. Bradley, ich kann das doch nicht annehmen –«, begann der erschrockene Mann.

»Unsinn«, schnauzte Mrs. Bradley, »einen solchen Rosenstrauß habe ich seit Jahren nicht mehr bekommen. Machen Sie kein Theater, guter Mann, und lassen Sie mich heimfahren, damit ich mich ausruhen kann.«

Sie trat wieder hinaus in den Sonnenschein und begab sich zu ihrem Wagen.

Mr. Partridge hielt den Scheck ganz verwirrt Basil Bradley zur Ansicht hin.

»Ihre Mutter hat ... so freundlich ... aber ich denke mir, vielleicht ... ihr hohes Alter ... wissen Sie«, stotterte er unzusammenhängend. Der Sohn beruhigte ihn.

»Ich freue mich, daß sie großzügig für eine gute Sache beigesteuert hat. Glauben Sie mir, Sie haben sie heute nachmittag sehr glücklich gemacht.«

»Los, Junge, beeil dich«, kam eine schrille Stimme aus dem Wagen, »halte den Vikar nicht auf, er hat viel zu tun!« Sie winkte mit einer klauenähnlichen Hand und ließ sich davonfahren.

Drüben auf dem Tennisplatz war das Kegeln um das Ferkel in vollem Gange. Mr. Willet hatte die Oberaufsicht. Er saß auf den Strohballen, hüpfte von Zeit zu Zeit herunter, rollte die schweren Kugeln zurück zu John Burtons Vater, der die Sixpencestücke entgegennahm und die Kugeln ausgab.

In einiger Entfernung, in der Ecke des ummauerten Küchengartens, befand sich der üblicherweise leere Schweinekoben. Im Moment beherbergte er ein schwarzes Berkshire-Schwein, das sehr gern Leckereien wie Apfelbutzen und gelegentlich auch ein Bonbonpapier von den bewundernd herumstehenden Kindern entgegennahm.

Mrs. Bryant, deren Filzhut ein weithin sichtbares Wahrzeichen bildete, saß auf dem Gras neben dem Tennisplatz mit mehreren ihrer Söhne und Töchter. All ihre Buben zeichnete unumstrittene Treffsicherheit aus, und bei örtlichen Festlichkeiten fanden nur wenige Schweine ein anderes Heim als bei einem von der Sippe Bryant.

Maleachi, ein 1,83 Meter großer dunkelhäutiger Bursche in braunem Rollkragenpullover, hatte eben sieben der neun Kegel mit seinen drei Kugeln umgeworfen. Jetzt war Ezechiel an der Reihe, sein Glück zu versuchen.

Alle Söhne von Mrs. Bryant hatten biblische Namen, und da sie es nur so weit geschafft hatte, Großbuchstaben zu lesen, nicht aber kleine, hatte sie die Namen den Überschriften der biblischen Kapitel entnommen. Ihren fünften Sohn hatte sie Apostel nennen wollen, wurde aber vom Vikar sanft dahingehend belehrt, daß »Amos« vielleicht ein schöner Ersatz dafür wäre, und war darauf eingegangen.

Die Geschichte machte die Runde, und von frühester Jugend an wurde Amos mit dem Spitznamen »Apo« oder auch »Axe« belegt. Axe Bryant war mittlerweile ein Mann in den Dreißigern und Inhaber eines florierenden Geschäfts für Fisch und Chips in Caxley. Er war so damit beschäftigt, die Kartoffeln für den Andrang am Sonnabend vorzubereiten, daß er nicht mit seinen Brüdern in Fairacre um das Schwein kegeln konnte.

Nach Ezechiel war John Pringle an der Reihe. Er war beliebt, und jedermann hoffte, er werde den Bryants den Rang ablaufen. Mit großem Geschick warf er seine drei Kugeln, und die letzte stieß infolge eines Dralls drei der verbliebenen vier Kegel um.

»Acht!« ertönte der Siegesschrei. »Der gute alte John! Acht!« Begeisterte Blicke wurden getauscht und fleißig Schultern geklopft. Selbst Mrs. Pringle brachte ein schwaches Glückwunschlächeln für ihren Sohn zustande und sonnte sich in seinem Ruhm. Die Bryant-Sippe aber schaute böse drein.

»Maleachi!« befahl Mrs. Bryant mit Donnerstimme, und der Filzhut tat einen Ruck in Richtung Kugeln. Mit gerunzelten schwarzen Brauen trat Maleachi mit einem weiteren Sixpence an, spuckte in die Hände und warf, als Antwort auf die Herausforderung, seine erste Kugel.

Mrs. Moffat bekam von der Frau des Vikars Komplimente wegen der Kleidung ihrer Tochter. Linda hatte den ersten Preis in Höhe von fünf Shilling bekommen, die sie jetzt wieder in den Fonds der Veranstaltung zurücklenkte, indem sie einigen Freundinnen Eis spendierte.

Mehrere Mütter hatten sie angesprochen und gesagt, wie hübsch Linda aussähe. Mit einemmal fand Mrs. Moffat Fairacre einen sehr angenehmen Ort und erinnerte sich mit plötzlich aufwallender Hochstimmung daran, wie trübsinnig sie sich voriges Jahr als Neuankömmling im Dorf vorgekommen war. Nein, beschloß sie, es war gar nicht so übel. Das mit dem Geld war jetzt leichter, seit Miss Gray bei ihnen wohnte, Linda gefiel es in der Schule, Haus und Garten waren geordnet, und sie hatte eine treue Freundin in der

Person Mrs. Finch-Edwards gewonnen. Sie wanderte in der Menge auf dem Rasen umher, gehörte zu den Bewohnern von Fairacre, war akzeptiert und glücklich.

Die Kinder meiner Klasse führten ihr Stück auf. John Burtons einleitender Satz: »Ich bin der Geist des Sommers«, den ich so lange mit ihm geübt hatte, daß mir von morgens bis abends der Kopf dröhnte, wurde wie gefürchtet so lässig und nebenbei ausgesprochen, daß ich wohl vergeblich Blut geschwitzt hatte, um ihn in eine packende Deklamation zu verwandeln. Doch das Publikum klatschte begeistert, und dann hüpften die Kleinen herbei, um unter Leitung von Miss Gray ihre Singspielchen vorzuführen.

Im Wohnzimmer des Vikars saß Miss Clare am Klavier, das man an die offene Terrassentür geschoben hatte, und spielte die alten Kinderliedchen, ›Ringel-Ringel-Reihe‹ und ›Mariechen saß auf einem Stein‹, wie sie es oft für die Väter und Mütter der Anwesenden getan hatte.

Die Kleinen klatschten in die Hände, sangen entzückt über sich selbst und schauten sich dabei die ganze Zeit fröhlich nach ihren Eltern um. Manchmal setzte sich der Kreis auch in die falsche Richtung in Bewegung, und hin und wieder mußte Miss Gray ein bißchen steuern, aber die ganze Schau war ein ungeheurer Erfolg, und ich fand, die Schule von Fairacre habe sich mit Ruhm bedeckt.

Nach dem Tee kam ein kalter Wind auf, raschelte in den Blättern der Rhododendren und trieb die Leute heim in ihre Cottages.

»Unglaublich«, meinte der Vikar, als er später hinter ordentlichen Münzentürmchen saß, »wir haben offensichtlich hundertfünfzig Pfund eingenommen! Darin ist zwar Mrs. Bradleys großzügiger Beitrag enthalten, aber trotzdem ... Es ist ganz wunderbar!« Sein Gesicht leuchtete vor Freude. Er liebte seine Kirche innig, und der prekäre Zustand ihres Dachs hatte ihm schon eine ganze Weile große Sorgen gemacht. Jetzt konnte man, ehe die Winterstürme einsetzten, mit der Arbeit beginnen.

Durch die Terrassentür sah man die größeren Kinder unter Mr. Willets Aufsicht die Überbleibsel wegräumen. Mrs. Coggs war mit ihren kleinen Kindern sehr spät eingetroffen, aber geschäftig dabei, Salatköpfe, Stachelbeeren und jungen Kohl in eine Einholtasche zu stopfen.

»Es wäre mir eine Erleichterung, es loszusein«, versicherte ihr die Frau des Vikars. »Wir können es hier nicht aufheben, und Sie können es hoffentlich für die Kinder brauchen.« Sie sah Josephs traurige Affenaugen auf sich gerichtet und sagte rasch: »Lauf, mein Kleiner, und schau, ob nicht in Miss Clares Bude noch Süßigkeiten übriggeblieben sind.« Und zu Josephs sprachloser Verblüffung befand er sich plötzlich unterwegs zu Miss Clare mit einem warmen Sixpencestück in der Hand.

John Pringle schob einen mit einem Netz bedeckten Schubkarren aus dem Gartentor des Pfarrhauses, begleitet von lautem Gequieke und umgeben von bewundernden Kindern. Er karrte das Schwein heim.

Vor dem Gasthaus lungerten die Männer der Sippe Bryant. Mrs. Bryant war vor etwa einer halben Stunde entrüstet nach Hause stolziert, und die Männer fürchteten bei ihrer Heimkehr ihre scharfe Zunge.

Mit bösen Blicken, aber in eisigem Schweigen sahen sie das Schwein mit seiner Eskorte vorüberziehen. Als die Kavalkade um die Ecke gebogen war, ergriff Ezechiel das Wort.

»Wollen einen heben, Kumpels«, murmelte er, und die Brüder betraten schweigend die Kneipe, um sich Trost für vergangene Anfechtungen und Stärke für kommende anzutrinken.

20

Über das Schulwesen auf dem Lande

»Haben Sie das mit Springbourne schon gehört?« fragte Mr. Willet. Er hatte vor einem prasselnden Hagelschauer im Eingang der Schule Schutz gesucht. Neben ihm lehnte sein Reisigbesen, mit dem er den Koks zurück auf den Haufen gekehrt hatte, der unter dem Ansturm eines Cowboy- und Indianerspiels etwas gelitten hatte.

»Was ist damit?« fragte ich und lugte hinaus, ob ich wohl in raschem Sprint hinüberkäme zu meinem Wasserkessel. Das vereinzelte Geknatter verwandelte sich plötzlich in schweren Beschuß. Hagelkörner tanzten wild auf dem Asphalt, so dicht und fest, daß es aussah, als stiege Nebel auf. Ich lehnte mich an den Spülstein im Gang, bereit zu einem Schwätzchen.

»Es heißt, die dortige Schule wird geschlossen«, sagte Mr. Willet. »Haben Sie's schon gehört?«

Ich bejahte diese Frage.

»Also was Gutes ist das nicht, kann ich Ihnen flüstern. Alle Leute in Springbourne sind stinkwütend. Die Schule dort hat es schließlich schon fast so lang gegeben wie unsere.«

»Aber es kommt so teuer, sie zu unterhalten. Nur fünfzehn Kinder, soviel ich weiß, und das Gebäude müßte renoviert werden.«

»Na, wenn schon. Die müssen doch irgendwo zur Schule gehn, oder? So weit können die nicht gehn, einige sind noch halbe Babys, stimmt's? Außerdem will jedes Dorf seine eigene Schule. Ist doch klar, daß man die eigenen Kinder nach gleich nebenan rennen sehn will, wo man selber hingegangen ist.«

Verärgert pustete er seinen fleckigen Schnurrbart in die Höhe.

»Und noch was«, sagte er und nickte wie ein Mandarin, »der Bus wird ein schönes Stück Geld kosten, der sie hierher karrt. Und was ist mit der armen alten Miss Davis? Sie ist seit einer Ewigkeit da. Sie und Miss Clare waren als Mädchen zusammen Lehramtskandidatinnen. Wo soll sie denn hin? Abgeschoben in irgend'ne alte Schule in Caxley, hab ich erzählen hören, mit Riesenklassen, die sie niederbrüllen, würde mich nicht wundern.« Er mußte Atem holen und blickte finster hinaus auf den verschleierten Schulhof.

»Denken Sie an meine Worte, Miss Read«, fuhr er fort und drohte mit dem Finger, »das wird der armen alten Seele den Rest geben. Hat ihr ganzes Leben Springbourne geopfert – die Dortigen werden sie auch nicht ohne Kampf gehen lassen. Hat die Pfadfinder organisiert, die Orgel gespielt, die Sparkasse geführt, ach, es ist wirklich gemein.«

Das fand ich auch.

»Und wo soll die arme Alte denn wohnen? Es geht ein Gerücht, daß man sie aus der Lehrerwohnung vertreibt, wo sie all die Jahre gewohnt hat. Schauen Sie sich mal den Garten an, den sie angelegt hat. Ein Bilderbuchgarten! Hat ihr Leben lang drin gearbeitet. Und noch was –« Mr. Willet kam näher, um seinen Standpunkt zu betonen. Sein struppiger Schnurrbart schob sich aggressiv heran.

»Angenommen, die Bildungsleute droben kommen auf die Idee, die Schule irgendwann mal wieder zu eröffnen. Wer kommt denn dann her, wenn sie das Lehrerhaus verkaufen? Können Sie mir das sagen?« forderte er. »Wissen Sie, Miss, ich hab's wieder und wieder erlebt – kein Haus – keine Lehrerin. Und zum Schluß haben die Dorfkinder drunter zu leiden. Keine da, die dort wohnt und sich für sie interessiert und alle kennt. ›In den Bus verladen‹, sagen die großen Tiere«, Mr. Willet sprach jetzt geziert und »fein«, »»steckt sie alle miteinander in eine einzige große Schule – wir müssen ans Sparen denken!‹«

Ich lachte, und es tat mir sofort leid, denn Mr. Willet in seinem gerechten Zorn sollte nicht glauben, daß ich über seine Gefühle, sondern über seine Darstellung lachte.

»Sparen!« Mr. Willet spie das Wort verächtlich aus. »Das nenn ich nicht sparen. Sparen heißt, sorgsam mit dem umgehn, was man hat, und es gut nutzen. Und wenn das Schließen von kleinen Schulen bloß wegen dem schnöden Mammon bei den hohen Tieren sparen heißt, dann sollten die sich mal hinsetzen und in Ruhe überlegen, was 'n echter Wert ist – nicht das olle Geld – das ist das wenigste –, und dann noch mal nachdenken und sich fragen: Was schmeißen wir da weg?«

So plötzlich wie er gekommen war, hörte der Hagel auf, und mit Mr. Willets Weisheit in den Ohren, rannte ich über den freien Platz zum Kessel.

Am nächsten Morgen schüttelte Mrs. Pringle noch den Staubbesen aus, da winkte mich schon Miss Gray in ihr leeres Klassenzimmer und zeigte mir einen sehr schönen Saphirring in einem zierlichen, seidengefütterten Kästchen.

»Ich kann Ihnen gar nicht sagen, wie mich das freut!« sagte ich und küßte sie herzlich, »Sie passen beide so gut zusammen.« Und plötzlich durchfuhr es mich: »Es ist doch Mr. Annett, oder?«

Miss Gray lachte.

»Aber ja doch, wer sollte es denn sonst sein?«

»Ich bin wirklich froh. Er verdient es so sehr, endlich glücklich zu werden.«

»Der Arme«, gab Miss Gray zu und tat einen so mitleidsvollen Seufzer, daß ich ein paar äußerst rührende Minuten voraussah. »Er hat so schrecklich gelitten«, fuhr sie fort und sah mich aus gequälten grauen Augen an. Ich straffte mich innerlich und bereitete mich darauf vor, einen peinigenden Bericht über Mr. Annetts vergangenes Liebesleben und die mit schicklicher Bescheidenheit vorgetragenen Hoffnungen für seine Zukunft anhören zu müssen. Doch ich hatte Glück – die Tür wurde aufgerissen und eine schnatternde Schar kleiner Kinder drang herein.

»Miss«, stieß Jimmy Waites atemlos hervor. »Eileen Burton ist der Hosengummi gerissen, und sie will nicht aus'm Abort rauskommen, bis Sie ihr 'ne Sicherheitsnadel bringen.« Miss Gray versenkte den Ring in ihre Handtasche und eilte davon. Ich kehrte zurück in meine Klasse, um den Morgenchoral auszusuchen, und überlegte mir dabei, wie selten man sich hochwogenden Gefühlen hingeben kann, ohne daß des Lebens kleine Nadelstiche den Ballon platzen lassen.

Ist auch gut so, philosophierte ich vor mich hin, Gefühlsaufwallungen kann man nicht genießen, ohne daß sie das Maß für Größenverhältnisse gefährden. Gerade wollte ich dieses hochfliegende Thema weiter ausbauen, da fiel mein Auge auf Ernest, und ich mußte abbrechen und ihn ermahnen, sich die Nase zu putzen.

Am Dienstag brachte dann der ›Caxley Chronicle‹ die Verlobungsanzeige, und das Dorf war platt.

»Nicht, daß man's nicht schon seit Wochen deutlich gesehn hätte«, war das allgemeine Urteil. »Wollen hoffen, daß sie mitnander glücklich werden.«

Mrs. Pringle lief zur Hochform auf, als sie die Neuigkeit vernahm.

»Das arme Ding«, sagte sie und zog leicht das Bein nach. »Jetzt hat er schon eine Ehefrau verbraucht und fängt mit der nächsten an.«

»Aber nicht doch«, protestierte ich, »Sie machen ihn ja zum Blaubart. Mr. Annett war doch nicht schuld, daß seine erste Frau bei einem Luftangriff umgekommen ist, es war doch ein Unglück.«

»Das behauptet er«, erwiderte Mrs. Pringle düster, »und überhaupt, wer kann sagen, daß wir nicht wieder Luftangriffe kriegen.«

Diese Argumentation war mir in der Tat zu hoch, doch ich bemühte mich immerhin, etwas Licht in Mrs. Pringles düstere Beweisführung zu bringen.

»Wollen Sie damit sagen, Mrs. Pringle, daß jemand, der Mr. Annett heiratet, sich in Gefahr begibt, entweder langsam an den Ehefolgen oder aber einen schnellen Tod durch Luftangriff zu sterben?«

»So was Bösartiges«, dröhnte Mrs. Pringle empört und atemlos, »ich hab nur gesagt, Mr. Annett kriegt mit Miss Gray eine gute Frau, und ich hoffe, sie hat eine Ahnung, in was für einem Zustand das Haus ist, das sie übernimmt, ehe sie es als Braut betritt.«

Vor dieser *volte-face* verstummte ich.

»Und wenn sie eine wirklich gute Putzfrau braucht: meine Nichte drüben in Springbourne wäre da die richtige, müßte aber altmodische Kernseife kriegen, denn diese neuen Pulver und Laugen, sagt sie, von denen kriegt sie immer ihren Nesselausschlag.« Sie machte eine Atempause und nahm die fromme Miene an, die die Chorknaben so gut nachahmen konnten.

»Mögen sie recht glücklich werden«, schloß sie bekümmert, »und ich bete nur darum, daß sie ihre Entbindungen nicht in dem vorderen Schlafzimmer von Mr. Annett hat – mordsmäßig feucht ist das, mordsmäßig feucht!«

»Eine wundervolle Neuigkeit«, sagte der Vikar strahlend, »die beiden passen so ausgezeichnet zusammen, ein reizendes Paar. Aber meine liebe Miss Read, ich fürchte, Mr. Annetts Gewinn ist Fairacres Verlust! Hat sie Ihnen gegenüber schon etwas verlauten lassen? Ich meine, ob sie hier weitermachen möchte? Jedenfalls doch noch ein paar Monate, sozusagen. Nur bis – na ja – in jedem Fall – will sie weiterhin unterrichten?«

Ich sagte, ich hätte keine Ahnung.

»Ich denke, wenn sie beschließt, uns zu verlassen, werde ich eine neue Anzeige aufsetzen müssen. Noch nicht lange her, die letzten Vorstellungsgespräche. Meinen Sie, daß Mrs. Finch-Edwards uns noch einmal aushilft?«

Ich wies ihn darauf hin, daß Mrs. Finch-Edwards um diese Zeit ein Baby zu versorgen hätte.

»Natürlich, natürlich«, nickte der Vikar. »Eine weitere gute Nachricht. Ich kann mir nie recht darüber klar werden, was ich erfreulicher finde, eine Hochzeit oder eine Geburt. Tja, wer fiele uns denn sonst noch ein?«

»Wir sollten doch erst einmal klarstellen, ob Miss Gray plant zu bleiben oder zu kündigen«, schlug ich vor. Auf der hinteren Bank sah ich, daß Ernest heimlich unter dem Pult seinem Nachbarn ein selbstgezeichnetes Bild zeigte. Aus der Entfernung sah es auffallend wie eine Karikatur des Vikars aus. Ich glaubte den Missetäter mit einem Blick zur Ordnung rufen zu müssen, doch der war zu sehr in seine Schöpfung vertieft, um auf mich zu achten.

»Ich komme wieder vorbei«, sagte der Vikar, strebte zur Tür und vergaß in seiner Zerstreutheit, den Kindern adieu zu sagen. In der Tür hielt er inne.

»Vielleicht Miss Clare?« schlug er vor. Sein Gesicht strahlte. Er sah aus wie ein Kind, dem gerade einfällt, daß heute Heiligabend ist. Mit einem befriedigten Seufzer verschwand er.

Es war wieder warm geworden. Auf den Fensterbrettern verströmten Nelken ihren Duft, der sich mit dem der Rosen auf meinem Schreibtisch mischte.

Die Ulmen in der Ecke des Schulhofes warfen kühlende Schatten, und dahinter, im unteren Feld, das sich bis an den Fuß der Downs erstreckte, war man bei der Heuernte.

Wicken, Margeriten und Sauerampfer, die Farbe in das dichte Gras gezaubert hatten, fielen nun vor der Mähmaschine in sich zusammen. Hinter Mr. Roberts' Haus war ein blühendes Bohnenfeld, und hin und wieder kam ein intensiver Geruch aus dieser Richtung.

Zwangsläufig verlangsamte sich das Tempo der Arbeiten in der Schule. Die Kinder waren matt, mit allen Gedanken draußen im Sonnenschein. Es war die rechte Zeit für Tagträume, und ich gab so viele Unterrichtsstunden wie möglich im Freien.

Eines Nachmittags in der größten Sommerhitze lagerten wir am Rande der halbgemähten Wiese im Schatten der Ulmen. Die Luft summte vom Geräusch einer fernen Mähmaschine und Milliarden kleiner Insekten. Weit draußen flimmerten die Downs in der Hitze, und über uns schwebten kleine blaue Schmetterlinge. In einem entfernten Cottage-Garten konnte ich eine alte Frau erkennen, die tief gebückt Spitzenvorhänge über ihre Johannisbeerbüsche breitete, um die Vögel fernzuhalten.

Auf dem Stundenplan stand »stilles Lesen«, und die Kinder lagen in den verschiedenartigsten Stellungen, mehr oder weniger graziös, im Gras und hatten die Bücher vor sich aufgestellt. Manche lasen begierig, blätterten rasch die Seiten um, und ihre Augen eilten die Zeilen entlang. Andere aber lagen auf dem Bauch, wedelten mit den Beinen und hatten den Blick verträumt in die Gegend gerichtet, einen Grashalm zwischen den Lippen und die Ewigkeit vor sich.

Bei so wenig Motivation, daheim zu lesen, in überfüllten Cottages, mit kleinen Geschwistern, die bis zum Schlafengehen und noch länger um sie herum lärmen, haben die

Schulkinder von Fairacre Frieden und Gelegenheit zum Lesen verzweifelt nötig. Doch an eben diesem Nachmittag fragte ich mich, wieviel da gelesen oder aber taggeträumt wurde. Mein Korrekturstift kam bald gar nicht mehr zum Einsatz, und die Blätter der Erdkundeprobe lagen unbeachtet auf meinem Schoß. Was für ein Nachmittag, dachte ich. Wenn diese Jungen und Mädchen alt sind und sich an ihre Kindheit erinnern, werden ihnen die leuchtendsten Stunden einfallen. Und das hier ist einer der goldenen Tage, sagte ich mir, die man als Schatz für die Zukunft hortet, und damit entschuldigte ich unsere allgemeine Trägheit.

Droben auf dem Schulhof hörte man Schritte und einer der Kleinen kam an den Rand und blickte auf uns herunter. Er tat sehr wichtig.

»Miss Gray sagt, ich soll Ihn' sagen, es is'n Mann gekommen.«

»Aha. Na, dann werde ich mal mit ihm sprechen«, sagte ich und legte widerstrebend die Papiere weg. Die Kinder bemerkten mein Fortgehen kaum, sie blieben fügsam und schläfrig liegen, als seien sie verzaubert.

Das Kind und ich überquerten den glühendheißen Schulhof. Hier brannte die Sonne erbarmungslos, und ich breitete schützend die Hand über den Kopf des Kindes. »Kennst du den Mann?« fragte ich.

»Es ist nicht direkt 'n Mann«, antwortete es nachdenklich und hielt inne. Ich begann schon zu überlegen, was für ein Ungeheuer denn da gekommen sei.

»Es ist nur der Papa vom John Burton«, schloß es.

Alan Burton war gekommen, um die weitere Erziehung seines Sohnes mit mir zu besprechen. Er war sehr enttäuscht darüber, daß John am Gymnasium in Caxley nicht aufgenommen worden war, und wollte nicht, daß der Junge im nächsten Schuljahr nach Beech Green ging.

»Nicht, daß ich was gegen Mr. Annett hätte. Der ist schon recht – aber die haben dort nicht das Zeug, einem Jungen was beizubringen, der wie John gern was mit den Händen tut. Die haben keine Tischlerei und nichts mit Metallverarbeitung, und soweit ich seh, ist alles in dem Gebäude noch genau wie vor Jahren. Wo ist denn die technische Schule, die man uns versprochen hat, als John noch klein war?«

Ich mußte zugeben, daß von der noch nichts zu sehen war.

»Ein Mensch wie ich kann sich's nicht leisten, seinen Jungen in ein Internat zu geben, selbst wenn er's möchte. Die Lateinschule hätte ich seinerzeit geschafft, und John hätte ihr auch noch Ehre gemacht. Er ist gut im Sport und handwerklich geschickt. Ich möchte jetzt was Besseres für ihn als Beech Green. Mr. Annett muß alles mögliche aufnehmen, und da sind richtig Schlimme dabei. Und ein paar ganz Begriffsstutzige, die alle anderen bremsen.«

Das alles war durchaus einleuchtend, und mir tat Alan Burton sehr leid. Es war wirklich eine Katastrophe, daß es im Gebiet von Caxley keine technische Schule für Jungen von Johns Kaliber gab. Ich konnte nur vorschlagen, ihn nach Beech Green zu schicken, wo er ein gewisses Maß an Handwerksunterricht bekommen würde, und ihm dann mit fünfzehn eine Lehrstelle bei einem Handwerker seiner Wahl zu besorgen.

»Wird uns nichts weiter übrigbleiben«, seufzte er und nahm seinen Hut, »aber ich hätt' es gern gesehn, daß er in die Lateinschule kommt. Ich hab nicht hinkönnen, weil ich der Jüngste war und mein Vater eben erst gestorben, aber all meine Brüder sind hingegangen. Ich weiß, John ist nicht gerade der Intelligenteste, aber er ist ein guter Junge und genauso begabt wie seine Onkels. Er hätte seine Sache dort gut gemacht.«

Ich sagte, John würde auch in Beech Green, und wohin auch immer er später kam, seine Sache gut machen, aber es gelang mir nicht, den Vater zu trösten.

»Irgendwo ist da was verkehrt«, sagte er, zum Gehen gewandt. »Schließlich hat, wie ich das seh, die Lateinschule den Schaden davon, denn es sind nicht immer die schlauesten Buben, die das meiste zu geben haben, nicht? Und warum kratzen die Familien, die ein bißchen mehr Geld haben als ich, jeden Penny zusammen, um ihre Söhne ins Internat zu schicken? In früheren Zeiten wären sie stolz gewesen, die in die Lateinschule nach Caxley zu schicken. Warum das so ist? Über das heutige Schulsystem weiß ich nicht viel, aber das, was ich weiß, freut mich nicht.«

Traurig entfernte er sich durch das Schultor, und ich ging meine schläfrigen Kinder aus dem Schatten der Ulmen abholen.

21

Das Schuljahr in vollem Gang

Der letzte Tag des Monats hat seinen eigenen Reiz, denn es ist Zahltag. Jim Bryant, ein entfernter Verwandter der Bryants mit den biblischen Vornamen, bringt die Post, während ich noch beim Frühstück sitze. Die vier Schecks kommen alle in ein- und demselben Briefumschlag: einer für Mrs. Pringles Putzen und Spülen, ein kleinerer für Mr. Willets wenig beneidenswerte, aber notwendige Pflichten, einer für Miss Gray und der letzte für mich.

Mrs. Pringle versäumt nie, mich durch zarteste Hinweise daran zu erinnern, daß Zahltag sei. Sie macht entweder eine Bemerkung darüber, wie spät heute die Post kommt oder wie früh, oder sie weiß etwas über Jim Bryant zu erzählen, damit mir bei der Gelegenheit der Scheck einfällt. Manchmal bin ich so gemein und verzögere die Übergabe des Geldes um ein paar Minuten, um zu sehen, welche Form der Wink diesmal haben wird. An diesem Morgen stand Mrs. Pringle auf einem Pult und wedelte eifrig mit dem Staubtuch auf dem Schirm der elektrischen Lampe herum, als ich eintrat. Sie beabsichtigte, mir vor Augen zu führen, daß sie ihr Geld wert sei. Staubwolken empfingen mich, und ich fand es schade, daß sich ihr Eifer nicht gerechter über den ganzen Monat verteilte.

»Schon wieder Freitag!« lautete ihre Begrüßung. »Wie die Zeit vergeht, was?« Ich pflichtete ihr bei und schloß mein Schreibtischschubfach auf. Mrs. Pringle äugte nach den Briefen in meiner Hand, und ich wartete, den Blick abgewandt, auf den nächsten Schachzug.

»Johannistag auch schon wieder vorbei!« sagte Mrs. Pringle. Ich nahm das Klassenbuch heraus.

»Kommt einem unglaublich vor, daß schon bald Juli ist, hab ich recht?«

»Ja, wirklich«, sagte ich und rückte den wuchtigen Tintenfaßständer zurecht.

»Ach herrje, der fängt ja schon morgen an«, keuchte Mrs. Pringle mit gut gespieltem Erstaunen.

»Heute ist der letzte Juni – der Monatsletzte«, fuhr sie nachdrücklich fort. Ich ging hinüber ans Klavier und öffnete den Deckel. Mrs. Pringle kletterte ächzend von ihrem Pult herunter.

»Manchmal denk ich, ich kann den Job nicht mehr lang durchhalten – mit meinem Bein. So viel Geld ist es nun auch wieder nicht, wenn's auch zugegeben regelmäßig kommt.«

»Ja«, sagte ich zerstreut und blätterte im Gesangbuch. Es entstand eine Pause. Mrs. Pringle änderte ihre Annäherungstaktik.

»War der Briefträger schon da?«

Ich gab nach.

»Ja, Mrs. Pringle, und er hat Ihren Scheck gebracht.«

Ich überreichte ihn ihr.

»Na, so was«, sagte Mrs. Pringle mit gekünsteltem Lachen, »und ich hatte ganz vergessen, daß heute Zahltag ist.«

Mr. Willet zeigt beim Entgegennehmen seines Gehalts ebensolches Zartgefühl. Er weiß, daß ich es ihm morgens gebe, sobald ich kann, aber wenn ich ihn hin und wieder nicht finde, erscheint er unweigerlich am Nachmittag des Zahltages.

Er dächte nicht im Traum daran, mich unverblümt um das zu bitten, was ihm rechtens zusteht. Vielmehr sucht er sich eine geräuschvolle Tätigkeit auf dem Pausenhof, nah bei der Tür oder dem Fenster, um mich auf sich aufmerksam zu machen. Gewöhnlich verfällt er darauf, den Koks mit einer Schaufel zusammenzukratzen – ein Dauerjob auf einem Spielplatz –, und nach einer Weile wird mir bewußt, was da geschieht, und ich erkenne, was ich undeutlich als vorübergehende Störung empfand, als das, was es ist: als Hilfeschrei. Einmal, als wir knapp an Koks waren, schlug Mr. Willet mit einem Metallstab auf den eisernen Fußabstreifer vor der Gangtür und das Geklirr brachte mich schnell zur Besinnung.

Dann eile ich immer hinaus, entschuldige mich überschwenglich, und Mr. Willet erwidert unweigerlich: »Keine Aufregung, Miss Read, es war mir ganz entfallen, daß heut der Letzte ist, aber ich nehm's jetzt, wenn's schon mal da ist.«

Nach beendetem Ritual trennen wir uns mit wechselseitigen Höflichkeitsbezeugungen.

Da diesmal nicht nur Ultimo, sondern auch noch Freitag war, würden wir viel zu tun haben, denn außer der Überreichung der Schecks waren Anwesenheitslisten an die Schulbehörde in Caxley zu schicken, das Essensgeld abzurechnen und die Formulare für die von Mrs. Pringle und Mr. Willet geleisteten Arbeitsstunden auszufüllen.

Abgesehen davon war ich in Anspruch genommen von einem überlangen Schriftstück und zahlreichen Katalogen, denn es war an der Zeit, die während des kommenden Jahres nötig werdenden Materialien zu beantragen. Pro Kind wurde soundsoviel Geld zugeteilt für Bücher, Schreibwaren und Reinigungsmittel, und es bedarf vieler Zeit und großer Gewissenserforschung, um es möglichst gerecht zu verteilen. Ich fand, heuer müßte die Klasse der Kleinen den Löwenanteil bekommen, denn Miss Clare hatte nie viel für Lebensmittel und Spielzeug verlangt. Ja, ich hatte sogar vieles bei ihr einführen müssen, mit dem sie nicht einverstanden war und das sie gar nicht verwendete.

Nun hatte Miss Gray übernommen und vielerlei gute Ideen für Hilfsmittel, die ich nur zu gern bestellte. Ich konnte nur hoffen, daß ihre Nachfolgerin ebenso unternehmungslustig und motiviert sein würde.

Heute überreichte sie nun ihr Rücktrittsgesuch von der Fairacre-Schule. Man mußte immer drei Monate vorher kündigen, so daß wir sie – als Mrs. Annett – noch im nächsten Quartal bis Ende September bei uns haben würden. Die Hochzeit sollte Anfang August stattfinden.

»Und wir hoffen beide, daß Sie kommen können«, sagte Miss Gray, als ich ihr das Kündigungsschreiben zurückgab, das ans Amt gehen sollte. »Natürlich schicken wir Ihnen noch eine offizielle Einladung, aber bitte kommen Sie doch ganz bestimmt.«

Ich sagte, daß ich nichts lieber täte und ob sie wohl in Weiß heiraten würde.

»Nicht in rein Weiß«, erklärte Miss Gray mir ernsthaft. »Ich nehme zum Beispiel keinen weißen Satin, ich habe mich für cremefarbigen Chiffon mit einem Unterkleid aus Rips und mit weich gezogenem Oberteil entschieden.«

Ich wäre fast damit herausgeplatzt, daß ich gehofft hätte, sie würde genau das als Brautkleid wählen, schon damals auf Miss Clares Geburtstagsparty, hielt aber zum Glück rechtzeitig den Mund.

»Das hört sich gut an«, sagte ich begeistert, und wir vertieften uns in Kopfschmuckvariationen, Schleier, Brautsträuße, Brautjungfern mit deren zueinander passenden Kleidern und all die fesselnden Einzelheiten einer wohlorganisierten Trauung – sehr zur Freude unserer Klassen, die die Gelegenheit wahrnahmen, hemmungslos zu schwatzen.

John Burton und Cathy Waites standen vor der Klasse und musterten ihre Mitschüler mit kritischem Blick. Sie suchten sich die Mannschaften für Cricket aus, und da nur neunzehn Kinder vorhanden waren, sah ich voraus, daß ich aufgerufen werden würde, um diese Zahl auszugleichen.

Es war schwül und drückend. Ein heißer kleiner Wind wirbelte auf dem Schulhof Heu und Staub im Kreis. Die Kinder schuffelten auf ihren Sandalen den staubigen Weg entlang, als wir die Straße überquerten, hinüber zur Wiese von Mr. Roberts, wo er uns erlaubt hatte zu spielen.

Das Spielfeld ist nicht, wie es sein sollte, aber doch einigermaßen eben, und man kann den Kindern wenigstens die Grundbegriffe des Spiels und seine Regeln beibringen. Am anderen Ende graste friedlich Mr. Roberts' Hauskuh, eine sittsame Guernsey, die unpassenderweise »Samson« hieß.

Sie sah bei unserem Näherkommen auf und kam mit hüpfendem Schritt und nickendem Kopf auf uns zu.

»Ist doch irgendwie verkehrt«, bemerkte Eric, »so 'ne olle Kuh dazwischen, wenn wir Cricket spieln wolln.«

Ich wies ihn darauf hin, daß Samson eigentlich mehr Recht an der Wiese habe als wir und, obwohl der Cricket Club über unsere Spielbedingungen sicherlich die Nase rümpfen würde, wir noch Glück hätten, überhaupt ein Spielfeld zu haben.

Eric und ich waren die ersten am Schlag, damit ich möglichst unverzüglich meine Pflichten als Schiedsrichter würde übernehmen können.

Cathy, ein vernichtender Unterarmschleuderer mit unvorhersehbarem Tempo, stürzte jetzt los und schleuderte den Ball zu mir. Er flitzte an mir und Ernest, dem Schlagmalhüter, vorbei und in ununterbrochenem Schwung zu Sylvia hinüber. Sie hatte törichterweise gemeint, sie sei weit vom Schuß, und kauerte friedlich neben einem Heuhüpfer. Die beiden betrachteten einander voll gegenseitigen Interesses, als der Ball mit einem fürchterlichen Knall auf Sylvias zartem Knie landete. Tumult brach aus.

»Geschieht dir recht! Du hättest bereitstehn solln! Bist selber schuld!« sagten die Hartherzigen.

»Tut's sehr weh? Arme Sylvie! Spuck drauf, Kumpel, so schnell du kannst. Und dann gut einreiben«, sagten die Teilnahmsvolleren.

Mehr erschreckt als verletzt erhob sich Sylvia mühsam, und das Spiel wurde wieder aufgenommen. Cathys zweiter Ball schlug mich aus dem Felde, und ich reichte sichtlich erleichtert den Schläger an John Burton weiter.

Samson käute wieder und blickte gelassen auf unser Treiben. Auf den Nachbarwiesen standen die Heuhaufen in Reihen, und Mr. Roberts' blaurote Wagen waren bereits dabei, sie einzusammeln. Über uns türmten sich drohend schwarze Wolken, und ich bezweifelte schon, daß wir unser Spiel würden zu Ende spielen können und Mr. Roberts sein Heu noch vor dem Regen unter Dach und Fach bekäme, da bemerkte ich einen fremden Herrn, der am Straßenrand stand und uns interessiert beobachtete.

Als er feststellte, daß er entdeckt worden war, kam er über die Wiese auf mich zu.

Es erwies sich, daß der Fremde einer der Schulinspektoren Ihrer Majestät und erst seit kurzem für diese Gegend zuständig war. Er hatte, wie er mir auf dem Rückweg zur Schule auseinandersetzte, schon früher in den Grafschaften rings um London seines Amtes gewaltet, wo seit dem Krieg sehr rasch neue Siedlungen entstanden waren. Die neuen Schulen seien trotz ihrer Klassenstärken von vierzig und mehr Kindern rationell strukturiert und sehr gut eingerichtet.

»Sie haben hier also keinen Sportplatz«, fragte er, »obwohl rings um Sie her Wiesen sind? Glauben Sie, es sei der Mühe wert, den Kindern unter solchen Bedingungen Cricket beizubringen? Wie ich bemerke, haben Sie ja nicht einmal genügend Leute für zwei Mannschaften.«

Ich sagte ihm, ich hielte den Versuch für gerechtfertigt. Die Kinder kennten dann wenigstens die Spielregeln, hätten Spaß daran und könnten sich in ihrer nächsten Schule mit einigen Vorkenntnissen und mit Vergnügen an dem Spiel beteiligen. Dank Mr. Roberts dürften die Kinder aus ihrem zu kleinen und unebenen Pausenhof hinaus und sich viel Bewegung im Freien machen.

Sein Blick schweifte über die hohe Kiefernholzdecke, das hohe Kirchenfenster und kam schließlich auf dem Oberlicht zur Ruhe.

»Finden Sie es hier nicht dunkel?« fragte er. Ich sagte, mir sei klar, daß es verglichen mit den Stahl- und Glasbauten moderner Schulen sehr wohl dunkel sei, daß jedoch die Sehkraft der Kinder dadurch nicht geschwächt würde.

»Trotz der architektonischen Schattenseiten ist etwas an dieser Atmosphäre, das Ruhe und Arbeit günstig beeinflußt. Ich weiß, daß es für Kinder absolut richtig ist, niedere große Fenster zu haben, durch die sie hinausschauen können, aber die können auch sehr ablenken.«

Der Inspektor seufzte, und ich sah deutlich, daß er mich für voreingenommen und altmodisch hielt, als er im Raum herumschlenderte und die Wandtafeln studierte. Die Kinder beobachteten ihn verstohlen, mit aufgeschlagenen Büchern aus der Bibliothek, in denen sie aber nicht lasen.

Draußen hatte der Wind angefangen zu heulen, die schwarzen Wolken, die sich im Lauf des Nachmittags gesammelt hatten, machten das Klassenzimmer dämmerig genug, um jeden Inspektor mit Schrecken zu erfüllen. Ein Blitz zuckte, ein paar der Kinder schrien erstickt auf, dann entlud sich der Donner drohend und langanhaltend in der Ferne.

Urplötzlich stürzte der Regen herab, peitschte gegen die Fenster und strömte über das Oberlicht. Nach wenigen Minuten begann der übliche stetige Tropfenfall ins darunterliegende Klassenzimmer. Ohne daß man es ihr hätte sagen müssen, ging Cathy hinaus auf den Gang, kehrte mit dem Eimer zurück, faltete ein Geschirrtuch ordentlich zusammen und legte damit planmäßig den Eimerboden aus, um das Scheppern der fallenden Tropfen zu dämpfen. Mr. Arnold, der Schulinspektor, beobachtete diese geruhsamen Vorkehrungen amüsiert.

»Seit wann geht das so?« fragte er und nickte zum Oberlicht hinauf.

»Seit siebzig Jahren«, sagte ich, und sein Lachen ertrank in einem weiteren Donnergrollen.

»Kann ich noch zu den Kleinen in die Klasse, ehe die heimgehen?« fragte er, und ich stellte ihn Miss Gray vor, die bereits einige Kinder in ihre Mäntel knöpfte und optimistisch über den Schulhof lugte, ob vielleicht eine der Mütter dem Regen getrotzt und für ihr Kind einen Gummimantel gebracht hätte. Ich verließ sie bei einem Gespräch über Lese-Methoden und kehrte in meine Klasse zurück, um meinerseits die Kinder darauf vorzubereiten, bei diesem Wetter den Heimweg anzutreten.

Draußen auf dem Gang entstand eine Unruhe, dann stürzte der Vikar herein. Silberne Ströme ergossen sich von seinem Umhang nach dem Spurt über den Pausenhof.

»So ein Gewitter, so ein Gewitter«, keuchte er und schüttelte energisch seinen Hut. Die Kinder in der ersten Bank zuckten zusammen, als sie mit kalten Regentropfen besprüht wurden, ertrugen aber diese Prüfung stoisch.

»Ich mußte die Choralliste herbringen, und da habe ich mir gedacht, ich könnte ein paar Kinder, die keine Mäntel dabeihaben, in meinem Wagen mitnehmen und heimfahren.«

Die Gesichter der Kinder hellten sich auf, sie saßen sehr gerade, und ihre Augen leuchteten. Das war doch einmal ein Abenteuer! Die wenigen Vorsichtigen, deren Gummimäntel an den Haken im Gang hingen, verfluchten die eigene weise Voraussicht, die sie jetzt um ein Vergnügen brachte.

»Es kommen vielleicht einige Mütter«, sagte ich, »aber warten Sie . . . Also wer von euch weiß, daß seine Mutter nicht kommen kann? Und wer hat keinen Mantel?«

John Burton und seine kleine Schwester und noch weitere fünf Kinder gehörten in diese Kategorie. Da sie ungefähr in der gleichen Richtung an der Beech Green Road wohnten, rief man sie zusammen. Als sie im Schutz des weiten Umhangs zum Wagen des Vikars stürzen wollten, fiel mir der Inspektor ein.

»Einen Moment noch«, sagte der Vikar, »ich begrüße nur rasch unseren Besucher, dann brechen wir auf.« Mit wirbelndem Umhang segelte er ins Zimmer der Kleinen und fand dort Mr. Arnold vertieft in ein Wort-Legespiel, das er im Schrank gefunden hatte.

»Fat, mat, sat, cat, rat, hat . . .«, murmelte er gedankenverloren vor sich hin und drehte ein niedliches Papprädchen für jedes neue Wort. Es schien ein Jammer, ihn in seinem Vergnügen zu stören. Ich stellte die beiden Männer einander vor, ließ sie allein und gesellte mich zu einem Grüppchen nasser, eben eingetroffener Mütter. Auf dem Boden im Gang rieselten Bächlein von ihren Gummimänteln und Schirmen. Der Schulhof stand praktisch unter Wasser, und unter der steinernen Türschwelle, die Generationen schwerer ländlicher Stiefel getreten hatten, schimmerte ein dunkler Tümpel. Wer von den Kindern abgeholt wurde, strahlte, die anderen waren ängstlich und hilflos und blickten traurig auf das Schultor.

Mr. Roberts' Schäferhund, dem das Fell an den Rippen klebte, zwängte sich durchs Schultor und wurde von seinen Freunden gedrängt, im Gang Schutz zu suchen.

»Bess, da komm her!«

»Hier rein, Bess!«

»Gute alte Bess, klatschnaß ist sie.«

Es herrschte ein einziges Durcheinander. Allmählich nahm jedoch die Anzahl der Anwesenden ab, der Vikar sammelte, nachdem er sich von Mr. Arnold und Miss Gray verabschiedet hatte, seine Schutzbefohlenen auf der Schwelle, breitete seinen schwarzen Umhang über sie aus und lief mit ihnen über den Schulhof. Von hinten sah er aus wie eine riesige schwarze Bruthenne, die ihre Küken schützt, und zu beiden Seiten zappelte ein Wald von Beinchen unter dem Umhang durch die Pfützen zum Wagen. Abschiednehmend ertönte nochmals die Hupe, trotz des Regengusses streckten sich Köpfe und Hände aus den Fenstern, dann waren sie fort.

Mr. Arnold zog Miss Gray erneut ins Gespräch, und ich entließ diejenigen Kinder, die dem Wetter entsprechend angezogen waren. Nur Cathy, Jimmy und Joseph Coggs blieben übrig. Ich fischte einen alten Golfschirm aus seiner angestammten Umgebung von Landkarten, Noten und anderen sperrigen Gegenständen in einem der Schränke und öffnete ihn gegen den peitschenden Regen auf der Schwelle.

»Da nimm, Cathy«, sagte ich und übergab ihr den rotgrünen Riesen, »halt ihn so dicht wie möglich über euch drei, und macht, daß ihr in Rekordzeit nach Tyler's Row durchkommt.«

Ich blickte dem Schirm nach, der in forschem Trab den Weg entlangruckelte, und eilte dann zurück in meine leere Klasse.

Mr. Arnold kam, um sich zu verabschieden.

»Ich fürchte, ich habe mir für meinen ersten Besuch keinen sehr geeigneten Moment ausgesucht«, sagte er, »aber ich würde gern wiederkommen, schon ganz bald, und Sie alle bei der Arbeit sehen.«

Er winkte, sprintete durch die Pfützen zu seinem Wagen und fuhr im strömenden Regen davon.

Mit erfreulicher Rücksichtnahme auf seine zukünftige Gemahlin hatte Mr. Annett seine Schulkinder Punkt vier verlassen, um Miss Gray in seinem Wagen abholen. Ich konnte die beiden jedoch dazu bringen, mit mir Tee zu trinken, und wir saßen im Lehrerhaus, schwatzten und aßen selbstgebackene Pfefferkuchen.

»Solange Schulen von den örtlichen Kommunalsteuern abhängen«, sagte Mr. Annett mit Bestimmtheit und streute dabei für meinen Seelenfrieden viel zuviel Krümel auf den Teppich, »werden zwangsläufig bei Gebäuden und Ausrüstungen große Unterschiede bestehen. Meine drei kleinen Nichten sind in Middlesex zur Schule gegangen. Ihre erste Schule war vorbildlich: eigene Handtücher, eigene Kämme, eigene Betten und so weiter. Es gab ein Planschbecken, zwei Rutschen, massenhaft erstklassiges Spielzeug, Berge von Papier, Buntstiften und sonstiges, was sich ein Lehrer oder ein Kind nur wünschen kann. Jetzt ist die Familie in unsere Gegend umgezogen. Die örtliche Dorfschule ist im Design nicht nur ebenso antiquiert und im Sanitärbereich ebenso primitiv wie diese, sondern wird auch, soweit ich sehe, von den ansässigen Familien, mit deren Kindern sie spielen, als höchstens ›gut genug für andererleuts Kinder‹ angesehen.«

»Wem sagen Sie das«, sagte ich mitfühlend.

»Meine Schwester gilt als Außenseiterin, weil sie ihre Töchter in die Dorfschule schickt«, fuhr er fort, »aber wie sie und ihr Mann geltend machen, haben sie Vertrauen in unser staatliches Schulwesen und glauben, klug zu handeln. Sie wohnen einen Steinwurf weit vom Schulhaus, und die Mädchen werden in kleinen Klassen von qualifizierten und geprüften Lehrkräften unterrichtet. Außerdem haben alle

Klagen, die ihre Eltern als Steuerzahler über die dortigen Bedingungen haben können, die Chance, in Erwägung gezogen und abgestellt zu werden.«

»Es ist schwer, dagegen Einwände vorzubringen«, antwortete ich, »denn schließlich läuft es auf die Freiheit des Individuums hinaus. Wenn Eltern lieber für die Schulbildung ihrer Kinder zahlen, warum sollten sie nicht? Auch ich beklage das ›für die ist die Dorfschule gut genug‹, aber welche Alternative gäbe es denn außer freier Schulbildung für alle? Da ist nichts zu machen.«

»Ich weiß nicht so recht«, sagte Mr. Annett nachdenklich und nahm zerstreut eine vierte Tasse Tee entgegen, »aber ein, zwei Dinge müssen sich binnen kurzem ändern. Die Diskrepanzen zwischen den verschiedenen Gegenden müssen als erstes ausgeglichen werden, wie auch die Gehälter der Lehrkräfte in den verschiedenen Gegenden einheitlich gemacht worden sind, sollten die Schulbedingungen einander angeglichen werden. Und wenn erst die intelligenteren Eltern ihre örtlichen Schulen benutzen und sich für sie interessieren, statt sich über die Steuern zu beklagen, die sie zahlen müssen, plus die Gelder für Schulen, die sie nicht brauchen, wäre das möglicherweise ein Schritt in die richtige Richtung.

»Das werden Inhaber von Privatschulen aber nicht finden«, warf ich ein, während er aufstand, um Miss Gray in den Mantel zu helfen. Wir gingen zum Wagen. Das Gewitter hatte sich ausgetobt, an den Wegrändern rannen Bäche, in denen Zweige, Blätter und anderes Treibgut schwammen.

Die Luft war mild und frisch, und eine Amsel sang aus voller Kehle im Kirschbaum.

»Wir haben großes Glück«, bemerkte ich und atmete den feuchten Erdgeruch tief ein, doch Mr. Annett wandte kein Auge von Miss Gray.

»Sehr großes Glück«, wiederholte er.

22
Der Ausflug

Der erste Sonnabend im Juli wird in Fairacre immer für den gemeinsamen Ausflug der Sonntagsschule und des Kirchenchors freigehalten.

»Früher einmal«, berichtete der Vikar, »schlossen die hiesigen Schulen Ende Juni vierzehn Tage lang, für die Obsternte, und wenn alle Leute ihr Geld hatten, wurde der Ausflug unternommen. Später dann ist es einfach beim ersten Julisonnabend geblieben, weil der offenbar allen paßt.«

Zufrieden strahlend blickte er sich im Bus um, in dem dreiunddreißig seiner Pfarrkinder aller Größen und Formen saßen, alle in ihren besten Sonntagskleidern.

Hinter uns tuckerte ein weiterer Bus, ebenso voll, denn die Mütter waren aufgefordert worden, ihre Kinder auf dieser Expedition zu begleiten. »Im Ernst«, meinte der Vikar, »es wäre eine zu schwere Verantwortung für meine Frau und die beiden Sonntagsschullehrerinnen, außerdem kommen ein paar dieser armen, ans Haus gefesselten Hausfrauen dadurch mal an die frische Luft.«

Mrs. Pratt, die Organistin, hatte ihre beiden Kinder mitgebracht, und hinter ihr saßen Mr. Annett, der Chordirigent, und Miss Gray. Sie mußten heldenhafte Anstrengungen unternehmen, um zu ihren Mitfahrenden höflich und aufmerksam zu sein, denn sie befanden sich in jenem Stadium der Verliebtheit, in dem die bloße Gegenwart anderer lästig ist. Ich war gespannt, wie rasch sie uns verlassen würden, sobald wir die Küste erreichten. Nach soviel bewundernswerter Selbstbeherrschung angesichts von zweiunddreißig Paar Augen würden sie sich eine Atempause von ein, zwei Stunden des Alleinseins verdient haben.

Miss Clare saß neben mir. Einige Plätze waren unbesetzt geblieben, und sie hatte eingewilligt, mitzukommen, »nur um mal wieder das Meer zu riechen und eine frische Ranke Seetang für die hintere Veranda zu suchen, an der sich das Wetter ablesen läßt«.

»Früher«, erzählte sie, »machten wir unseren Ausflug immer im Wagen mit vier Pferden. Natürlich fuhren wir nie weit, ans Meer oder sonstwohin in diesem Umkreis. Aber wir amüsierten uns herrlich. Mehrere Jahre fuhren wir zum Sir-Edmund-Hurley-Park hinter Springbourne, und das mochten wir besonders gern, weil wir dabei am Fuß eines steilen Hügels durch eine Furt mußten. Das war, ehe die Straße umgeleitet und die neue Brücke gebaut wurde.«

»War es nicht Sir Edmund, der der Fairacre-Schule das Klavier geschenkt hat?« fragte ich, und das Bild dieser Klirrkommode mit der gitterverzierten Front, die vierzig Meilen hinter uns lag, tauchte blitzartig vor mir auf.

»Genau!« rief Miss Clare entzückt darüber, daß ich das wußte. »Er war damals ein großer Freund des Vikars – des vorigen, meine ich – Kanonikus Emslie, ein richtiger Schatz und so musikalisch. Er war ganz betroffen, daß die Schule kein Musikinstrument hatte, und hat das bei einem Besuch auf Hurley Hall erwähnt. Das Ergebnis war, daß man uns unser jetziges Klavier herüberschickte. So nobel, aber alle Hurleys waren ja für ihre Großherzigkeit bekannt.«

»Mein Großvater«, dröhnte Mrs. Pringle und drehte sich auf ihrem Sitz zu uns um, »der das Chorgestühl gemacht hat, an dem manche herumkritisieren, die keine Ahnung von so was haben – also mein Großvater hat eine Menge für Sir Edmund gezimmert.« Unter der Krempe ihres braunen Strohhuts warf sie einen triumphierenden Blick auf Mr. Annett, als wollte sie sagen: »Und wenn Sir Edmund mit meines Großvaters Arbeit zufrieden war, wer berechtigt dann Sie, verächtlich auf das Chorgestühl herabzublicken.«

Mr. Annett jedoch war eben damit beschäftigt, das Fenster so heraufzukurbeln, daß kein störender Windzug seine Liebste anblasen konnte, daher verfehlte ihn der Giftpfeil und er blieb unverletzt.

»Und nicht nur das«, fuhr Mrs. Pringles durchdringendes Organ fort, »Sir Edmund hat ihn sogar für einiges im Haus hinzugezogen.« Sie nickte kampflustig, und Sekundenbruchteile später nickte auch der Kirschenstrauß auf ihrem Hut. Dieser Kirschenstrauß war ein altbewährter Freund, er nickte im Sommer auf Stroh, im Winter auf Filz und war mittlerweile so betagt, daß er an einigen Stellen einen kleinen Riß aufwies, durch den weiße Füllung sickerte wie exotischer Mehltau.

»Im Haus selbst?« wiederholte Miss Clare. »Was genau hat Ihr Großvater denn da gezimmert?«

»Küchenschränke«, sagte Mrs. Pringle knapp und drehte sich ruckartig wieder nach vorn, wobei die Kirschen erbebten, ob jedoch aus Unmut oder Familienstolz, hätte keiner zu sagen gewußt.

Barrisford ist, wie jeder weiß, ein eleganter Badeort mit einem wundervollen festen, breiten Sandstrand, den weniger vornehme Gemeinden als »Paradies für die Kleinen« angepriesen hätten.

Die Kinder wollten, als die Busse vibrierend zum Stillstand kamen, sofort ans Ufer, wurden aber vom Vikar zurückgehalten, der mit seiner glockengleichen Kanzelstimme etwas bekannt zu machen hatte.

»Meine Lieben, wir treffen uns wieder um vier Uhr dreißig bei unserem alten Bekannten Bunce's an der Esplanade. Wie ich höre, erwartet uns dort ein ausgezeichneter Tee mit Schinken und kaltem Braten, Salaten, Kuchen, Eis und so weiter. Um Punkt fünf Uhr dreißig fahren wir ab.« Er blickte streng auf seine Gemeinde, denn er wußte wohl, daß Pünktlichkeit nicht zu Fairacres hervorstechenden Tugenden gehörte.

»Um fünf Uhr dreißig«, wiederholte er, »und auch dann werden wir leider erst um kurz vor neun zu Hause sein, was für unsere jüngsten Teilnehmer reichlich spät ist.«

»Macht nichts, Herr Vikar«, rief eine Mutter unbekümmert aus dem hinteren Teil des Busses, »morgen ist doch Sonntag, da braucht man für nichts aufzustehen.«

Angesichts der tief schockierten Miene des Vikars wurde diese Bemerkung sicherlich gleich bedauert, denn abgesehen von der Geringschätzung des Feiertags hielt er um 7 und 8 Uhr Kommunion, Messe um 11 Uhr, Kindergottesdienst um 3 Uhr nachmittags und um halb sieben Uhr Abendandacht.

»Also dann um halb fünf bei Bunce's«, wiederholte er mit leicht zitternder Stimme, »und um halb sechs hier.«

Er trat beiseite, und mit freudigem Jauchzen und klappernden Eimerchen stürmte die Jugend von Fairacre Richtung Strand – mit einer Mißachtung aller Verkehrsregeln, daß ihren Lehrerinnen, wenn auch kaum ihren Eltern, das Blut stockte.

Miss Clare hatte beschlossen, eine Runde durch die Läden zu machen, ehe sie an den Strand ging, und fragte mich, ob ich sie begleiten wolle.

»Natürlich nur, wenn Sie nichts anderes vorhaben. Ich suche nämlich eine blaue Strickjacke – königsblau oder marineblau –, die ich im Winter zu meinem grauen Kammgarnrock tragen kann.«

Ich sagte, mir wäre nichts lieber als ein Ladenbummel.

»Die Jacke würde auch gut in die Schule passen«, fuhr Miss Clare begeistert und mit glänzenden Augen fort. »Für den Fall, daß man mich vorübergehend braucht, wenn Miss Gray geht. Der Vikar war nicht abgeneigt, und seit ich mich habe ausruhen können, fühle ich mich so viel besser, daß ich hoffe, wiederzukommen, und wenn es nur für ein paar Wochen wäre.«

Es war erfreulich, Miss Clare wieder so zuversichtlich zu sehen, und um ihretwillen hoffte ich, daß die freie Stelle an der Fairacre-Schule erst zum Semesterende besetzt sein würde.

Die Einkaufstour erwies sich als erfolgreich. »Genau das richtige, Madam«, hatte die Verkäuferin geschwärmt, »und wenn Madam sich mal die Haare bläuen ließe, wäre der Effekt geradezu umwerfend.« An dieser Auskunft schluckten wir noch, als wir zum Strand hinunterwanderten, wo man, zerstreut zwischen anderen Familien, die Kinder von Fairacre hochvergnügt buddeln, planschen und futtern sah.

Langsam kam die Flut über den warmen Sand herangekrochen, und Ernest war eben dabei, ihr einen Kanal entgegenzugraben. Er hatte eine Schaufel aus scharfem Metall, und sie teilte den Sand mit befriedigendem Knirschen. Ich dachte bedauernd an die Schaufel meiner Kinderzeit, ein massivhölzernes Ding, das ich nicht leiden konnte, doch meine Eltern waren nicht zu überzeugen, daß ich mir mit einer aus Metall nicht die Zehen abschnitte und mein Leben lang ein Krüppel bliebe. So mußte ich mich denn weiter mit meinem ungeeigneten Werkzeug herumquälen, während vom Glück begünstigtere Kinder neben mir schippten, und soweit mein neidisches Auge sah, mit halb so viel Mühe und im Vollbesitz sämtlicher Zehen.

Ernest hielt einen Augenblick bei der Arbeit inne.

»Ich wollt', wir könnten noch länger hierbleiben«, sagte er, »ein Tag – das ist nicht lang, nicht?«

Wir setzten uns in seine Nähe und bestätigten, daß es nicht lange sei.

»Du solltest dir vielleicht überlegen, Seemann zu werden«, sagte ich und wies auf ein an den Strand gezogenes

Boot. Eben kletterten Leute hinein, um eine Hafenrundfahrt zu unternehmen.

»O nein, das möcht' ich nicht«, erwiderte Ernest entschieden, »ich find erstensmal das Meer nicht sicher. Ich meine, da kann man doch leicht ertrinken, nicht?«

»Eine Menge Menschen ertrinken nicht«, versicherte ich ihm, doch seine Miene blieb ablehnend, er kämpfte mit der Abneigung der Landratte gegen ein unbekanntes Element.

»Und irgendwie gibt's hier nicht genug Gras und Bäume. Und keine Tiere. Überhaupt hab ich auf dem letzten Stück Fahrt keine Kühe oder Schafe gesehn. Nein, da wohn ich lieber in Fairacre, schätz ich, aber ich würde hier gern mal richtig lang Ferien machen.«

Als er sich über all das klar geworden war, begann er mit erneuter Kraft zu graben. Ich sah mich nach den anderen Kindern um.

Der Himmel war blau, doch mit genügend Wolken, so daß es nicht heiß war. Die Kinder schienen in ihren Badeanzügen ganz zufrieden. Es war interessant zu beobachten, welch furchtsamen Respekt sie dem Meer entgegenbrachten. Offenbar konnte keines von ihnen schwimmen, was nicht verwundert, wenn man bedenkt, daß Fairacre ein Dorf in den Downs ist und das nächste Gewässer in Caxley, neun Kilometer entfernt.

Nicht zum ersten Mal wünschte ich mir, die größeren Kinder einmal wöchentlich ins Schwimmbad nach Caxley führen zu können, doch der dürftige Autobusverkehr und die Schwierigkeit, unseren Stundenplan einigermaßen passend umzugestalten, machten das im Moment unmöglich. Die meisten Kinder wateten im Wasser, doch keines aus Fairacre ging weiter als ein bis zwei Meter vom Ufer in die Brandung. Während sie sich das Wasser um die Knöchel strudeln ließen, schielten sie mißtrauisch zum Ufer, bereit, sich aufs Trockene zu retten, falls dieses seltsame, ungewohnte Element ihnen irgendwelche Streiche spielte.

Graben aber war ganz und gar ihr Fall. Sandburgen, Kanäle, Brücken und Schlösser von unglaublicher Pracht wurden mit Geduld und Fleiß errichtet. Die Kinder von Fairacre verstanden mit Werkzeugen umzugehen, und hier war der ideale Werkstoff für ihre angeborenen Fertigkeiten. Der goldene Sand wurde umgegraben, geharkt, gehäufelt, flachgeklopft und mit Muscheln und Seetang verziert, so daß ich allen Ernstes überlegte, ein paar Wagenladungen Sand auf unseren Schulhof daheim schaffen zu lassen, um zu sehen, welche Wunder sie dort vollbringen würden.

Ein paar begaben sich mit ihren Eltern auf eine Bootsfahrt, saßen aber, wie ich beobachtete, sehr nah am Rockzipfel ihrer Mütter und blickten ehrfürchtig auf das grüne, an ihnen vorbeiströmende Wasser.

Der Tag ging vergnügt und ohne Zwischenfälle vorüber. Der Tee bei Bunce's in einem der oberen Räume mit herrlicher Aussicht auf den Hafen geriet wie üblich zur fröhlichen Familienfeier.

»Unser Herr Edward Bunce«, wie der Kellner es ausdrückte, bediente uns persönlich, eine elegante Gestalt in weißgestreiftem Flanell mit Querbinder. Mit leiser Stimme und gewandten Manieren umschwirrte er uns mit der Teekanne, ein leuchtendes Beispiel für den persönlichen Service, der Bunce's Teesalon zu dem gemacht hat, was er ist.

Um halb sechs saßen wir in unseren Bussen samt Seetang, Muscheln und zwei, drei unglücklichen, in Eimerchen mit wenigen Zentimetern Meerwasser schwappenden Krabben. Der Vikar, von der Seeluft rosig angehaucht, hielt seine goldene Taschenuhr in der Hand und zählte ernsthaft die Häupter.

Mr. Annett und Miss Gray wirkten leicht abwesend, als sie einstiegen und sich unter teilnahmsvollem Lächeln der anderen setzten. Es blieb nun nur noch eine Sitzreihe leer.

»Mrs. Pratt«, rief jemand. »Mrs. Pratt und ihre beiden Kinder.«

»Ich glaube, ich sehe eines davon aus der Apotheke kommen«, erwiderte der Vikar. Ein dickes Mädchen in rosafarbenem Kleid kam zum Bus gestapft, erkletterte schnaufend die Stufen, ging auf ihren Platz, setzte sich und baumelte vergnügt mit den Beinen.

Wir warteten weiter. Der Fahrer riß sein Glasfensterchen auf und fragte: »Sind das jetzt alle?«

»Nein, nein«, antwortete Mr. Partridge reichlich nervös, »es fehlen noch ein Erwachsener und ein kleiner Junge. Peggy, Liebes«, sagte er zu Mrs. Pratts älterem Kind, »ist deine Mami immer noch in der Apotheke?«

»Ja«, sagte das Kind und lächelte selbstgefällig. »Robin ist was ins Auge geflogen.« Es klang stolz, aber auch befriedigt.

Der Vikar sah ganz verstört aus und wandte sich hilfesuchend an seine Frau. Die erhob sich und ließ Handschuhe und Tasche schön ordentlich auf dem Sitz liegen.

»Ich lauf mal eben zu ihr rüber«, sagte die Gute und trabte hinüber zur offenen Tür der Apotheke.

Im dämmerigen Inneren erkannten wir Gestalten – um einen Stuhl geschart, auf dem höchstwahrscheinlich der Patient saß. Köpfe wurden geschüttelt, es wurde gestikuliert, und endlich kam Mrs. Partridge eilig mit den neuesten Nachrichten zurück.

»Der Apotheker meint offenbar, daß das Kind zum Arzt gehört. Er schlägt vor, daß wir es zur Ambulanz des Krankenhauses bringen, das anscheinend in der Nähe ist.«

Diese dramatische Ankündigung löste das aus, was Reporter eine Sensation nennen. Einige wollten unbedingt aus dem Bus aussteigen und Robin und Mrs. Pratt von all diesen Fremden fort und zu dem ihnen wohlbekannten Dr. Martin bringen, andere hielten den Apotheker für einen Panikmacher und befanden, »das blöde Ding rutscht sowieso bald wieder raus«, und »man weiß ja, wie das bei Augen ist, eben noch ein Riesentamtam und im nächsten Moment wieder alles in Butter«. Einig waren sich alle Parteien nur im größten Mitgefühl für die betroffene Familie.

»Das Kind hat große Schmerzen«, fuhr Mrs. Partridge fort und sah ganz besorgt aus. »Offenbar Zigarettenasche, die das Auge verätzt hat. Ich finde wirklich, es sollte ins Krankenhaus.«

»In diesem Fall«, sagte der Vikar und verschaffte sich nur mit Mühe Gehör, »bleiben du und ich besser bei Mrs. Pratt und stehen ihr bei. Die übrige Gesellschaft fährt heim nach Fairacre.«

»Aber morgen ist doch Sonntag«, machte seine Frau ihn aufmerksam.

»In der Tat«, sagte der Vikar und errötete verlegen, »das war mir entfallen!«

»Soll ich hierbleiben?« bot ich mich an.

In diesem Moment hörte man eine Stimme fragen: »Und was ist mit der kleinen Peggy? Soll sie mit uns kommen oder bei ihrer Mama bleiben?«

Wieder brach ein Tumult aus, denn jedermann gab Ratschläge, bekundete Teilnahme oder steuerte bei ähnlichen Anlässen gemachte Erfahrungen bei. Der Fahrer, der mit dem Kopf noch immer im Fensterchen stak und dem Gang der Ereignisse mit ernster Aufmerksamkeit gefolgt war, sagte jetzt nachdrücklich: »Ich möcht' Sie ja nicht drängen, Sir, aber ich muß um neune zurück sein und eine Gruppe nach 'ner Tanzerei in Caxley abholn, und wir sind 'n bißchen knapp dran, wenn ich so sagen darf.«

Der Vikar sagte, daß er das natürlich vollkommen verstünde, und entwarf dann seinen Plan.

»Wenn du bei Mrs. Pratt und Robin bleibst«, sagte er zu seiner Frau, bin ich überzeugt, daß unser lieber Freund Mr. Bunce für dich ein Nachtquartier findet – ich werde selbst noch schnell hingehen, wenn der Fahrer meint, wir könnten noch zehn Minuten erübrigen.« Er blickte den Chauffeur fragend an, und der nickte beruhigend. Er zog seine Brieftasche, und zwischen ihm und Mrs. Partridge flatterten Geldscheine. »Und dann nimm ein Taxi, meine Liebe, das euch morgen alle zurückbringt.« Plötzlich schien er zu erschrecken. »Natürlich werde ich daran denken müssen, mir für die Frühmesse morgen den Wecker zu stellen. Ich werde mir zur Erinnerung einen Knoten ins Taschentuch machen.«

Dieses meisterhafte Arrangement bekam allgemeinen Beifall, und wir lehnten uns zurück und beglückwünschten uns zum Scharfsinn unseres Vikars, als ein Stimmchen fragte: »Und ich?« Wir wandten uns Peggy zu, die mit weit aufgerissenen Augen und ziemlich verstört darauf wartete, ihr Schicksal zu erfahren. Es entstand eine verlegene Pause.

»Dort ist niemand zu Hause«, sagte Mrs. Pringle, »soviel weiß ich. Mr. Pratt ist mit den ›Terriern‹ zum Jahrestraining.«

»Möchtest du bei mir zu Hause schlafen?« fragte ich Peggy. »Ich habe in meinem Gästezimmer einen netten Teddybären.«

Dieser Anreiz schien zu genügen, sie willigte sofort ein. Mrs. Partridge eilte davon, um Mrs. Pratt zu berichten, was wir beschlossen hatten. Indessen hastete der Vikar zu Bunce's Teesalon, um sich nach eventuellen Nachtlagern zu erkundigen.

Im Bus summten die Gespräche, während wir auf die Rückkehr des Vikars warteten.

»War einfach fabelhaft, der Vikar, find' ich.«

»Der hat Köpfchen ... und ist auch noch freundlich, richtig gutmütig.«

»Der kleine Robin tut mir leid. Muß weh tun, so was. Armes Kerlchen.«

Peggy entschied sich, neben mir zu sitzen, und Miss Clare zog zuvorkommend mitsamt ihrem Paket, der neuen Winterstrickjacke, auf Peggys freiwerdenden Platz um. Wenige Minuten später verließ ein trauriges Grüppchen die Apotheke. Robin hatte einen großen, mit einer Augenklappe sicher befestigten Wattebausch auf dem Auge. Mrs. Pratt trocknete ihre Tränen, so gut sie konnte. Mrs. Partridge hatte Robin an der einen, Mrs. Pratts Einkaufstasche in der anderen Hand. Sie traten an den Autobus heran und verabschiedeten sich.

»Sei recht brav, Peggy«, beschwor die tränenreiche Muter sie, »und tu, was Miss Read sagt. Und wenn Sie so freundlich wären, Miss, ein Nachtlicht brennen zu lassen, wär ich riesig dankbar – sie kommt 'n bißchen durcheinander, wenn sie im Dunkeln aufwacht. Nervös, wissen Sie.«

Ich versicherte ihr, daß Peggy alles haben sollte, was sie brauchte, und unter teilnehmenden Rufen und Ermutigungen sagten die drei adieu und machten sich auf in Richtung Bunce's Teesalon.

Der Vikar erschien in Rekordzeit wieder. Mr. Bunces Schwester hatte freundlicherweise ein überaus passendes Quartier angeboten und sich – wie der Vikar berichtete – auf die liebenswürdigste Weise erboten, die Fairacre-Gruppe ins Krankenhaus zu begleiten.

Der Fahrer fuhr sofort los, und der große Bus brachte die Meilen zwischen Barrisford und Fairacre rasch hinter sich.

Es schlug neun von der St. Patrickskirche, als wir aus dem Bus kletterten, und eine halbe Stunde später saß Peggy Pratt droben im Gästebett, trank heiße Milch und knusperte Pfeffernüsse. Es brannte eine Kerze auf der Kommode, und die Flamme tanzte und züngelte im Luftzug der offenen Tür.

»Diese Nachthemden gefallen mir«, sagte das Kind und betrachtete bewundernd das seidene Unterkleid, das für meinen kleinen Gast als Nachtgewand diente. Es hatte weder Tränen noch ein Gejammer nach der fernen Mutter und dem in Barrisford zurückgebliebenen kleinen Bruder gegeben. Ich hoffte, daß sie rasch einschlafen würde, ehe sie Zeit hatte, Heimweh zu haben.

»Ich laß die Tür offen«, sagte ich zu ihr und stopfte ihr den mottenzerfressenen Teddy in den Arm, »falls du mich brauchst. Und morgen früh kriegen wir weiche Eier zum Frühstück, die Miss Clares Hühner gestern gelegt haben.« Ich nahm Becher und Teller und ging zur Tür.

Sie schmiegte sich in die Kissen, lächelte bezaubernd, seufzte und schloß die Augen. Ich glaube, sie schlief schon, bevor ich den Fuß der Treppe erreicht hatte.

23

Das Sportfest

»Die Hämmer«, rief Mr. Willet, das Geräusch des Windes übertönend, und schaute betont mißbilligend auf einen in seiner Hand, »sind auch nicht mehr, was sie mal waren.«

Er stand auf einem Schulstuhl in Mr. Roberts' Wiese und trieb Pfähle aus Kastanienholz in den Boden, damit wir für den morgen stattfindenden Schulsporttag die Bahn mit Seilen würden abtrennen können. Sein dürftiges Haar wurde vom Wind zu einer Art zierlichem Hahnenkamm hochgeblasen, und die Krähen in den nahen Ulmen warfen sich aus den peitschenden Zweigen dem Wind in die Arme.

Ein Grüppchen Kinder, die eigentlich helfen sollten, beobachtete seine Anstrengungen. Eric hatte es fertiggebracht, das Seil in ein Knäuel von so riesigen Dimensionen zu wickeln, daß die Hoffnung, in dem Wirrwarr auf dem Gras je Anfang oder Ende zu finden, rasch schwand.

»Mensch, das hast du aber hingekriegt«, sagte Ernest bewundernd und bewegte das Gewirr ein bißchen mit dem Fuß.

Man hörte einen Schreckensschrei von John Burton, der von Mr. Roberts für das Sackhüpfen entliehene Säcke zählte. – Ein boshafter Windstoß hatte ein halbes Dutzend Säcke hochgehoben und wirbelte sie dem Weg zu. Eine wilde Jagd kreischender, atemloser Kinder folgte ihnen.

Das Zelt für den Vikar wurde langsam und ziemlich gewagt im Schutz einer Weißdornhecke errichtet. Hier sollten Limonade und Kekse verkauft werden. John Burton hatte ein flottes Plakat entworfen, auf dem stand

Kleine Erfrischungen
(Verkauf zugunsten des Schulfonds)

und es sollte am Zelt befestigt werden, unmittelbar bevor Eltern und Bekannte eintrafen.

Samson, die Hauskuh, war auf die Nachbarwiese getrieben worden, zeigte aber lebhaftes Interesse an den Vorgängen des Abends, ihr Kopf ragte über die Hecke, ihre Augen rollten. Es gab weit mehr Helfer, die ihr gänzlich überflüssiges Fressen anboten, als solche, die Mr. Willet und mir bei den Vorbereitungen beistanden.

Mr. Willet trieb den letzten Pfahl ein und sah auf die Uhr. Er hielt sie einen halben Meter entfernt vor seinen Bauch und beäugte sie unter den Wimpern hervor, wobei er stark die Stirn runzelte. Sein Doppelkinn senkte sich auf den Knopf im Bündchen seines kragenlosen Hemdes.

»Schon fast sieben«, stöhnte er. »Wir müssen uns beeilen, Miss. Heut abend ist Chorprobe, und ich denk mir, Mr. Annett wird schon bald kommen.«

Er steckte die Uhr wieder ein und sah sich um.

»Schade, daß die Maulwürfe ausgerechnet auf den Hügeln ihre Haufen aufgeworfen haben, wo morgen gelaufen wird.« Er wandte sich an Eric und Ernest, die auf einem Seilknäuel saßen und mit Wegerich-Stengeln fochten, wobei jeder ebenso ungestüm wie ungeschickt versuchte, dem des anderen den Kopf abzuschlagen.

»Heda, ihr«, brüllte er gegen den Wind an. Sie schauten auf wie die aufgeschreckten Rehkitze.

»Holt euch Schaufeln und schlagt die Maulwurfshaufen platt, sonst fallt ihr morgen auf die Nase. Und dann woll'n wir an den gräßlichen Haufen rangehen, den ihr aus dem Seil gemacht habt.«

Wie durch ein Wunder fand er ein Seilende und gab es mir in die Hand. Murrend und grunzend und seinen fleckigen, räudigen Schnurrbart von sich pustend, wich er langsam vor mir zurück, seine harten alten Hände arbeiteten und flochten in dem wirren Knäuel herum, als hätten sie ein Eigenleben, so rasch und sicher bewegten sie sich.

Ich band das Seilende an den ersten Pfahl, und obwohl Mr. Willet das mit Verachtung sah, sagte er kein Wort, sondern arbeitete sich die Strecke entlang, lehnte sich gegen den Wind und schubste verirrte Kinder aus dem Weg, ohne sie anzusehen, bis die Rennstrecke von der übrigen Wiese abgetrennt war.

Die Kirchenuhr schlug sieben, und ich rief die Kinder zusammen.

»Sie gehn jetzt besser alle und waschen sich gründlich, mein ich«, sagte Mr. Willet, während wir mit dem Tor kämpften. »Ich seh Sie dann pünktlich morgen früh, Miss.« Er blickte zum Wetterhahn auf, der im Wind auf dem Kirchturm schlotterte. Zu den Kindern sagte er: »Wenn ihr morgen mit solchem Rückenwind rennt, brecht ihr bestimmt 'n paar Rekorde, denkt an meine Worte!«

Daheim stellte ich den elektrischen Waschkessel für mein Badewasser an. Im Eßzimmer standen große Krüge Limonadenextrakt für morgen bereit, aber wenn man draußen den Wind heulen hörte, glaubte man, heißer Kaffee wäre wohl willkommener. Ich suchte farbige Bänder für den Staffellauf und einen Korb Kartoffeln für den Kartoffellauf zusammen und hoffte, Mr. Willet hätte recht stabile Blumentöpfe für die schwerfüßigen Buben ausgewählt, die lautstark verlangt hatten, ein Blumentopfrennen ins Programm aufzunehmen. Sie hatten so etwa beim Sportfest in Beech Green gesehen und an den Abenden wochenlang geübt, waren mühselig vorwärtsgekommen, mit der Hand einen Blumentopf vor den anderen setzend, die puterroten Gesichter zur Erde gebeugt und die geflickten Hosenböden dem Himmel zugekehrt.

Die Küche war gemütlich dampferfüllt, als ich die Zinkbadewanne auf den Fußboden stellte und eimerweise Regenwasser aus der Pumpe hineingoß. Als ich in dem seidigen braunen Wasser lag, zu faul, um mehr zu tun, als die Wärme zu genießen und mich zu entspannen, lauschte ich dem Rosenbusch, den Dr. Martin vorigen Herbst so bewundert hatte, als er bei mir nach Miss Clare sah. Der peitschte in dem wüsten Sturm gegen die Fensterscheibe. Um das Geräusch seiner kratzenden Dornen zu übertönen, schaltete ich das tragbare Radio ein, das in Greifweite auf dem Küchenstuhl stand.

»Starke westliche Winde, die gelegentlich Sturmstärke erreichen, in sämtlichen südlichen Gebieten der Britischen Inseln«, sagte eine muntere, fröhliche Stimme. Ich stellte zähneknirschend das Gerät ab und sank zurück in das wohltuende Wasser.

Auf dem Weg ins Bett blickte ich noch einmal aus dem Treppenhausfenster. Zerfetzte Wolken rasten über den sich verdunkelnden Himmel, und drüben auf Mr. Roberts' Wiese flatterte undeutlich etwas Fahles an der Hecke. Das Zelt des Vikars hatte den ungleichen Kampf aufgegeben und war hoffnungslos zu Boden gegangen.

Am nächsten Morgen jedoch sah die Sache freundlicher aus. Der Wind war zwar noch stark, schien aber weniger aggressiv. Zwei von Mr. Roberts' Männern richteten das Zelt wieder auf. Der Klang von Pfählen, die eingetrieben wurden, drang bis zu uns in die Schule, wo die Kinder heute zu aufgeregt waren, um ernsthaft zu arbeiten.

Die Jungen sahen – wie gewöhnlich – dem Nachmittag mit größerer Sorge entgegen. Die Angst, ihre Sache nicht gut zu machen, ließ sie ganz unerträglich werden. Sie protzten mit der eigenen Tüchtigkeit und bagatellisierten die ihrer Nachbarn, während die Mädchen diese Zurschaustellung von männlichem Exhibitionismus philosophisch betrachteten.

»Schau bloß, wie John sich die Beine reibt. Der meint, dann kann er schneller laufen. Was der so hofft!«

»Das stärkt die Muskeln, jawohl, genau das. Alle guten Läufer tun das vorm Rennen. Schade, daß du's nicht probierst. Wie so 'ne Schnecke bist du gestern abend dahergekommen.«

»Ich war bloß außer Atem, hab zuviel trainiert, verstehste?«

»Hast du den Eric am Sonnabend gesehn? Dachte, er springt wer weiß wie hoch, als er über das bißchen Hecke unten bei Bember's Corner gesetzt ist. Mann, ich spring zweimal so hoch!«

»Ich auch. Die Hecke ist ein Klacks. Du solltest mich mal sehen, wenn ich über den Elektrozaun setz, den Mr. Roberts um seine Kuhwiese gezogen hat. Hopp in die Höhe ... und heidi, drüber ... Wetten, daß ich über 1,25 geschafft hab?«

Und weiter in dieser Tonart. Es schien das beste, sie ein Weilchen gewähren zu lassen. Später am Vormittag konzentrierten sie sich dann auf einen Geschichtstest, obwohl ich auch dabei einiges Muskelspiel und Beinemassieren bemerkte, mit dem sich die Athleten auf überragende Leistungen vor bewundernden Eltern und Freunden am Nachmittag vorbereiteten.

Als Mrs. Crossley mit dem Essenswagen kam, wuschen

sich die Kinder am Spülstein die Hände. Ich hörte, wie sie sie gründlich ins Kreuzverhör nahmen.

»Und was für Gemüse, Mrs. Crossley?«

»Karotten und Erbsen.«

»Die blähen zu sehr, die eß ich nicht.«

»Und was für 'n Nachtisch, Mrs. Crossley?«

»Sehr feinen Rosinenpudding mit Vanillesauce. Der wird euch schmecken.«

»Was Leichteres wär wohl besser. Obst und so. Stimmt's, Eric?«

»Weiß nicht. Ich hab Hunger. Ich glaub, ich eß von dem Pudding. Rennen hin, Rennen her.«

»Hörste den? Wie er gestern so gegen Süßes bei uns war? Hat gesagt, wir wär'n im Training! Pudding ißt er. Da werden wir ja große Chancen haben beim Staffellauf!«

»Irgendwas müssen wir essen«, kam John Burtons ruhige Stimme, »sonst haben wir überhaupt keine Kraft.«

»Na ja«, räumte Ernest widerwillig ein, »wenn ihr mich fragt, klingt mir das nicht nach einem Essen, was richtige Läufer essen würden, aber wir müssen nehmen, was wir kriegen, denk ich mir.«

Sie kehrten zurück ins Klassenzimmer und sammelten sich zum Tischgebet. Soweit ich sehen konnte, vergaßen unsere Athleten ihre spartanischen Prinzipien, sobald ihnen das Essen vorgesetzt wurde, und zweite, ja selbst dritte Portionen Rosinenpudding verschwanden mit dem üblichen Fairacre-Appetit.

Viele Leute trafen ein, wollten den Sportveranstaltungen zusehen und das Erfrischungszelt beehren. Miss Clare herrschte über die Limonadenkrüge und die sechs Keksdosen, Mrs. Finch-Edwards, die in einem klassischen Umstandskleid aus getüpfelter blauer Seide mit weißem Kragen sehr elegant wirkte, saß mit einer Blechbüchse voll Wechselgeld neben ihr.

»Doch, es geht mir sehr gut«, erwiderte sie auf meine Anfrage, »mein lieber Mann und ich haben jetzt alles beisammen, glaube ich. Selbst der Kinderwagen ist schon bestellt.«

Man hörte ein Grunzen von Mrs. Pringle, die eben ein Tablett mit Gläsern abgesetzt hatte.

»Das heißt das Schicksal rausfordern«, dröhnte sie. »Tut nie gut, den Wagen oder die Wiege zu bestellen, ehe das Kleine im Haus ist. Ich hab unzählige Mal was in den letzten drei Monaten schiefgehen sehen. Das scheint die allergefährlichste Zeit zu sein, besonders beim ersten Kind. Da hat neulich ein junges Ding in Springbourne ...«

Ich schaltete mich ein, bevor Mrs. Pringle uns weitere Schauder den Rücken hinunterjagen konnte. Mrs. Finch-Edwards' normalerweise blühende Wangen waren erblaßt.

»Das genügt, Mrs. Pringle. Wir brauchen noch mindestens vier Geschirrtücher.«

»Da hätten Sie Glück, wenn Sie die kriegten«, sagte Mrs. Pringle giftig, am Erzählen ihrer Ammenmärchen gehindert. Aber sie ging wenigstens und kehrte über die Wiese zur Schule zurück, wobei sie betont hinkte, um zu unterstreichen, wie sehr ihr Unrecht geschah.

Miss Gray bemühte sich, die Kinderbande nahe der Startlinie in Schach zu halten. Die war gestern bei Sturm von Ernest handgemalt worden und schlängelte sich in Wellenlinien über die ganze Bahnbreite.

Eine Tafel mit der Reihenfolge der Läufe war zwar aufgestellt, doch infolge starken Windes schon zweimal heruntergebrochen. Beim zweiten Mal hätte sie beinahe Eileen Burton enthauptet. Mr. Willet hatte sie schließlich an der Staffelei festgebunden. Er sah heute nachmittag äußerst adrett aus, wie er da in seinem besten blauen Anzug neben dem Vikar und Mr. Roberts stand.

Ich hatte mich entschlossen, als Starter zu fungieren, und Miss Gray hatte den wenig beneidenswerten Posten, am anderen Ende den Schiedsrichter zu machen. Mr. Roberts erbot sich, ihr zu helfen, und die beiden standen mit in die Augen wehendem Haar und warteten auf den Beginn des ersten Rennens: »Jungen unter acht Jahren, 50 Meter.«

Die jugendlichen Wettbewerbsteilnehmer kauerten grimmig, die Zähne zusammengebissen, die Lippen fest zusammengepreßt, auf Ernests Schlangenlinie. »Auf die Plätze, fertig, los!« rief ich, und sie schossen davon, die mageren Arme kolbenartig stoßend, die Köpfe zurückgeworfen.

Das Sportfest hatte begonnen.

Alles lief wie am Schnürchen. Es gab keine Tränen, keine Unfälle, und die fliegenden Füße der Kinder vermieden wie durch ein Wunder die Maulwurfshügel. Eltern und Freunde der Fairacre-Schule, auf harten Schulbänken und Stühlen entlang der von Mr. Willet gezogenen Seile aufgereiht, beklatschten jedes Ereignis nachhaltig und begleiteten die durstigen Sieger und Besiegten immer wieder zum Erfrischungszelt, wo das Geschäft erfreulich lebhaft war. Verkaufsfördernd wirkte sich sicher auch aus, daß es nach dem Sturm draußen im Zelt warm und friedlich war. Wer nicht warm genug angezogen war, konnte hier verweilen, Kekse, vier Stück für einen Penny, kaufen und die Spendenkasse füllen.

Mrs. Moffat, in einem kleidsamen rosaroten Kostüm, führte Linda herein, die über ihren Sieg beim Sackhüpfen für Mädchen übers ganze Gesicht strahlte. Miss Clare bemerkte, wieviel zufriedener Mrs. Moffat aussah und wie gut sie und Mrs. Finch-Edwards harmonierten.

»Wenn Sie ein bißchen hinaus wollen, übernehme ich die Kasse«, bot sich Lindas Mutter an, und Mrs. Finch-Edwards nahm Linda bei der Hand und ging mit ihr hinaus in den stürmischen Wind, um den Rennen zuzuschauen, während ihre Freundin in Miss Clares Gesellschaft verblieb.

Den eigentlichen Höhepunkt des Nachmittags bildete etwas ganz Unvorhergesehenes. Mrs. Pratts weiße Ziege hatte, vom Lärm angezogen, ihr Halsband gesprengt und sich durch die Hecke gequetscht, um festzustellen, was denn da vor sich ging. Graziös und mit zierlichen Schrittchen kam sie von hinten an die Zuschauer heran, und ehe jemand sie bemerkte, hatte sie den Saum von Mrs. Partridges geblümtem Seidenkleid im Maul. Nach und nach schlang sie ihn immer tiefer in sich hinein, ein sardonisches Grinsen verzerrte ihre Lippen, und sie bewegte den Kopf auf und nieder, bis schließlich ein jäher Ruck die Frau des Vikars veranlaßte, sich umzudrehen. Ein Proteststurm brach los.

Erschreckt schlüpfte die Ziege unter dem Seil durch und rannte hinunter zu ihren Freunden, die mit paarweise zusammengebundenen Beinen darauf warteten, für das Dreibeinrennen zu starten. Vor Aufregung quietschend, humpelten sie in alle Richtungen auseinander, und die Ziege hüpfte meckernd zwischen ihnen herum. Es herrschte wüstes Durcheinander, einige Kinder wälzten sich am Boden, andere versuchten die Ziege einzufangen, wieder andere stürzten brüllend zu ihren Eltern. Schließlich packte Mr. Willet das Tier bei den Hörnern und warf ihm eine Schlinge über den Kopf. Willig fügte sich die Ziege in die Gefangennahme und trabte unterwürfig hinter ihm her zum Tor, gefolgt von vielen ihrer jungen Bewunderer.

Um halb fünf war das Sportfest aus, und die Eltern verließen mit ihren Kindern gruppenweise die Wiese, manche von ihnen rühmten sich ihres Sieges, einige erklärten umständlich, wie dieser ihnen um Haaresbreite entgangen war.

Mrs. Moffat, Mrs. Finch-Edwards und Miss Gray waren zum Tee in den neuen Bungalow heimgegangen, und Miss Clare, Mrs. Pringle und ich sammelten im Windschutz des Zeltes die Überreste ein.

»Es ist alles gutgegangen«, sagte Miss Clare und wischte Limonade vom Tisch auf, während ich Bänder und Säcke zählte. »Und wie prächtig sehen alle Kinder aus. Ich kann deutlich erkennen, wie sich zu meinen Lebzeiten die Konstitution der Kinder von Fairacre gebessert hat. Natürlich haben auch die besseren Lebensbedingungen dazu beigetragen, aber ich glaube, weniger Kleidung und täglich Bewegung an frischer Luft spielen da eine große Rolle. Wenn ich so denke, wie ich in ihrem Alter angezogen war –« Sie brach ab, blickte in unbestimmte Fernen und meinte ein kleines Mädchen zu sehen in hohen Knöpfstiefeln, gestärkten Unterröcken und steifem Matrosenkleid samt Halskordel, dessen Foto ich im Album von Beech Green gefunden hatte.

Ein schnaubender Laut von Mrs. Pringle brachte uns wieder auf die Erde.

»So ein' Blödsinn wie Sport hat es in meiner Jugend nicht gegeben«, meinte sie bissig, »macht Arbeit für alle und jeden, egal wen! Ich hab nie eine Sprungschanze gesehn oder diese gräßlichen Purzelbäume geschlagen, als ich ein Mädel war, und schauen Sie mich heute an.«

Wir schauten.

24
Ende des Schuljahres

Es war der letzte Schultag. Jim Bryant hatte den kostbaren Briefumschlag mit unseren Schecks gebracht, phantastisch hohen diesmal, denn sie galten für Juli *und* August. Soviel Reichtum schien unermeßlich, aber ich wußte aus trüber Erfahrung, wie langsam der September sich mittellos in die Länge ziehen würde, ehe wieder ein Scheck eintraf.

Mr. Willet war dabei, zwei Stauden Vogelkraut mit der Wurzel unweit des Schuhabstreifers auszureißen, und äußerte wie gewohnt Überraschung über seinen Scheck. Mrs. Pringle scheuerte den Spülstein auf dem Gang und nahm ihren Scheck widerwillig in die sandige Hand.

»Wenig genug für die Stunden, die ich drauf verschwende«, sagte sie dumpf, wobei sie ihn faltete und vorne ins Mieder steckte. »Manchmal überleg ich, ob ich das nächste Schuljahr noch schaffe, mit den Öfen und allem. Und die nächsten Tage heißt es scheuern, scheuern, scheuern mit Desinfektionsmitteln, nehm ich an, all die mörderischen Dielenbretter. Schon wenn ich dran denke, fängt mein Bein wieder an, Geschichten zu machen.«

»Ach bitte, Mrs. Pringle«, sagte ich munter, »kündigen Sie mir rechtzeitig, wenn Sie sich entschlossen haben aufzuhören. Damit ich mich nach jemand anderem umsehen kann, der diese Arbeit gern täte.«

Ein empörtes Schnaufen kam von Mrs. Pringle, als sie ostentativ hinkend zum Putzmittelschrank ging, um ihre Lappen zu verstauen.

Der Vormittag verging im fröhlichen Durcheinander des Aufräumens. Bücher wurden eingesammelt, gezählt und in ordentlichen Stapeln in den Schränken untergebracht. Ernest und Eric saßen am langen Arbeitstisch und rissen übriggebliebene leere Seiten aus den Schreibheften, die im nächsten Schuljahr als Probeblätter und Schmierpapier dienen sollten. Die Tintenfässer waren auf ihr Tablett gewandert, und unter den Jungen herrschte ein heftiger Wettkampf um den beneidenswerten Job, sie draußen auf dem Schulhof in einer alten Schüssel waschen zu dürfen.

Während der Tumult anschwoll, kämpfte ich mich mühsam die Wände entlang, lockerte Reißzwecken mit meinem Federmesser und übergab verstaubte, aber in Ehren gehaltene Zeichnungen ihren Eigentümern. Durch die Trennwand hörte ich die Kleinen bei ihren Aufräumarbeiten, und als ich die Tür erreichte, spähte ich hindurch, wie sie denn vorwärtskämen.

Joseph Coggs kauerte neben dem großen Tongefäß und wickelte liebevoll nasse Tücher um die Tonkugeln, damit sie für das nächste Schuljahr feucht blieben. Eileen Burton torkelte mit einem wankenden Turm Blechdosen voller Kreide, der bedenklich rutschend an ihrem Bauch lehnte, zum Schrank und drückte ihr Kinn auf die obersten, um den Stoß zu stabilisieren. Einige Kinder polierten ihre bereits leeren Pulte oder krabbelten am Boden nach Abfällen wie Hühner im Stroh, und eine Gruppe belagerte Miss Gray mit Schätzen wie Perlen, Buntpapier, Plastilin, ja selbst benutzten Trinkhalmen und verlangte lautstark zu wissen, was sie mit dem allen machen sollten.

Ich klatschte in die Hände, um über dem Getöse gehört zu werden, und als es etwas ruhiger wurde, fragte ich, ob einer von ihnen von Kindern wüßte, die im kommenden Quartal mit der Schule anfingen. Ich wüßte dann ungefähr, wie viele Essen für den ersten Tag ich bestellen sollte.

Es entstand eine ratlose Stille, dann sagte Joseph mit seiner heiseren Stimme: »Meine Mama will zu Ihnen raufkommen und mit Ihnen wegen der Zwillinge reden.«

»Wie alt sind sie denn?«

»Fünf im November«, sagte Joseph nach einigem Nachdenken.

»Sag deiner Mutter, daß ich sie jederzeit gern sprechen will«, sagte ich und blickte mich um, ob noch weitere Schulanfänger genannt würden, aber niemand rührte sich.

Ich ging zurück in mein Klassenzimmer, in dem ohrenbetäubender Lärm herrschte. Auch hier schien niemand etwas von Anfängern im nächsten Schuljahr zu wissen, und es sah so aus, als würde ich Platz haben für die Coggs-Zwillinge, obwohl sie doch noch ein bißchen zu klein waren, denn John Burton und Sylvia würden abgehen und zu Mr. Annetts Schule in Beech Green überwechseln, und Cathy kam in die Lateinschule nach Caxley.

Schließlich glätteten sich die Wogen. Der überfließende Papierkorb wurde geleert, die Marmeladengläser von den Fensterbrettern entfernt und weggestellt, und der Raum hatte – so von allem Unwesentlichen entblößt – etwas Ödes und Steriles.

Ich schrieb das bewährte Wort »Konstantinopel« an die Tafel, verteilte Schmierblätter an die Kinder, ermahnte sie energisch zur Ruhe und forderte sie auf, möglichst viele Wörter aus »Konstantinopel« zu bilden, bis Mrs. Crossley mit dem Essen einträfe.

Alles war friedlich. Vom Schulhof her hörte man entferntes Wasserplätschern, wo sich John Burton mit den Tintenfässern beschäftigte, und aus größerer Nähe das Klappern der Malkästen, die Linda Moffat am Spülstein reinigte. Sie hatte so darum gebettelt, diese Schmutzarbeit verrichten zu dürfen, daß ich nachgegeben hatte, doch mittlerweile fürchtete ich für ihr sauberes Piquékleid, ging hinaus in den Gang und wickelte sie in Mrs. Pringles Sackleinwandschürze, wodurch sich die junge Dame sehr gedemütigt fühlte.

Letzten Sonnabend hatte ich einige der Kinder nach Caxley mitgenommen, um für Miss Gray ein Hochzeitsgeschenk zu besorgen, für das die ganze Schule seit Wochen gesammelt hatte. Es war mir gelungen, alle Kinder zusammenzurufen, nachdem ich Miss Gray zur Post geschickt hatte. Wie Verschwörer saßen wir da und schmiedeten Pläne, Eric ging sogar so weit, an der Gangtür Wache zu stehen.

In gedämpftem Flüstern kamen wir zu dem Schluß, daß es etwas aus Porzellan sein sollte, und eine Abordnung unter meiner Leitung wurde ermächtigt, die entscheidende Wahl zu treffen. Dennoch fehlte es nicht an Ratschlägen.

»Was echt Gutes. Was, was man für immer möcht'.«

»Und außerdem hübsch. Keine Puddingform oder so. Mehr so was wie 'ne Marmeladendose.«

»Mit Blumen drauf und so ... ja?«

Wir versprachen gerade, unser Äußerstes zu tun, als Eric aufgeregt das Gesicht durch die Tür steckte und sagte: »Sie kommt.«

Mit unterdrücktem Kichern und viel Augenzwinkern zerstreuten sie sich auf ihre Plätze, und alles war unnatürlich still, als Miss Gray eintrat.

»Was für riesig brave Kinder«, meinte sie und war ganz erstaunt, als diese unschuldige Bemerkung eine Lachsalve auslöste.

In Johnsons Laden in Caxley wurde dann die Wahl des Geschenks sehr ernst genommen. Wir begutachteten Marmeladentöpfchen, Desserttellerchen und Obstschalen, und ich hatte viel Mühe, sie an verschiedenen peinigenden Gegenständen vorbeizusteuern, die stark an Mrs. Pratts Sammlung erinnerten. Eine besonders scheußliche Teekanne in Gestalt eines verschrumpelten Kürbisses übte eine solche

Faszination auf die Gruppe aus, daß ich schon fürchtete, Miss Gray würde das Unglücksding unter Mr. Annetts Dach in Ehren halten müssen, doch zum Glück brachte der Mann, der uns mit lobenswerter Geduld bediente, ein mit Feldblumen verziertes Porzellantönnchen für Kekse herbei. Es war nützlich, es war sehr hübsch, und es war genau in der richtigen Preislage. So waren wir denn nach einer Runde Eis in einem Teesalon sehr zufrieden mit unserer Erwerbung nach Fairacre heimgekehrt.

Es herrschte große Aufregung, denn am Spätnachmittag sollte das Geschenk überreicht werden, unmittelbar bevor wir für sieben Wochen Ferien auseinandergingen. Kein Wunder, daß die Augen leuchteten und man die allgemeine Zappelei nicht abstellen konnte!

Der Vikar kam pünktlich und brachte mir ein unerwartetes Geschenk zum Quartalsende: einen Strauß jener Kletterrosen, die Mrs. Bradley damals beim Fest so bewundert hatte. Dann kamen, von Miss Gray geführt, die Kleinen herbei, quetschten sich in die Pulte zu ihren großen Brüdern und Schwestern, und wer keinen Platz mehr fand, setzte sich im Türkensitz vor die vorderste Reihe und knuffte aufgeregt die Nachbarn mit den Ellbogen in die Seite.

Der Vikar hielt eine vorbildliche Rede, in der er Miss Gray viel Glück wünschte, und beschenkte sie mit einem Tranchierbesteck von der Schulleitung und den Förderern der Schule. Als nächste gab ich Miss Gray mein Geschenk, weil ich vermutete, die Kinder sähen gern zu, wenn sie es bekam. Da es Tischtücher waren, zeigten sie sich nicht besonders beeindruckt, außerdem waren sie zu begierig, ihr eigenes ausgehändigt zu sehen.

Joseph Coggs war auserwählt worden, das Kekstönnchen zu überreichen. Er trat jetzt hinter meinem Katheder hervor, das Geschenk behutsam in beiden Händen, richtete die dunklen Augen auf Miss Grays Schuhe und sagte barsch: »Von uns allen – in Liebe.«

Ein gewaltiges Gebrüll erhob sich, das rasch verstummte, als Miss Gray das Päckchen auspackte. Ihre Freude war ganz spontan, und die Kinder tauschten ein zufriedenes Grinsen. Sie dankte allen ungewöhnlich lebhaft, legte dann ihre Päckchen sorgsam aufs Klavier, setzte sich an die Tasten und spielte den letzten Choral dieses Schuljahres.

Jimmy Waites konnte jetzt lesen. Er hatte schon zu Abend gegessen und saß nun auf einem Flickenteppich in der Küche seiner Mutter, den blonden Kopf über einen Sämerei-Katalog gebeugt. Es waren in der Tat ein paar gewaltige Wörter darin, für die er seine Mutter um Hilfe bitten mußte, etwa »Chrysanthemum« oder »Heliotrop«, aber »Aster«, »Ochsenzunge«, ja sogar »Steinkraut« hatte er selbst herausgetüftelt und strahlte vor Stolz auf diese neuartige Leistung.

»Du hast es brav gemacht in diesem ersten Jahr«, lobte Mrs. Waites, die gerade ihr frischgewaschenes Haar am Küchenausguß aufsteckte. Durchs Fenster warf sie einen Blick auf Cathy, die neben der Gartenmauer Handstand übte und deren dunkler Schopf im Staub des Hofes hing. Sie stellte mit Vergnügen fest, wie schöngeformt und stämmig die hochgereckten Beine ihrer Tochter waren.

»Wird ihr guttun, die neue Schule, Gymnastik und all das«, sagte sie laut zu sich selbst. Einen kurzen, glücklichen Augenblick lang dachte sie wieder einmal an Cathys schönen Vater. Ein richtiger Dandy, darin waren sich alle einig gewesen, ein hervorragender Tänzer, hatte auch ein-, zweimal für Fairacre prima Fußball gespielt. Wenn Cathy ihm nachgeriet, würde sie ein richtig gutaussehendes Mädchen werden.

Besorgt beugte sie sich vor, um in den Spiegel zu schauen. Jetzt, wo das Haar trocknete, wurde der Goldschimmer, den das Billigshampoon (»unser Wochenschlager«) verheißen hatte, allmählich sichtbar.

»Wenn's nur nicht zu hell wird«, dachte sie erschreckt. »Ich weiß, es stand drauf: ›Ihr Mann wird eine ganz neue Frau erblicken‹, aber schließlich will man sich ja nicht lächerlich machen.«

Sekundenlang war sie in Versuchung, ihre Locken nochmals in klarem Regenwasser zu spülen, aber die Eitelkeit siegte. Ihr Mann würde, so tröstete sie sich, vermutlich sowieso keine Veränderung bemerken, selbst wenn sie kastanienrot würde. Manchmal fragte sie sich, ob die Verfasserinnen der Schönheitstips oben in London wirklich unmittelbare Kenntnis von Ehemannsreaktionen auf ihre ernsthaften Ratschläge besäßen.

Im Nachbarhaus duldete Joseph Coggs widerwillig, daß seine Mutter ihn mit dem gräßlichen Haaröl bearbeitete.

»Vorbeugen ist besser als Heilen«, hatte die Gemeindeschwester diktatorisch zu der eingeschüchterten Mutter gesagt. »Einmal alle vierzehn Tage, Mrs. Coggs, sonst muß er in die Ambulanz.« Wenn sie Vorhölle gesagt hätte, Mrs. Coggs hätte nicht tiefer beeindruckt sein können. So mußte Joseph getreulich jeden zweiten Freitag abend nach der Schule eine schmerzhafte Wasch- und Einreibeprozedur mit dem »Kopfzeug« über sich ergehen lassen.

»Hast du Miss Read wegen der Zwillinge gefragt?« erkundigte sich die Mutter, und ihre Finger arbeiteten wie Kolben in dem schwarzen Haar herum.

»Jawoll«, stieß Joseph heraus. »Sie sagt, du kannst jederzeit zu ihr kommen.«

»Das sagt sie so«, murrte Mrs. Coggs. »Als ob ich Zeit hätte. Die einzige freie Minute, die ich hab, ist, wenn dein

Vater das Abendessen reinschlingt, ehe er zum ›Beetle‹ abhaut.«

Sie ließ das Kind mit einem Ruck los, und Joseph glättete seine fettigen Locken mit den Händen und machte sich davon. In der Tür blieb er stehen.

»Hör mal, heut nachmittag hab ich Miss Gray unser Geschenk überreicht und was aufgesagt, was Miss Read mir beigebracht hat.«

»Na so was«, sagte seine Mutter einigermaßen besänftigt durch diese Ehre für die Familie. »Was habt ihr ihr denn geschenkt?«

»'ne Porzellandose. Oh, ich hab vergessen«, er wühlte in seiner Tasche und holte ein Sixpencestück heraus. »Das hat mir der Vikar gegeben, weil ich mein Zeug gut aufgesagt hab.«

Die Miene seiner Mutter hellte sich auf.

»Na, das war aber nett. Das steckst du am besten wohin, wo dein Vater es nicht sieht.« Sie trat an den Schrank, um etwas für das Abendessen zu suchen. Wenn sie erst einmal alle im Bett hatte, sagte sie sich, würde sie schnell mal zu Miss Read schlüpfen und schauen, ob die die beiden Ungetüme nach den Ferien aufnehmen würde. Die ganze Wirtschaft, und keine freie Minute und Arthur öfter denn je im »Beetle« und – darauf hätte sie gewettet – ein weiteres Baby unterwegs.

Joseph, der in der Tür stehengeblieben war, spürte die veränderte Stimmung und daß die wenigen Augenblicke der Sympathie verflogen waren. Seufzend verdrückte er sich in den Garten und suchte Trost neben dem Kinderwagen. Strampelnd und gurgelnd sah sein kleiner Bruder zu ihm auf, und einen Augenblick lang vergaß Joseph seine Traurigkeit. In einer freudigen Aufwallung erinnerte er sich an seinen Sixpence, den Triumph des Nachmittags und die Tatsache, daß er sieben lange Wochen frei war, um die Gesellschaft des zärtlich geliebten Babys zu genießen.

Zu eben dieser Zeit nahm die künftige Mrs. Annett in ihrem Vorderschlafzimmer in Beech Green die Maße für die neuen Vorhänge, in glücklicher Unkenntnis der »mörderischen Feuchtigkeit« und Mrs. Pringles düsteren Prophezeiungen künftiger Ereignisse in diesem unseligen Zimmer. In zehn Tagen sollte sie heiraten, wegen des kürzlichen Todes ihrer Mutter vom Haus ihrer Freunde in Caxley aus. Während sie sich mühsam zur Gardinenstange hinaufreckte, überlegte sie, ob sie in diesen wenigen Tagen je all das würde erledigen können, was sie sich vorgenommen hatte.

Mrs. Nairn, nun nur noch vierzehn Tage im Dienst als Mr. Annetts Haushälterin, war auf einen Stuhl gestiegen und hielt das Meßband fest. Vom Sims oberhalb des Fensters flog eine ganze Wolke Staub herunter.

Miss Gray stieß einen Schreckenslaut aus.

»So ein Staub ist schnell beisammen, nicht?« meinte Mrs. Nairn leichthin.

Miss Gray antwortete nicht und tröstete sich bei dem Gedanken, daß das Haus in ein, zwei Wochen unter dem Regime seiner neuen Herrin zum ersten Mal seit vielen Jahren von oben bis unten sauber sein würde. Was ihr armer Liebling gelitten haben mußte, dachte sie insgeheim, wußte wohl niemand zu sagen. Doch nun würde die Zukunft wenigstens etwas davon ausgleichen. Sie war entschlossen, aus ihrem Gatten den glücklichsten Menschen in ganz England zu machen.

In meinem Garten war es sehr friedlich. Ich war dabei, Erbsen auszupalen, die mir John Pringle gebracht hatte, und genoß die warme Sonne.

In den Ulmen in der Ecke des Schulhofs krächzten stoßweise die Saatkrähen, und aus dem still gewordenen Klassenzimmer kam das gedämpfte Klirren von Mrs. Pringles Putzeimer.

»Nun wird man mal anfangen müssen«, hatte sie mir grämlich zugerufen, als sie betont hinkend nach ihrer Teemahlzeit hereingestapft kam. Hin und wieder hörte ich Bruchstücke eines traurigen Kirchenliedes, gesungen in Mrs. Pringles blökender Altstimme.

Während die geschälten Erbsen sich in der Schüssel höher türmten, dachte ich an all die Veränderungen, die während des vergangenen Schuljahrs stattgefunden hatten. Wir hatten uns von Miss Clare getrennt, Mrs. Finch-Edwards' lautstarke Dienstzeit genossen, Miss Gray aufgenommen und – ein seltenes Ereignis – Hochzeitsvorbereitungen für ein Mitglied des Lehrkörpers der Fairacre-Schule getroffen.

Die drei neuen Kinder, die so verschüchtert an jenem Septembermorgen eingetreten waren, gehörten nun untrennbar zur Fairacre-Schule. Jeder hatte etwas zu deren Leben beigetragen, zu diesem kleinen Mikrokosmos, der innerhalb des größeren im Dorf Fairacre lebhaft zugange war.

Ich sah den Schwalben zu, die schon so bald fortziehen würden und zwitschernd über den Garten schossen, und fragte mich, ob Mr. Hope, dieser unselige Dichter und Schulmeister, der einst hier wohnte, auch so wie ich jetzt dagesessen und Rückschau gehalten hatte. Er und schließlich wohl alle meine Vorgänger, die ich aus dem uralten Logbuch so gut kannte, obwohl ich nie ihre Gesichter gesehen hatte, mußten beteiligt gewesen sein am Trubel der Feiern, Verkäufe, Ausflüge, Feste, Streitigkeiten und Freundschaften, aus denen das Leben auf einem Dorf besteht.

Das Klappen der Gartentür weckte mich aus meinen Gedanken. Es kamen Mrs. Coggs und ihre beiden kleinen Töchter. Sie sahen sich ängstlich um und hatten dabei genau die gleichen dunklen, kummervollen Affenaugen wie ihr Bruder.

Ich schob die Vergangenheit von mir und eilte den Weg entlang, meinen künftigen Schülern entgegen.

Hoch droben auf dem Kirchturm von St. Patrick hatte die untergehende Sonne den Wetterhahn in einen Feuervogel verwandelt. Wie ein Phoenix flammte er vor dem wolkenlosen Himmel und blickte herab auf unsere schulische Miniaturwelt und die goldenen Felder von Fairacre.

Lillian Beckwith im dtv

»Wenn eine unerschrockene Britin sich in die Hebriden verliebt, kann sie bücherweise davon berichten. Wie Lillian Beckwith, die damit der urigen Inselwelt ein herrliches Denkmal setzt.«
Hörzu

In der Einsamkeit der Hügel
Roman · dtv 12178

Eigentlich wollte »Becky« sich auf einer Farm in Kent erholen. Doch in letzter Minute kommt ein Brief von den Hebriden, der schon durch seine sprachliche Eigenart das Interesse der Lehrerin weckt. Aus der Erholungsreise wird ein Aufenthalt von vielen Jahren auf der »unglaublichen Insel«.

»Nur wer die Landschaft und die Bewohner der Inseln so intensiv kennengelernt hat, kann ein solches Buch schreiben. Die Marotten der Bewohner, deren Gastfreundlichkeit werden so liebevoll geschildert, daß es ein reines Lesevergnügen ist, ihren Wegen zu folgen.« *Hannoversche Allgemeine Zeitung*

Die See zum Frühstück
Roman · dtv 11820

Auf den Inseln auch anders
Roman · dtv 11891

Ein frischer Wind vom Meer
Roman · dtv 12029

Der Lachs im Pullover
Roman · dtv 12196

Alle Romane wurden ins Deutsche übertragen von Isabella Nadolny.

Peter Härtling im dtv

»Er ist präsent. Er mischt sich ein. Er meldet sich zu Wort und hat etwas zu sagen. Er ist gefragt und wird gefragt. Und er wird gehört. Er ist in den letzten Jahren zu einer Instanz unserer (nicht nur: literarischen) Öffentlichkeit geworden.«

Martin Lüdke

Nachgetragene Liebe
dtv 11827
Die Geschichte einer Kindheit – und die Geschichte eines Vaters.

Hölderlin
Ein Roman · dtv 11828
Härtling folgt den Lebensspuren des deutschen Dichters Friedrich Hölderlin.

Niembsch oder Der Stillstand
Eine Suite · dtv 11835
Ein erotischer Roman um den Dichter Nikolaus Lenau.

Ein Abend, eine Nacht, ein Morgen
Eine Geschichte
dtv 11837

Eine Frau
Roman · dtv 11933
Die Geschichte einer Frau – ein Roman über das deutsche Bürgertum.

Der spanische Soldat
Frankfurter Poetik-Vorlesungen
dtv 11993

Felix Guttmann
Roman
dtv 11995
Der Lebensroman eines jüdischen Rechtsanwalts.

Schubert
Roman
dtv 12000
Lebensstationen des österreichischen Komponisten Franz Schubert.

Zwei Briefe an meine Kinder
dtv 12067

Herzwand
Mein Roman
dtv 12090

Božena
Eine Novelle
dtv 12291
Ein von der Geschichte zerriebenes Leben.

Erich Kästner im dtv

»Erich Kästner ist ein Humorist in Versen, ein gereimter Satiriker, ein spiegelnder, figurenreicher, mit allen Dimensionen spielender Ironiker ... ein Schelm und Schalk voller Melancholien.«

Hermann Kesten

Doktor Erich Kästners Lyrische Hausapotheke
dtv 11001

Bei Durchsicht meiner Bücher
Gedichte · dtv 11002

Herz auf Taille
Gedichte · dtv 11003

Lärm im Spiegel
Gedichte
dtv 11004

Ein Mann gibt Auskunft
dtv 11005

Fabian
Die Geschichte eines Moralisten
dtv 11006

Gesang zwischen den Stühlen
Gedichte · dtv 11007

Drei Männer im Schnee
dtv 11008 und
dtv großdruck 25048
»Märchen für Erwachsene«, das durch seine Verfilmung weltberühmt wurde.

Die verschwundene Miniatur
dtv 11009 und
dtv großdruck 25034

Der kleine Grenzverkehr
dtv 11010
Die Salzburger Festspiele lieferten den Stoff für diese heitere Liebesgeschichte.

Die kleine Freiheit
Chansons und Prosa 1949–1952
dtv 11012

Kurz und bündig
Epigramme
dtv 11013

Die 13 Monate
Gedichte · dtv 11014

Die Schule der Diktatoren
Eine Komödie
dtv 11015

Notabene 45
Ein Tagebuch
dtv 11016